COLLECTION FOLIO

Leslie Kaplan

Le Psychanalyste

Depuis maintenant, 3

GALLIMARD

Titre original : *The Life and Times of the Thunderbolt Kid. A Memoir*.
Pour l'édition américaine : © Bill Bryson, 2006. Pour la traduction française :
© Éditions Payot & Rivages, 2009 pour la traduction française et 2012 pour la présente édition.

pour Heitor, mon hasard préféré

Première partie

1

Simon et le verdict

— Et cette histoire aussi il l'écrit comme un rêve.

Simon Scop s'était arrêté sur cette phrase et regardait le tas de feuilles posées devant lui. Je ne le connaissais pas, j'étais entrée par hasard, attirée par l'affiche qui annonçait une conférence sur Kafka. Le conférencier était psychanalyste.

Il reprenait.

— Le récit est simple.

Un jeune homme termine une lettre à un ami qui vit depuis des années à l'étranger. Cet ami est parti au loin, il ne réussit pas, mais il a peur de revenir dans son pays natal où il n'a plus de relations, de liens. Il est resté célibataire. Georges, c'est le héros de l'histoire, le sent mal dans sa carrière, mal dans ce pays, un vieil enfant qui s'est laissé pousser une barbe ridicule qui ne lui va pas, tellement à côté de sa vie que Georges ose à peine lui parler de la sienne, de la réussite de ses affaires, il a quintuplé le

13

commerce de son père depuis la mort de sa mère, et de son prochain mariage à une riche jeune fille.

Cet ami, on en connaît beaucoup de semblables. Georges, lui, florissant, en pleine forme, heureux.

Avec la lettre terminée, il va voir son père. Il n'a aucune raison de le faire, mais voilà, il le fait.

Georges trouve son père dans sa chambre, et il est étonné d'abord puis horrifié de le voir si différent du père qu'il voit tous les jours au magasin. Vieux, affaibli, sénile même, il joue avec la chaîne de montre de son fils, et son linge n'est pas propre. L'atmosphère de la chambre est lourde, pénible. On étouffe, pas de lumière.

Georges veut parler à son père mais tout de suite le père se plaint, les choses ne sont plus pareilles «depuis la mort de notre chère mère» comme il dit. Georges se sent devenir perplexe, l'état de son père l'alarme, il se fait des reproches, et d'un seul coup il décide d'emmener son père avec lui dans son nouveau ménage.

Et là tout se noue très vite.

Le père se redresse dans le lit où Georges l'avait bordé, rejette les draps, Ah tu voulais me couvrir, ironise sur ce fils qui a cru avoir maté son père, qui a décidé de se marier, insulte la fiancée. Il oppose à Georges cet ami qui est à l'étranger : voilà un fils selon son cœur. La violence augmente, ses insultes, et il lance sa phrase finale, son verdict : Je te condamne en cet instant à la noyade.

Georges sort, il se sent poussé hors de la chambre, il court, il grimpe sur le pont, et «criant faiblement, Chers parents, je vous ai pourtant toujours aimés, il se laissa tomber dans le vide».

Le conférencier se passa une main dans les cheveux.

— L'ami de Georges, c'est en somme le sort commun. Hésitations, mal-être, désir faible, où suis-je, qu'est-ce que je veux, échecs. Le monde tel qu'il va, tel que nous le connaissons. Mais Georges... Tout lui réussit, les affaires, l'amour — et pourtant quand ce père faible, malingre, débile, lui dit d'aller se noyer, il court se jeter dans le vide.

Le conférencier s'arrêta encore et fit un geste de l'index, comme pour désigner quelque chose ou quelqu'un.

Dans le vide des mots auxquels rien ne fait barrage. Il saute de lui-même dans la malédiction.

Simon est interrompu

— Vous ne savez pas ce que c'est, la malédiction.

C'était une jeune femme assise au premier rang qui se levait pour parler, très émue. Elle avait des cheveux blonds très courts, un pull noir à col roulé et un pantalon, et elle parlait à toute allure comme si elle débitait un texte, à plusieurs reprises elle se mit à bégayer. Elle était pâle de rage, livide.

— Moi, j'ai lu *La Métamorphose* et ça m'a changé la vie. Un type qui se réveille le matin transformé en vermine. Il est devenu une gigantesque vermine. Ça ne vous dit rien ? Vermine ! Racaille ! Ordure ! Vous comprenez ? Ou je vous fais un dessin ? Bien sûr que vous comprenez. Et je m'appelle Eva, rappelez-vous de ça. Eva, elle est pas une ordure, elle est pas une vermine. Mais en fait je me suis trompée, vous ne pouvez rien comprendre. La malédiction ! Et après vous avez le culot de parler du vide. Non mais je rêve. Moi j'habite — je ne vais pas vous le dire, où j'habite. Je vais vous dire comment c'est,

on va voir si vous connaissez, Monsieur Sait-Tout,
on va voir. On descend du RER. On marche jusqu'à l'arrêt du car. On attend, on prend le car. Il n'y
a pas beaucoup de cars, on attend longtemps. Le car
arrive. On monte une route. La route est bordée de
poteaux télégraphiques. Le car est très lent. Des
deux côtés de la route il y a des pavillons. Les
pavillons ont une porte avec une grille, un, deux
étages, une plate-bande, un jardin derrière. En haut
de la côte il y a un restaurant-bar qui s'appelle *C'est
nous les meilleurs*. On arrive à un carrefour où il y a
plusieurs magasins, des gros. Un magasin de salles à
manger et de cuisines avec les meubles exposés.
Quand on passe on voit les tables, les chaises, les éta-
gères, les tabourets, les plans de travail. C'est comme
s'ils étaient au milieu de la route. Il y a aussi un
magasin de produits d'entretien avec des lessives
empilées, des boîtes de clous, des escabeaux, des sacs
de chiffons. On continue vers le groupe scolaire.
Dans la journée il y a des enfants qui portent des
livres. Ensuite c'est le coin des arbres. Les passages
piétons. On arrive devant les tours, les grands blocs.
   Elle s'arrêta un instant.
   — Les grands blocs. Les fentes des fenêtres.
   Elle eut l'air de faire un effort, reprit.
   — Au milieu il y a le centre, la mairie, l'esplanade. Alors vous connaissez, oui ou non ? J'ai oublié,
dans le centre il y a la pizzeria, le restaurant chinois,
la boulangerie, la charcuterie, le supermarché, l'épi-

cerie fine, la pharmacie. Si vous ne connaissez pas, vous êtes vraiment nul.

Allez, on se tire.

Elle s'adressait à une fille assise à côté d'elle qui ne l'avait pas quittée des yeux et qui la regardait avec admiration, en fronçant les sourcils d'un air très concentré. La fille se leva. Elle était plus jeune, maquillée de façon très voyante, du rouge, du noir, moulée dans une minijupe et un tee-shirt qui s'arrêtait au-dessus du nombril. Elle avait des cheveux blonds décolorés, coupés comme Eva. Eva prit son amie par le cou.

— Allez, on se tire, répéta encore Eva. Elles sortirent de la salle, Eva à grandes enjambées, son amie se balançant sur ses talons hauts.

Simon reprend

Le conférencier les suivit des yeux. Il dit, il avait vraiment l'air désolé :

— Dommage qu'elles soient parties.

Donc. Il saute, ce Georges, dans la malédiction, il est sous l'emprise des mots, du verdict. Kafka nous fait entrer dans un monde où les mots existent en eux-mêmes, où, poussés à leur limite, ils sont vivants. Ils produisent des effets. Ils sont la réalité. C'est comme s'il avait noté, décrit dans tous ses détails une réalité particulière, précise, que nous connaissons tous, une réalité intérieure. Les mots, c'est ce que nous habitons le plus, parce que ce sont eux qui nous habitent d'abord. Le héros se débat avec une situation, et cette situation est faite de mots. Je veux dire que c'est cela que le lecteur ressent, même à son insu : qu'il chemine dans le récit à l'intérieur des mots. C'est ce qui se passe dans les rêves. Bien sûr, ce ne sont pas n'importe quels mots, n'importe quels rêves. Ce sont des situations d'aliénation, d'horreur et de terreur très anciennes. On tombe hors de l'humanité, on passe dans un monde où règne une loi arbitraire, archaïque. On se réveille, et ce n'est pas qu'on est comme une vermine, non, on est devenu réellement une vermine. Ou un matin, on vient vous chercher, et vous êtes arrêté. Vous avez un procès. C'est absurde, sans raison, mais ce procès qui vous est fait, vous l'éprouvez, vous le ressentez, vous l'avez en vous. Ou vous cherchez du travail au loin, et vous vous sentez perdu, un étranger sans recours. Et comme dans le rêve, on est soi-même partie prenante de tout ce qui se passe. Le monde vous tombe dessus, mais on fait partie de ce monde, il n'y en a pas d'autre. Et si le père peut vous envoyer à la noyade, c'est que le mot père résonne pour vous, résonne et commande. Tout s'enchaîne, comme dans un rêve, tout peut arriver, même l'impensable, du moment qu'on le pense.

Le langage, dit encore Simon, creuse en nous une distance paradoxale, une distance qui nous divise et nous sépare de nous-même : car avant de pouvoir les utiliser à son tour, l'homme est littéralement fait, fabriqué, par les mots, et les mots sont la peau des rêves.

À suivre, dit Simon.

Simon et la réalité

À la fin il y eut quelques questions. Un monsieur âgé avec un veston en laine et une casquette qu'il enleva pour parler demanda au conférencier comment il définissait la réalité. La réalité interne, oui, oui, bien sûr. Mais lui, il ne voyait pas les choses de cette façon. Enfin. Il lui semblait qu'elle était extérieure, la réalité. Tout de même. La réalité, c'était là et on n'y pouvait rien. D'ailleurs, lui, il avait beaucoup réfléchi, et il pensait que la réalité, c'était le pouvoir. Il avait lu Kafka, et c'était ce qu'il y avait vu. Le château, le procès. Ceux qui étaient en haut et ceux qui étaient en bas. Ceux qui avaient le pouvoir, et ceux qui ne l'avaient pas. Il raconta une histoire pour illustrer.

C'était une histoire vraie, qui s'était passée récemment dans un grand hôtel où travaillait son beau-frère. Un milliardaire connu, mais il ne dirait pas son nom, avait l'habitude d'y descendre. Et quand il y descendait il avait une autre habitude : chaque fois qu'il prenait l'ascenseur, seul ou pas seul, il faisait ses besoins. Oui, oui, oui, il chiait, pardonnez l'expression, dans l'ascenseur. On lui avait fait des remarques, gentiment, la direction, ce n'était pas commode, ni dans les coutumes, qu'il pense aux autres clients de l'hôtel, mais lui il disait seulement, très simple : Si ça ne vous plaît pas — et les gens se taisaient. C'était un gros, un très gros client.

Et puis la direction avait changé. Et le nouveau directeur, un jeune, qui arrivait tout feu tout flamme, lui avait dit qu'il ne pouvait pas tolérer ça.

Eh bien, le monsieur parlait d'une voix lente, posée, avec une pointe de triomphe, eh bien, le lendemain le milliardaire avait racheté l'hôtel et le directeur était viré. Vous voyez ? C'est ça, la réalité.

— Quelle histoire, dit le conférencier. Mais voyez-vous, je pense qu'elle ne va pas à l'encontre de ce que je dis, au contraire. Il eut l'air de chercher.

Je peux raconter aussi une histoire. Je n'arrive plus à me souvenir d'où elle vient, mais je suis sûr qu'elle est vraie. Au fond, ce que je veux dire, c'est qu'elle parle aussi du monde, mais le monde, quand on en parle, parle des sujets, de leurs désirs, de leur intimité.

C'est un frère et une sœur qui se rencontrent dans une soirée. Ils ne se sont pas vus depuis un certain temps, le frère demande à la sœur comment elle va, il sent qu'elle n'est pas du tout dans son assiette, elle est nerveuse, au bord de l'hystérie. Alors la sœur lui dit qu'elle avait rencontré un homme, c'était formidable, grand amour, échange, intérêts communs, elle rêvait déjà, se voyait vivre avec lui, etc.

Et là, horreur. Elle est tombée de haut. Désespoir.

Le frère, qui aime beaucoup sa sœur, veut en savoir plus, qu'est-ce qui s'est passé.

La sœur ne dit rien, ils tournent un peu en rond, finalement elle lui dit, Voilà, il m'a emmenée chez lui, on a fait l'amour, il était de plus en plus passionné, moi aussi, jamais je n'avais vécu ça, et tout d'un coup, crac, il m'a attachée au lit, il m'a ligotée, et il m'a chié dessus.

— Mais pourquoi, s'exclame le frère.

Rire général dans la salle. Le monsieur rit aussi.

J'aime Simon

Pendant ce temps, moi, j'étais tombée amoureuse. Enfin, disons qu'il me plaisait, mais beaucoup, ce Simon Scop.

La psychanalyse, j'avais eu à affaire à elle, elle
m'avait tirée d'un mauvais pas. C'était avec un
vieux, une autre génération. Mais je ne prétends pas
que ça n'ait pas joué, dans mon coup de foudre pour
Simon. Je suis allée le voir pendant qu'il rangeait ses
papiers, je lui ai dit combien ce qu'il avait dit
m'avait plu, et je l'ai invité à prendre un verre. Il a
souri gentiment, il a commencé par dire qu'il était
un peu fatigué, et puis il a dit oui.

Je suppose que j'étais en forme. On ne s'est pas
quittés.

Pendant ce mois d'avril je travaillais à un documentaire sur la région parisienne, lui recevait des
patients toute la journée, on se retrouvait après.
J'essaierai de dire pourquoi il me plaisait tant. En
attendant —

24

On se promenait, il commençait à faire chaud, on regardait la ville, et tout d'un coup il y a eu la photo d'Eva, la jeune femme qui avait interrompu la conférence de Simon, en première page des journaux à sensation, et des articles circonstanciés dans toute la presse. Je l'ai immédiatement reconnue, Simon aussi. Elle avait tué un homme. Il semblait que c'était un souteneur, l'ancien mac de son amie. Il les avait suivies, avait tenté de persuader l'amie de revenir avec lui. Il n'était pas armé. Eva l'avait menacé, lui avait montré son revolver, il avait insisté, elle avait tiré. Elle et son amie avaient réussi à s'échapper.

Des passants l'avait entendu insulter l'homme : Tu crois que je ne vais pas tirer parce que je suis une femme.

Une patiente de Simon

Louise descendait la rue en marchant vite, presque en bondissant, et elle ne pensait pas, mais pas du tout, à Simon. Elle pensait à un rêve qu'elle venait de lui raconter et qui l'avait remplie de joie.

En fait le rêve lui-même était peu de chose, une unique image. Ce qui la faisait éclater de rire en descendant la rue, c'était tout ce qu'il y avait dessous.

L'image du rêve venait tout droit d'un film qu'elle avait vu la veille, revu plutôt, *City Lights, Les Lumières de la ville*, un de ses Chaplin préférés. C'était une image de Charlot pendant le match de boxe, quand il danse derrière l'arbitre dans ses petits shorts, se cache, se protège — et bam, envoie un coup de poing en plein dans la figure de son adversaire.

Elle s'était réveillée très gaie, et en racontant son rêve sa gaieté s'était multipliée. Maintenant elle refaisait mentalement les associations, souriant et passant de la boxe, boxer, l'être, boxée, ou en faire, avec son frère, mais box, sans e, supprimons la marque du féminin, box c'est boîte en anglais, qui y mettre, grand choix, mais spécialement la vieille, l'enterrer une fois pour toutes, celle-là, s'en débarrasser, et le comble, trouver dans box son envers, enfin pas exactement, mais quand même, on les met toujours ensemble, x, y, z — et voilà le zob.

De nouveau, éclat de rire en pleine rue.

Le plaisir de penser.

Ce n'est pas que le contenu des pensées soit toujours agréable, se disait Louise, en donnant un coup de pied dans une canette vide, non, pas du tout, mais l'acte de penser — il vous mettait de bonne humeur.

Et comme une grande, se disait Louise. Toute seule. L'autre n'avait rien dit, juste fait un grand sourire en disant au revoir.

Le laisser peut-être? L'abandonner, le laisser.

Simon est loin

Et Eva? À califourchon sur un tabouret devant
une glace dans un minuscule studio tapissé de photos de femmes, certaines franchement dénudées, Eva
s'occupait à se teindre les cheveux en noir et à se coller une petite moustache fine. Son amie, Josée, assise
sur le lit, avait envie de pleurer. Eva criait sans inter-
ruption depuis deux heures, et elle criait aussi contre
Josée. « Elle me déstabilise », se disait Josée, elle avait
lu ce mot quelque part récemment, il l'avait frappée. « Je suis déstabilisée. » Tout en criant Eva
essayait des chapeaux, casquettes, borsalinos, variétés diverses. Elle avait demandé à Josée de lui en
trouver, et maintenant elle criait que rien n'allait.

— Tu veux qu'on me prenne, ou quoi, c'est ridicule, ces trucs. Tu as fait exprès. Mais si on me
prend, on te prendra pareil.

D'ailleurs personne ne peut me trouver. Sauf si
tu vas le dire.

De temps en temps, et ça ne rassurait pas Josée,

elle se mettait à rire, mais pour de bon. Elle se regardait, une casquette à carreaux vissée sur la tête, et elle éclatait de rire, elle riait aux larmes. «Je ressemble à un vrai connard, c'est pas possible. Tu te rends compte, les types, la tête qu'ils ont.» Josée ne riait pas, du coup Eva se mettait en colère, Tu as peur ma parole, etc.

En fait Eva avait beaucoup de plaisir à se déguiser. Elle prenait des poses, cherchait les effets devant la glace. Une spécialement lui plaisait, poings sur les hanches, torse bombé, l'air avantageux. Elle avait souvent dit à Josée qu'elle aurait voulu faire du théâtre. Mais «c'est pour les enfants de bourgeois, moi j'avais pas les moyens». Elle regrettait.

De temps en temps elle se regardait dans la glace et s'invectivait :

— Ta gueule. Connard. Débile. Sale type. Je vais te faire ta fête, tu vas voir.

Elle faisait même semblant de se balancer des coups de poing.

Josée n'aimait pas, pas du tout.

2

Louise contemple ses symptômes

Allongée sur le lit, les bras en croix, complètement abattue, Louise regardait ses symptômes un
par un, les contemplait, les scrutait, se les énumérait. Faisait le tour. Une liste, voilà, elle pouvait dresser une liste. Elle ne s'épargnait rien. Rigueur cli-
nique. Elle écartait les doigts, bougeait les jambes et
les doigts de pied... Un, deux, trois, elle comptait...
Dix, vingt... Et mal dormir, et mal manger, et aucun
équilibre, tu n'as aucun équilibre ma pauvre Louise,
et tes cauchemars perpétuels sont d'un ridicule. À
ton âge. Vingt-cinq ans, et des cauchemars pareils.
Louise se leva pour se regarder dans la glace, se fit
une grimace épouvantable, et dit à voix haute, Et
laide avec ça, d'un moche.
C'est pas possible, se dit Louise. Le temps que
tu perds, ma pauvre fille, à te détester. C'est pas
possible.
C'est vraiment pas rentable, en hurla presque
Louise.

Et incapable de garder un travail, même alimentaire. Tu te fâches avec tout le monde.

Elle sauta sur ses pieds. La dernière fois, c'était parfaitement justifié.

Ce sale type.

Mais l'avant-dernière... aussi. D'ailleurs on s'en fout.

Et quand on te propose un rôle, de nouveau devant la glace elle secouait la tête, et tu sais que tu le jouerais très bien, mieux que n'importe qui, plus que bien, tu serais géniale, et alors tu as si peur de ne pas y arriver que tu le refuses.

Tu perds ton temps. Louise s'assit dans le lit, furieuse et pétrifiée d'angoisse. Le temps, mais on ne peut pas le rattraper, le temps. Et toi tu es là à le gaspiller, à le gâcher.

Elle se mit à pleurer.

Bon, se dit enfin Louise, bon. C'est pas possible. Tout ça je le sais. Quand même. Qu'est ce qu'il fout, le vieux.

Ma vie, se disait encore Louise. On dirait un mauvais roman. Une fois qu'on connaît le début on peut tout déduire. C'est lamentable.

Simon a une bonne séance

Simon s'ennuyait à mort. Il était enfermé dans un ennui atroce, collant, un ennui absolu. On le tenait sous un couvercle plombé. Ce n'était pas seulement ce que disait ce patient, Édouard, qu'il était en train d'écouter, c'était aussi le ton. Monocorde. Plat, tout plat. Édouard racontait sa journée, c'est peu dire dans tous les détails. Il racontait tout, comment il s'était réveillé, ce qu'il avait mangé au petit déjeuner, comment il avait choisi ses vêtements, sa cravate, le chemin qu'il avait pris pour venir. Il racontait tout, de ce ton monocorde, plat, tous les mots pareils, rien accentué, rien marqué, à croire que ça aurait été interdit de faire des différences. Un enfant débile. Au secours, s'entendit penser Simon, si violemment qu'il eut peur une fraction de seconde de l'avoir dit à voix haute. Mais c'était bien ça. Au secours. Ce type était d'un ennui mortel.

Bien sûr il continuait.

Ça pouvait durer longtemps. Simon soupira.

Il laissa échapper ce soupir. Aussitôt il se dit, Aïe, il va me demander, très content, s'il m'ennuie, Et si je vous ennuie, je peux arrêter, je sais bien que je vous ennuie, j'ennuie tout le monde, d'ailleurs c'est pour ça que je viens vous voir, alors vous n'avez qu'à tenir bon, et je vous paie pour ça, non. Et ça va durer.

Simon avait ces pensées. Mais Édouard ne dit rien de tout ça. D'ailleurs il ne dit rien. Si bien qu'au bout d'un moment assez long, Simon dit, Oui ?

Je pense à ma mère, soupira le patient. Vous avez soupiré exactement comme elle.

Il soupira à nouveau et parla comme il n'avait jamais parlé.

Eva fait n'importe quoi

Eva faisait des cercles autour d'un groupe d'immeubles plantés au milieu de rien, suivait les allées, alors le gravier crissait et giclait, ou débordait sur les plaques de gazon. Elle avait emprunté une moto et Josée l'attendait dans un bar. L'endroit — ce n'était pas celui qu'Eva avait décrit à Simon pendant la conférence, mais il ressemblait.

Toutes les deux avaient les cheveux noirs, et Eva arborait une minuscule moustache. Personne ne semblait les avoir reconnues ni s'occuper d'elles. L'homme qu'Eva avait tué était recherché par la police, et il fallait croire, c'était du moins l'analyse d'Eva, que personne ne le regrettait. Elles avaient quand même déménagé.

Eva tournait sur la moto et regardait le ciel descendre. Elle avait toujours été très sensible à ce moment particulier de la journée, la diminution progressive de la lumière. Parfois cela l'exaltait, entrer dans la nuit, voir d'autres lumières s'allumer.

Un moment de passage. Mais quand elle était dans un lieu clos, intérieur de maison ou grand couloir vide comme ici, en même temps que la nuit arrivait l'impression pénible d'être toute petite, et ce qui aurait pu être de l'angoisse. Et comme il n'était pas question, mais absolument pas question, pour Eva de se sentir angoissée, elle éprouvait un malaise diffus, une lourdeur.

En fait Eva se sentait dans une grande solitude.

— Josée, je l'aime mais elle est trop conne, avait pensé Eva dans l'après-midi. Maintenant elle était très déprimée d'avoir pensé ça.

Tout allait parfaitement bien, elle était gonflée à bloc, comme un ballon, gonflée comme s'il n'y avait qu'elle au monde, légère et électrique, sensation d'une expansion continue, sans fin, d'ailleurs depuis trois jours elle ne s'était pas arrêtée, elle avait à peine dormi, et voilà, elle avait pensé que Josée était trop conne, et maintenant elle se sentait seule.

Seule mais seule. Seule comme jetée au fond d'un puits, seule à étouffer. Oppressée de solitude.

— Je ne peux plus respirer, se disait Eva. Je ne respire plus. On m'a supprimé l'air.

Cette pensée la fit rire mais elle se dit en même temps qu'il y avait du vrai. Oui, certainement, du vrai. La société vous étouffait, au physique et au moral.

On m'a supprimé l'air, se répétait Eva. Tout de suite après, elle se dit, Qu'est-ce que c'est que ça, supprimer. Quel mot idiot. Rien ne se supprime, jamais. Tout se transforme. Rien ne se supprime.

Rien ne se supprime, répéta encore Eva. C'est connu.

Elle eut l'impression bizarre d'avoir une barre dans la tête, un mur qui aurait poussé, pour cacher quelque chose derrière, mais quoi.

De toute façon, se dit Eva au bout d'un moment, c'était de sa faute, à ce type. À cette vermine. Vermine, ordure. Racaille. C'était à cause de types comme lui que des filles comme Josée devenaient ce qu'elles étaient, et si connes.

Elle se mit à faire un rodéo, levant la moto sur une roue, une main sur le guidon, l'autre agitant sa casquette. Elle klaxonna en passant devant le bar et pila.

Josée sortit, l'air effaré.

— Allez, monte, dit Eva. On les emmerde.

Un coin de la région parisienne

Bien sûr nous n'étions pas les seuls, Simon et moi, à avoir reconnu Eva, beaucoup de gens l'avaient entendue pendant la conférence et le surlendemain apparut dans le journal un plan de l'endroit qu'elle avait décrit, et l'emplacement du bar *C'est nous les meilleurs*.

Je laissai passer quelques jours, ensuite j'y allai. Comme je l'ai dit, je travaillais à un documentaire sur la région parisienne, je faisais des repérages. Ce qui m'avait frappée dans la description d'Eva, c'était la précision, et en même temps on restait dans le flou.

J'arrivai par le RER, je pris ensuite un car. Sur la route je reconnus les poteaux télégraphiques, le carrefour, les gros magasins, et j'eus comme Eva l'avait dit l'impression que les cuisines étaient étalées au milieu de la route. Le bar *C'est nous les meilleurs* était en même temps un tabac, très enfumé. La salle était grande, elle aurait pu être agréable mais il y avait des rideaux aux fenêtres. Tristesse des rideaux dans une salle de café. Je m'assis et j'ouvris ceux qui étaient près de ma table.

Soleil de l'après-midi sur l'esplanade.

Une jeune femme traversa l'esplanade d'un pas vigoureux, décidé, portant un bébé devant elle dans un kangourou. Elle entra dans le café, commanda une menthe à l'eau et vint s'asseoir dans la salle.

Le bébé devait avoir six mois. Il dormait. À part nous il y avait une vieille femme assise sur une banquette en train de faire des mots croisés, buvant une pression. On sentait qu'elle était là depuis longtemps, et qu'elle venait tous les après-midi. Elle avait gardé son imperméable et elle ne levait pas les yeux de son magazine. Au bar quelques hommes debout discutaient sport.

J'étais exactement à l'intérieur de la description d'Eva, quelque part et n'importe où, avec le sentiment poignant que c'était à la fois très ordinaire et pas du tout normal. En un sens j'aurais pu avoir envie de me laisser glisser, glisser et flotter sur les bulles de ma bière, sur les petites parcelles de lumière et de poussière qui tombaient du plafond et traversaient la salle. Cet appel du vide, quand même. Être tellement dans les choses, ici et maintenant, tout précis, défini, la jeune femme qui a des cheveux blonds qui pendent, et le bébé encore chauve, et le kangourou en tissu écossais, et les hommes qui entrent acheter des cigarettes, et le patron qui les vend, il fait à chaque fois une blague, spécialement avec les immigrés, Ça va Saïd, ça va, être tellement dans les choses, ici et maintenant, et en même temps ce n'est rien, on est partout, partout c'est pareil, rien ne compte, rien ne tient, rien n'est important. Zone indifférente et débile. On ne vaut rien, on n'existe pas.

Au bout d'un moment la jeune femme commença à bercer son bébé. En fait le bébé dormait, mais elle eut subitement l'air inquiet, et elle se mit à le bercer. Le bébé se réveilla et commença à pleurer. La mère sortit un biberon, le donna au bébé qui but un moment et referma les yeux.

La jeune femme le berça à nouveau. Du temps passa. Le bébé était calme.

La jeune femme lui demanda tout à coup ce qu'il voulait.

Le bébé continua à dormir.

La jeune femme lui demanda encore, d'un ton plus pressant, Mais qu'est ce que tu veux ? Parle-moi, je sais bien que tu ne peux pas parler, mais dis-moi quelque chose.

Dis quelque chose. Elle secoua le bébé.

Le bébé ne dit rien.

Mon bébé, mon chéri, mon amour et ma vie, murmura la jeune femme entre ses dents.

Dis quelque chose. Je ne sais pas si tu es heureux. Dis quelque chose. Pourquoi tu dors ? Pourquoi tu dors tout le temps ? tu n'es pas bien ?

Le bébé ne faisait aucun signe, ne se manifestait pas. Elle continua quelques minutes. Le bébé finit par pleurer un peu.

Elle le berça, il se rendormit.

Autour, le café. La vieille sur la banquette avait levé les yeux, elle était de nouveau plongée dans ses mots fléchés. Dehors, l'esplanade.

Les plis des rideaux. Le soleil poussiéreux.

— Pourquoi tu es méchant avec moi, dit la jeune femme, assez fort, on voyait qu'elle se retenait pour ne pas crier. Pourquoi tu es méchant avec moi. Je fais ce que je peux.

Elle renifla.

J'eus l'impression que le café se remplissait de paroles, de paroles mauvaises, injures, calomnies. Qui parlait ? Les rideaux.

Des écoliers commençaient à traverser l'esplanade, il devait être quatre heures.

La jeune femme les regarda avec méfiance. Elle se leva et sortit en murmurant au bébé :

— Tu m'as abandonnée. Pourquoi tu m'as abandonnée ?

3

Simon et Louise travaillent

Louise était arrivée à sa séance chez Simon ivre de rage. Elle avait vu dans la rue devant chez Simon sa pire ennemie, disait-elle, et elle savait, elle était sûre, que Rose sortait de chez Simon. Pourtant elle en avait parlé à Simon, de cette Rose, une idiote, une imbécile, et une grue de surcroît. Comment Simon pouvait l'avoir prise en analyse, c'était impensable. Par respect pour elle, déjà. Cette fille empiétait sur son espace. Et de toute façon elle ne méritait en rien l'attention de Simon.

— Je ne connais pas cette Rose, dit Simon. Je ne sais pas qui est Rose.

Louise ne se calmait pas.

— Depuis le temps que je vous parle d'elle. Vous écoutez quoi on se demande. Évidemment que vous la connaissez. On la voit partout. Il y a un film avec elle qui sort en ce moment. Elle est sur l'affiche, elle a un short blanc, elle est en train de faire du vélo.

47

Elle se débrouille bien, je lui accorde ça, elle tourne en ce moment et elle a joué le rôle de Louise dans...

— Elle a quoi?

— Elle a joué... Louise s'arrêta brusquement. Ensuite elle se mit à rire, ce n'était pas un rire gai. Bon d'accord, dit Louise. D'accord. Elle a joué le rôle de Louise, dit Louise. D'accord.

Après un temps de silence, elle dit avec une certaine difficulté, comme si elle avait un peu honte, ou qu'elle avouait une pensée très intime, Quand même. Comment je peux être sûre qu'elle ne sortait pas de chez vous.

Simon rit franchement

— De quoi peut-on être sûr dans la vie, dit Simon.

— De la mère on est toujours sûre, du père on ne l'est jamais, Louise s'entendit réciter le proverbe d'un trait et en s'esclaffant. Elle resta sidérée.

Elle marqua un temps d'arrêt.

Ensuite elle tenta faiblement, C'est ça que vous vouliez me faire dire?

— C'est ça que *je* voulais *vous* faire dire? répéta Simon.

Avant même qu'il eût fini la phrase Louise était secouée d'un fou rire, un vrai. Simon riait aussi.

Simon pense à Eva

Simon pensait à Eva. Eva lui rappelait sa patiente
Louise par certains côtés, et aussi sa propre fille, à
l'époque, pas si lointaine, de son adolescence enra-
gée. Mais beaucoup de choses, et les plus diverses,
les plus petites, amenaient Simon à penser à Eva.

Simon se surprenait à penser à Eva en tournant
un coin de rue, il s'arrêtait devant un pan de mur,
il soupirait devant les briques dépareillées, il regardait un arbre seul et maigre au milieu d'un square,
il suivait des yeux une silhouette en jeans.

Une école, des enfants qui sortaient en se tenant
par la main, tabliers, blousons, ceux qui se bouscu-
laient et ceux qui discutaient, sérieux. Simon
essayait de se représenter l'enfance d'Eva, il imaginait des frères, des travaux durs, il se demandait
comment elle s'était mise à lire.

Le vendeur de journaux, dans son kiosque,
débraillé, rêveur, toujours le nez dans un magazine.
Simon lui demandait régulièrement ce qu'il lisait et

lui parlait de Kafka, mais l'autre se méfiait, «prise de tête».

Il croisait souvent à côté de chez lui une fille assise sur un banc qui regardait passer le monde les mains dans les poches. Elle était là depuis longtemps. Ce n'était pas une clocharde mais elle avait quelque chose de dur, de perdu, de trop jeune.

Une fois elle lui avait demandé une cigarette, comme il venait d'arrêter de fumer il n'en avait pas sur lui, il lui avait dit, elle l'avait regardé d'un air tellement narquois, il avait été étonné.

La malédiction, vous ne savez pas ce que c'est, la phrase lui restait dans la tête, et aussi, Tu crois que je ne vais pas tirer parce que je suis une femme. Simon trouvait ces phrases terribles.

Mais il se figeait aussi devant une affiche vantant les mérites du RER, on voyait le RER passer, triomphant, au milieu d'une campagne ensoleillée et verte, Simon secouait la tête, dégoûté, et il pensait à Eva, se demandait où elle vivait maintenant, il ressassait ce qu'elle avait dit.

Ou encore il me montrait la critique d'un film, un vieux série B, une histoire de fille et de vengeance, et prévoyait de le revoir.

Un peu obsédé, ce Simon.

Je me moquais gentiment.

Chez la mère d'Eva

Eva, dont le monde entier semblait se désintéresser, c'était du moins sa conviction, était passée dans la nuit chez sa mère, avec Josée. Comme toujours la petite maison pleine de poussière et de poules l'avait désespérée, et les salades maigres et les cages à lapins. Pourtant, voilà, elle y venait. Sa mère l'avait accueillie avec des soupirs et des gros silences et avait préparé une soupe. Dans la maison et dans la tête d'Eva traînaient des mots comme : décrépit, abîmé, souillé, très sale, dégoûtant. Et crasseux, répugnant. Et pisse et merde et crotte et débris et chiffon. Et boue. Et ordure. Son frère, le dernier, l'épileptique, qui vivait avec la mère, dit tout de suite à Eva en désignant Josée :

— Celle-là elle est mignonne. C'est pas comme l'autre, la négresse.

— Tais-toi François, dit la mère.

— Déjà, continuait François, s'il faut que tu te prennes une femme. Mais en plus une négresse.

— Tais-toi François, dit encore la mère. Et à Josée, brusquement : Mange.

Josée ne disait rien et ne mangeait pas.

— Tu la connais, la négresse, dit François, s'adressant à Josée.

Josée ne dit rien.

— Elle te l'a pas présentée, insista François.

Eva se leva de table et sortit. Dans la cour la nuit était absolument noire, et Eva pensait, Pisse merde crotte immonde répugnant très sale.

Un joli rêve et un petit rêve innocent

Une des choses que j'aimais chez Simon c'était son enthousiasme, et la façon très particulière qu'il avait de penser. Sans doute le fait qu'il travaillait souvent à partir de rêves y était pour beaucoup. Une fois par exemple il était arrivé en souriant de plaisir avec le rêve d'une patiente. Un joli rêve, avait-il dit. Elle se trouvait seule dans une maison isolée à la campagne, il faisait nuit, elle aurait dû avoir peur, mais non, ce n'était pas une atmosphère de cauchemar, c'était autre chose. Un temps vide s'écoulait, bien marqué, et tout d'un coup un rôdeur faisait effraction dans la maison. C'était une sorte de rôdeur type, vêtements noirs, visage masqué, comme au cinéma. Elle entendait la grille du jardin grincer, la porte d'entrée s'ouvrait lentement, il arrivait jusqu'à sa chambre, il poussait la porte, et alors elle lui demandait, le son de sa propre voix lui paraissait bizarre comme si c'était la voix d'une autre : Qu'est-ce que vous allez me faire ?

— Mais Madame, lui répondait le rôdeur, je ne sais pas. Je ne sais pas du tout. C'est *votre* rêve, Madame.

Oui, un joli rêve, avait commenté Simon. Un rêve sur ce que c'est, rêver.

Une autre fois Simon me lut un passage de *L'Interprétation des rêves* où Freud explique que même des rêves innocents, indifférents en apparence, dit-il, «montrent après l'analyse, d'une manière inattendue, qu'ils incarnaient des impulsions de désir sexuel indubitables». Il donne alors un petit rêve tout simple : *Il y a, entre deux palais imposants, une petite maison un peu en retrait; la porte est fermée. Ma femme m'accompagne jusqu'à la petite maison, pousse la porte, et je me glisse, rapide et léger, dans une petite cour qui monte brusquement.* Le fait est que j'éclatai de rire. Coït par-derrière, interprète Freud. Et moi, les mots «rapide et léger» me ravissaient. Voilà ce qu'était cet homme, le rêveur, à son insu : à part d'entendre affirmer qu'il y a vraiment du cul partout, peut-être bien que ça aussi me faisait rire. Simon rit à son tour. C'est vrai, on trouvait dans ce petit rêve «innocent» le clin d'œil du rêve lui-même au rêveur, son humour. Et, oui, ce rêve était tellement plus drôle que le rêveur, qu'on imaginait lourd, se traînant, empêtré dans toutes sortes de conventions sociales. Alors que le rêve, lui — «rapide et léger», inspiré.

Simon aime Freud

Simon aimait Freud, c'est sûr, le lire et le relire. Il était toujours à nouveau surpris, passionné, par cette découverte, l'Inconscient, et il voulait toujours explorer plus avant « quelle chose étonnante est l'homme », comme il est dit dans la tragédie d'Œdipe. Mais il pensait aussi, avec Freud, qu'on pouvait transformer. Transformer cet homme si vieux après tout et paraissant enfoncé à jamais dans ses malheurs, ses répétitions, l'éternel retour de la barbarie ? Comment combiner une observation réaliste pas tellement rassurante et l'idée d'une transformation possible ? Simon était quelqu'un de joyeux, qui pensait que les choses n'étaient pas nécessairement établies une fois pour toutes, mais qu'il y avait des conditions pour qu'elles changent, dont le travail de l'analyse faisait partie. Travail à deux, contrat. Vous dites tout, absolument tout, ce qui vous passera par la tête — et dans ces mots, vos mots, on entendra quelque chose. Ce qu'on peut changer, ce qui ne changera pas. Connaissance, et connaissance des limites. Soigner, guérir ? Pas comme un médecin, qui applique son savoir, sa science, sur un objet passif, le patient. Mais autrement, en travaillant avec le désir, et la résistance, du sujet. Et Simon aimait que les hommes changent, puissent changer. Laissent leurs maux. Mettent une distance, soient moins tristes, moins blessés, moins misérables, et jouent, apprennent à jouer, à être gais. Guérir une fois pour toutes de l'angoisse, non, sûrement pas. Mais arriver à en faire autre chose, à s'en défendre autrement que par des rituels obsessionnels ou des somatisations, sans parler de comportements délinquants qui visent à tout faire porter au voisin... peut être. Et de raconter « l'extraordinaire travail » — il trouvait la plupart du temps ses patients extraordinaires — qu'avait accompli par exemple une très jeune patiente, encore adolescente, qui était venue le voir pour des idées obsédantes accompagnées d'un rituel religieux qu'elle ne questionnait pas, un peu excessif, certes, mais. Elle ne mangeait que selon un rituel kasher plus que strict qui l'immobilisait, lui rendait la vie impossible, irritait et gênait tous ses proches, mais lui reconstituait en même temps une petite famille d'appoint, un groupe de jeunes de son âge qui suivait les mêmes préceptes... Quand elle eut analysé la haine qu'elle éprouvait pour le divorce que son père avait imposé à sa mère, et son remariage, tout tomba, y compris la religion, sur laquelle bien sûr Simon n'avait rien dit...

Le silence des tours

Pendant ce mois d'avril je continuais mon travail de documentariste sur la région parisienne, et je retournais sur les lieux décrits par Eva. Elle avait dit, comme si c'était pénible à dire, «Les grands blocs. Les fentes des fenêtres». J'avais imaginé qu'elle se sentait observée. Moi, ce qui me frappait dans les tours, c'était leur silence. Ce n'était pas un silence réel. En fait, il y avait même beaucoup de bruit. Mais j'imaginais du silence, un silence faux, menteur. C'était le silence entre les gens, des tours et des tours de silence. Je retrouvais une impression ancienne qui me venait de l'époque où, étudiante, j'avais fait de l'alphabétisation avec des travailleurs immigrés. Nous étions un groupe d'étudiants, liés à des syndicalistes. Il y avait un militant algérien, un vieux, un homme exceptionnel. Il buvait des bières l'une après l'autre. Je me souviens de ses yeux injectés, sanglants. Il avait été torturé, il n'en parlait jamais.

Des choses avaient changé, mais cette impression était restée la même.

Ça m'étonnait, à l'époque, les tours. Il n'y en avait pas encore beaucoup dans la ville. Mais ce qui m'étonnait le plus, c'était justement leur silence. Bien sûr, comme maintenant, je l'imaginais, un silence pareil n'était pas possible. Quand j'y pensais, je me voyais monter dans l'ascenseur et pénétrer dans une colonne de silence, et les tours, je les voyais creuses, pleines seulement d'une matière muette et caoutchouteuse, fausse.

Le silence était ailleurs, mon souvenir le déplaçait à l'intérieur des tours. Il pesait au milieu même des mots, mots faibles, insuffisants, qui ne pouvaient dire ni la distance, ni le pays lointain, ni le manque d'accueil. Les gens, des ouvriers pour la plupart, n'étaient jamais nombreux. Ils voulaient beaucoup, ils voulaient s'en sortir. Mais c'était très difficile, expliquer, faire apprendre.

Je sentais ce poids, je ne pouvais rien dire, les gens non plus, et le silence entre nous devenait mon silence à moi, la stupeur de quelqu'un qui se trouve tout à coup devant une catastrophe et qui se demande pourquoi personne ne l'avait prévenue. Maintenant je pensais à Eva.

Eva lit Kafka

Eva n'était pas dans une tour, ni même à côté, elle était sur le lit d'une chambre d'hôtel deux étoiles, elle avait décidé de s'offrir ça pour une nuit, advienne que pourra, et elle lisait *Le Procès* à voix haute à Josée. Elle était revenue au début, elle trouvait que Josée n'avait pas bien suivi. « On avait sûrement calomnié Joseph K..., car, sans avoir rien fait de mal, il fut arrêté un matin. La cuisinière de sa logeuse, Mme Grubach, qui lui apportait tous les jours son déjeuner à huit heures, ne se présenta pas ce matin-là. Ce n'était jamais arrivé. » Eva s'arrêta brusquement, elle avait tout à coup la gorge nouée, elle sentait les larmes monter. C'est la phrase « ce n'était jamais arrivé », pensa Eva. C'est tellement ça. Elle ne voulait pas le dire à Josée, elle ne savait pas comment lui dire. Ce qui lui venait, c'était : Je me sens seule, seule comme ce Joseph K. dans le livre. Mais Josée n'aurait pas compris.

D'ailleurs Josée profitait du silence d'Eva pour

tourner le bouton de la radio, elle tombait sur une musique dansante et regardait Eva avec espoir. Eva haussa les épaules et ferma le livre en disant, Bon.

Elle le rouvrit aussitôt.

— Je ne peux pas m'empêcher, dit Eva à voix haute. Fais ce que tu veux, je lis.

Josée se mit à exécuter une samba dans la chambre. Elle dansait très bien, remuait le ventre et les hanches juste les centimètres qu'il fallait, en faisant des pas minuscules en avant, en arrière.

Eva s'attendrit. C'était ça le problème avec Josée, elle attendrissait.

— Mais tu vois, continuait Eva, moi aussi on m'a arrêtée. Si, si. Devant le regard paniqué de Josée elle répéta, Si, si. On m'a arrêtée, il y a longtemps que je m'en suis rendu compte. Comme dans le livre. On ne m'a pas emmenée en prison, lui non plus on ne l'emmène pas en prison, mais on m'a arrêtée. Je le sais. Je suis là, avec toi, je me déplace librement, je vais, je viens, je fais soi-disant ce que je veux, mais je suis arrêtée. Je le sais.

Josée avait l'air de plus en plus angoissée. Eva secoua la tête.

— Je ne me sens pas coupable. On a toujours voulu que je me sente coupable. Moi, coupable ? Jamais. Mais je suis arrêtée, c'est sûr. On me surveille. Ils attendent leur heure.

Josée se mit à pleurer.

— Pleure pas, dit Eva. Je me débrouillerai. Ils ne

60

m'auront pas. Elle ajouta, Tout ça c'est dans le livre. Et pour elle-même elle dit tout bas, Incroyable, ce type. Moi qui déteste tous les hommes, et j'ai bien raison, pourquoi j'aime tellement celui-là.

Je m'en fous du pourquoi, dit Eva. Il a tout compris.

Écoute, dit Eva à Josée qui s'était assise sur le lit complètement abattue, t'en fais pas. Elle lui prit la taille. Allez, on danse. Samba.

4

Simon et Marie

— Je vous aime, disait Marie.

Simon ne disait rien.

— Je vous aime vraiment, disait Marie.

Simon ne disait rien et pensait, C'est sûr.

— Je ne suis pas belle ? disait Marie.

Simon pensait, Si, très.

— Alors, disait Marie, comme si elle avait entendu.

Alors rien, pensait Simon. Il n'en menait pas large, et se sentait même un peu à l'étroit dans ses jeans.

Marie ne dit rien pendant dix minutes très pénibles.

— Oui, dit Simon.

— Vous dites toujours ça, remarqua Marie. Si vous voulez savoir, je pensais à vous. À ce qu'on pourrait faire ensemble. J'avais des pensées très, très précises, dit Marie avec satisfaction.

Je vous trouve finalement pudibond, vous savez,

dit Marie. Je n'aurais pas pensé ça de vous. Ce n'est pas l'idée que je me faisais d'un psychanalyste, d'ailleurs.

Qu'est-ce qui nous empêche, dit Marie.

— Oui, dit Simon, qu'est-ce qui nous empêche ?

— Vous m'énervez, dit Marie.

Après un temps de silence court, elle ajouta, Tout le monde n'est pas aussi insensible que vous.

Aie, pensa Simon, et en effet pendant les dix dernières minutes Marie lui détailla avec complaisance sa récente nuit avec son actuel amoureux, qu'elle n'aimait pas. Simon n'en pouvait plus, et quand il dit, Bien, pour signifier la fin de la séance, il eut du mal à ce que son soulagement ne s'entende pas.

Un premier entretien

Simon avait un premier entretien. Un jeune homme lui sourit en lui tendant la main et entra avec lui dans le bureau. Avant de prendre place dans le siège que Simon lui proposait, il sourit à nouveau d'un air un peu gêné, et demanda où étaient les toilettes.

Simon lui dit qu'il y en avait en bas, au café.

— Mais je vais perdre du temps, dit le jeune homme, étonné.

— Oui, dit Simon.

Le jeune homme secoua la tête, incrédule.

Simon le regardait gentiment.

— Mais, commença le jeune homme. Il s'arrêta.

— Mais? reprit Simon.

— Je ne comprends pas, dit le jeune homme. Il ajouta, presque pour lui-même, Ce n'est pas grand-chose.

— Ici, dit Simon, on vient pour parler.

— D'accord, dit le jeune homme, maintenant il était fâché. D'accord. Mais...

Il ajouta, il tenait à dire ce qu'il éprouvait, Franchement, je suis choqué.

Simon le regarda sans rien dire. Ensuite :

— Vous avez tout à fait le droit d'être choqué. Mais ici, répéta Simon, on vient pour parler.

— Ce qui est incroyable, disait un peu plus tard le jeune homme à son meilleur ami, il lui racontait l'entretien par le menu, ce qui est incroyable, si j'y pense, c'est vraiment à quel point j'étais choqué. Bon, je ne suis pas descendu au café, je ne voulais pas perdre de temps, et ça m'a un peu ennuyé, mais... C'est surtout que j'étais plus choqué que par n'importe quoi... Je me demande pourquoi. Il rit.

Simon et Jérémie

Jérémie récitait Jean de la Croix à Simon :
— « *je vis sans vivre en moi*
et de telle sorte j'espère
que je meurs de ne pas mourir
cette vie que je vis
est privation de vivre
et ainsi continu mourir
jusqu'à ce que je vive avec toi
entends mon Dieu ce que je dis
que cette vie je ne la veux
car je meurs de ne pas mourir»
Simon aimait beaucoup Jérémie, un géant tendre
et doux qui était arrivé depuis peu de temps chez lui
dans une tristesse terrible, il ne guérissait pas du
départ de son ami.
Simon ne dit rien. Jérémie soupira, et reprit :
— « *dans un amoureux élan*
et sans manquer d'espérance
je volai si haut si haut

que ma proie je l'atteignis
pour que je puisse atteindre
le but de cet élan divin
tant voler il me fallut
que de vue je me perdisse
et malgré tout en cet exploit
en plein vol je défaillis
mais l'amour lui fut si haut
que ma proie je l'atteignis»
— Ma proie ? dit Simon.

Louise sort du jardin

Louise vivait à fond le printemps, ce temps aigu, précis, le temps des commencements, avec l'air qui coupe et découpe, qui dessine, disait Louise à Simon, le contour des choses, le dedans et le dehors, la forme et ce qui reste. On voit bien, disait Louise, on voit ce qui existe, l'air frais et clair fabrique un fond, on voit les choses, elles ressortent. Les feuilles, tous les verts, les allées et les bancs. Elle parlait du jardin près de chez elle, elle y allait beaucoup, elle aurait passé sa vie là. C'est mon jardin d'enfance, disait Louise, j'y allais quand j'étais enfant, j'y allais seule, on habitait à côté. Mon jardin d'enfance, mon jardin d'Éden, mon paradis perdu, elle insistait en riant, avec ironie. Je connaissais tout, les allées, les cabanes, le bassin, les statues. Le moindre banc, sa place, les balançoires, les jeux. Tournez, tournez chevaux de bois.

Maintenant, disait Louise, j'adore encore y aller. J'ai mon banc préféré, je m'assois. Je regarde les arbres, les nuages qui se font, se défont. On voit des avions, aussi, très petits, très loin. On dirait des jouets.

Ce jardin, disait Louise, ce printemps, quelle merveille. Il est large, sans limite. Tout pointe, grandit, trace sa trace. Mais en même temps, disait Louise, parfois, souvent, très souvent, c'est dur. J'ai une phrase dans la tête, peut-être je l'ai lue, peut-être je l'invente, mais j'ai cette phrase dans la tête, «Le printemps, rancune des choses». Comme si les choses vous rattrapaient, vous narguaient. C'est pire que dur. Dans ce printemps si bon, on peut aussi avoir, enfin, j'ai, moi, un sentiment tellement fort de l'inutilité des choses. Le sentiment d'un vide. Tout d'un coup, ça me tombe dessus. Rien ne vaut, rien ne sert à rien. Travailler, lire, être comédienne, voir mes amis... Plus rien n'a de consistance. Tout s'effiloche. Il fait beau, on se promène, le jardin est splendide, on voit tout comme on ne l'a jamais vu, et brusquement rien n'a d'intérêt.

Je pourrais faire des théories, disait Louise, une métaphysique. Vanité des vanités, l'absurde de la vie, de la condition humaine. Mais les discours, disait Louise...

Ce que je ressens, c'est un goût de mort dans la bouche. Un goût plat. Un goût de poussière.

Pourquoi le vide, disait Louise. Je ne comprends pas. Il m'attrape, il me terrasse. Je ne peux rien faire. Je ne suis plus bonne à rien. Et c'est sans raison.

Et dans le printemps qui avançait, Louise balançait entre le bonheur du jardin, le vert soutenu et fort, le ciel ouvert et joyeux, explosion, enthousiasme, et des brusques accès où plus rien n'existait, sauf l'horreur du vide, ce goût de mort, ce goût plat au fond de la bouche. Quelle fatigue, disait Louise, en haut, en bas, en bas, en haut.

Le jardin, dit une fois Louise. Autant j'aime y aller, y entrer, me promener, m'asseoir sur mon banc, autant quand j'en sors je suis triste. C'est affreux, dit Louise, en sortir. Elle s'arrêta brusquement.

Simon la relança, Oui ?

— En sortir, du jardin, dit Louise. C'est triste.

De nouveau, un silence. Louise voyait distinctement les grandes grilles du jardin, et derrière, les immeubles, les voitures, le boulevard.

Au bout d'un moment, Simon dit encore, Oui ?

— Je vous dis que c'est triste de sortir du jardin, dit Louise, un peu énervée. Ça m'énerve d'en parler. D'ailleurs, dit Louise, c'est évident. Pourquoi vous me relancez.

C'est normal d'être triste, ajouta Louise au bout d'un moment. Le jardin d'Éden, le quitter, c'est triste. C'est normal.

Simon ne dit rien.

Louise voyait seulement les grilles du jardin et éprouvait tout d'un coup une grande difficulté à parler.

— Je me sens lourde, dit Louise. C'est comme quand je sors du jardin, dit Louise, tout me pèse.

Quand je sors du jardin, en fait, ce n'est pas exactement de la tristesse, dit Louise. Ce n'est pas le bon mot.

C'est un sentiment d'à quoi bon, dit Louise. C'est tellement pénible. Même si j'ai des choses à faire, des gens à voir, du travail, comme c'est le cas, j'ai un sentiment d'inutilité de tout. Tout perd son intérêt. Je me traîne. Tout me paraît vide, dit Louise.

Le vide, répéta Louise, étonnée. Je ne parle que de ça. Mais quel rapport avec le jardin, dit Louise.

— Oui, quel rapport, dit Simon.

— Je ne sais pas, dit Louise. Quand j'étais petite, ce n'était pas comme ça. Je sortais, je prenais le boulevard, je rentrais à la maison, je faisais mes devoirs... J'aimais les faire, j'adorais ça. Personne ne me demandait de les faire, je les faisais toute seule. J'ai toujours fait mes devoirs seule. Personne ne me disait quoi faire.

J'étais un peu suspendue dans le vide, dit Louise.

— Oui, dit Simon.

Eva tombe dans un trou

Pour Eva aussi c'était le printemps, elle le vivait aussi à fond, peut-être elle aurait pu elle aussi parler de « la rancune des choses ». Elle avait un peu d'argent de côté, elle avait décidé de changer de coin et de louer une chambre dans un hôtel meublé. Josée avait trouvé du travail dans un Monoprix, et Eva un emploi de serveuse, elle avait souvent travaillé comme serveuse. Mais elle se sentait assommée. J'ai pris un coup derrière la tête, disait Eva. Je me sens molle, une flaque, tombée au fond d'un trou. Je n'ai jamais été comme ça, qu'est-ce que j'ai. Et cette fièvre, j'ai tout le temps une petite fièvre, avec un mal de crâne pas possible. J'ai pourtant pas l'habitude de m'écouter, disait Eva à Josée, mais là, je suis à plat.

Elle travaillait avec dégoût, elle engueulait les clients encore plus que d'habitude, mais, remarquait Eva sans rire, tant pis ou tant mieux, dans la brasserie où elle avait trouvé une place ils avaient l'air d'aimer ça.

Dès qu'elle s'allongeait pour dormir elle voyait sa vie défiler devant elle, la maison de sa mère, les poules et les salades, la crasse, la boue, les champs autour, les pommes de terre, et ses frères, elle voyait tous ses frères, un par un, c'est surtout Johnny qui revenait, c'était le seul à qui elle parlait, mais elle s'était fâchée avec sa femme, et d'ailleurs il était loin, et d'ailleurs elle ne savait même pas où. Ma vie, elle disait à Josée, je la vois comme dans un film mais voilà, j'aime pas le film. Josée la regardait et lui faisait une compresse, et Eva se mettait en colère parce que Josée ne lui disait rien. T'as peur de moi ou quoi, dit un soir Eva à Josée, Josée ne répondit pas mais toutes les deux éprouvèrent chacune de leur côté un malaise. Tu m'énerves, tu m'énerves, finit par dire Eva, et tout d'un coup elle dit très méchamment :

— Un jour, je vais te manger.

Josée devint blanche et s'assit.

Eva lui prit le menton, et dit :

— Exactement, tu as bien entendu, un jour je vais te manger.

Josée se leva et se mit à ranger.

— Laisse, se mit à crier Eva. Cette chambre est infecte. Tu ne peux pas l'arranger. Tu ne peux rien arranger. Regarde, le lavabo, on le voit, il n'y a même pas de paravent. Et les rideaux, tu aimes ça, les rideaux jaunes ? Et le papier peint sur les murs, tu l'aimes? Ça te plaît, le dessin? Les petites couronnes de fleurs, ça te plaît? Et quand on ouvre la fenêtre, tu vois le RER, est-ce que tu le vois? ou alors il n'y a que moi à le voir? S'il n'y a que moi à le voir, c'est que je suis folle, c'est ça? Réponds, tu le vois, oui ou non?

Josée dit qu'elle le voyait.

— Alors tu vois que tu peux parler quand tu veux, dit Eva. Tant que tu parles... elle rit sans terminer sa phrase.

Simon situe Eva

Simon avait situé Eva. Elle ressemblait en fait beaucoup à une de ses toutes premières patientes, une jeune fille qu'il suivait quand il travaillait encore à l'hôpital. Il s'était beaucoup attaché à elle, et il avait très mal supporté ce qui s'était passé, que sa famille la retire de l'hôpital dès qu'elle commence à aller mieux. C'était une fille douée, racontait Simon, intelligente, furieuse et délirante, avec des cheveux blonds coupés court comme Eva et un air de mépris absolu pour tout. Simon n'avait pas peur de sa violence, « d'où je viens, j'en ai vu d'autres », ça sonnait presque comme une excuse, et subitement la fille avait eu confiance, elle avait pu entendre les deux-trois choses que Simon lui disait.

Dès qu'elle avait pu la mère l'avait retirée, Simon s'y opposait, rien à faire, la mère avait l'accord de la médecin-chef, bien plus tard il avait appris des fugues et la rechute mais il avait déjà quitté l'hôpital. Il s'en était beaucoup voulu à l'époque de n'avoir

78

pas su s'y prendre avec l'équipe, l'institution, de les avoir braquées contre lui.

Comme il l'avait prévu la fille était devenue une malade chronique, abrutie, droguée. Trop triste.

Simon disait, J'ai toujours repensé à cette fille, elle était si près de s'en sortir, c'était possible. Enfin, on peut l'imaginer... Si j'avais su saisir l'occasion... Alors qu'au contraire... Quand on parle du poids des circonstances, ou de choses de ce genre, je pense toujours à elle... Il aurait suffi, peut-être, que la mère la lâche juste un peu, ou que le père soit juste un peu plus dans les parages, ou que la médecin-chef soit juste un peu plus intelligente... et surtout que je sois moi moins naïf, moins bête...

C'est comme Eva, disait encore Simon, si elle avait été moins seule... Si elle avait rencontré quelqu'un qui lui parle...

Et Simon rêvait.

Simon et l'asile

J'aimais que Simon me parle de ses débuts, de sa formation, de l'époque où il travaillait dans des institutions diverses, centres de santé mentale, hôpitaux psychiatriques. Il considérait la folie comme une limite, une possibilité toujours présente pour quiconque, tout en citant souvent la phrase, N'est pas fou qui veut. Il refusait l'idée d'un destin biologique, pensait qu'en principe, mais selon l'histoire particulière de chacun, tout, dans le psychisme, pouvait se soigner, non pas se guérir mais se soigner, par un travail d'analyse, de parole. Une médication, une intervention concrète sur le corps, n'était pas nécessairement une aberration, mais alors on ne pouvait plus intervenir comme analyste, et on traitait éventuellement le symptôme, mais seulement lui.

Il racontait parfois, énervé, des terribles histoires d'asile. Ce qui le mettait en colère était toujours la peur des soignants, la peur de perdre du pouvoir, la bêtise liée à cette peur. Une histoire m'avait frappée, peut-être parce que j'imaginais très bien le cadre, le vieil hôpital à l'écart un peu en dehors de la ville, le grand parc, les pavillons jaunes en préfabriqué, et les murs au bout du parc recouverts de lierre, beauté et tristesse du lierre, derrière il y avait un bois, on le voyait des chambres, ses lumières et sa vie lointaine. Et les gens, tous ces gens. Leurs promenades.

Simon m'avait parlé d'un jeune étudiant, si brillant, devenu catatonique, bougeait plus, parlait pas. Simon le voyait régulièrement, l'autre recommençait à parler, et d'un seul coup la femme médecin-chef : Monsieur vous êtes schizophrène, c'est écrit dans votre dossier, comment se fait-il que vous n'ayez plus de médicaments. Rechute et fin.

À l'opposé de cette attitude, Simon racontait comment un jeune ami psychiatre se débrouillait : à un patient qui lui faisait une scène parce qu'il allait s'absenter et le menaçait du pire, en disant, Vous ne pouvez pas partir et me laisser, je suis malade, l'ami lui répondait du tac au tac, Ah bon, vous êtes malade ?

L'important était de maintenir que la maladie et le sujet ne sont pas confondus, toujours garder la distinction, ne pas enfermer quelqu'un dans sa maladie. Tu es ce malade, et tu n'es que ça. Et de supposer qu'un sujet peut faire un pas de côté par rapport à sa maladie, la considérer, s'en décoller, elle n'est pas sa peau.

Moi ça me plaisait parce que je me disais : c'est

comme une narration, est-ce qu'une narration est racontée du point de vue de ce qu'on sait, comme un « cas » qui se déroule en ligne droite, ou du point de vue de ce qu'on ne sait pas à l'avance. Et ça ne veut pas dire : improvisation. Mais c'est une question de point de vue. Cela revient à prendre la mesure de ce qu'il ne s'agit pas, dans ces domaines, d'exactitude mais de vérité, et la vérité n'a pas d'efficace spontanée, par effet naturel de lumière, d'illumination, elle n'est pas non plus comme un médicament qu'il suffirait d'avaler, Ah oui, et on serait guéri.

Je me disais qu'au fond le biologisme et le bon vieux prêche idéaliste allaient toujours de pair, et mine de rien le médicament était assimilé à la vérité, et la vérité à un médicament, une chose en tout cas que l'on prend, par le corps ou par l'esprit, et ensuite « il suffit » d'avaler, d'absorber, de digérer. Alors qu'on voit bien qu'une explication donnée ne marche pas toute seule, quelqu'un peut très bien savoir et ça ne lui fait rien, pas plus qu'un récit n'est une pure et simple « idée » déroulée, démontrée, au contraire tout passe par le détail, les tours et les détours, la densité de la langue, l'épaisseur du temps.

5

Je vais revoir Bande à part

J'allai revoir coup sur coup deux films sur la
région parisienne, *Bande à part* et *Deux ou trois
choses que je sais d'elle*, et ces films où les images
étaient portées par les personnages, par leurs questions particulières, leur jeu et leurs gestes, leur grâce,
me rapprochaient plus de la réalité que toutes
les images documentaires que j'avais pu voir jusqu'alors. Qu'est-ce que c'est, la réalité ? On voyait
un film sur les chemins de traverse, les petits bouts
de rivière, les barques, les riens du tout, les portes
de garage, les niches du chien, les échelles, on voyait
des torchons au mur, des entrées d'immeubles pour-
ris, des escaliers, des gens en train de lire, des cours
où on n'apprenait rien, des coups fourrés, une fille
qui se faisait draguer par un type dans les toilettes
d'un café, elle lui demandait, Vous travaillez chez
Renault ? — Non, répondait le type étonné. —
Dommage, vous auriez échangé votre air con contre
une R 8, et on dansait dans les cafés, deux garçons

et une fille, la fille avec un chapeau sur la tête, l'aventure, le rêve comme au cinéma, mais le désir était vrai, la tendresse, on cherchait de l'argent, on cherchait l'amour, on était un peu débile, un peu menteur, on avait une voiture décapotable, on prenait le métro, on tirait avec une carabine de foire, et le pourtour campagnard des villes, tous les lieux, étaient si réels à cause des jambes si fines de la fille, de ses bas noirs, elle n'arrêtait pas de courir, sauter, escalader, pousser le vélo, elle était un peu idiote, un peu naïve, elle voulait trop qu'on l'aime, mais elle disait des choses définitives comme À quoi pensent les garçons quand ils pensent aux filles ? à leurs yeux, à leurs jambes, à leur poitrine, eh bien les filles quand elles pensent aux garçons, c'est pareil.

Ici, la banlieue, c'était la marge, le tout était d'avoir des amis, de l'amitié, pas un clan, cette chose de groupe avec ses réactions prévisibles, mais des gens avec qui on pouvait se mettre à danser dans un café, à transformer l'espace, le cadre, le faire sortir de sa fonction habituelle.

À quelques années d'intervalle, le choix de la région montrée passait de la marge, ces lieux et gens décalés, cette périphérie douce du monde, berges pour toujours, aux grands ensembles de maintenant, actuels et assassins, et le film qui parlait de ça était porté par un autre personnage de femme, une mère de famille qui habitait une de ces nouvelles cités de la région parisienne et qui se prostituait. Elle n'était pas dans la misère, le besoin, mais elle se prostituait pour ces deux ou trois choses supplémentaires, ces objets qui circulaient depuis peu sur le marché. Grandes allées perdues, cages d'escalier et balcons, Paris vu seulement à travers des magasins et des hôtels, et la pensée qui tournait en rond à l'intérieur de ces espaces indifférents sans pouvoir s'accrocher : c'était un film violent, presque un pamphlet, où tout était volontairement coupé, cassé, et mis sur le même plan, les objets de consommation et l'amour, les enfants et les livres de poche, les paroles et les robes et les idées. Il y avait une scène où cette femme marchait nue la tête enfoncée dans un sac de voyage devant un client américain — c'était aussi l'époque de la guerre du Vietnam. Quelque chose d'extraordinairement triste se dégageait de cette scène, peut-être à l'insu même du cinéaste. Mais voilà, la dénonciation n'est jamais pure, et cette femme dont on ne voyait plus le visage ne suscitait pas seulement la révolte, mais déchirait, déchirait.

Ce qu'on voyait : la prostitution comme un brouillage, une disparition, et la solitude. La bande d'amis avait disparu, les sentiments aussi, seuls restaient les rapports d'échange, et cette femme si seule qui se déplaçait avec une grande lenteur, hallucinée, réelle et irréelle comme la marchandise qu'elle incarnait.

Louise et le pire ennemi

— Je m'amuse beaucoup dans mon atelier de théâtre, avec les enfants du collège, disait Louise, et les enfants aussi, je crois qu'ils s'amusent. C'est un collège d'une zone classée difficile, comme ils disent, plus de la moitié des enfants viennent de familles immigrées, il y a des épais bâtiments en brique, on dirait une usine, et des kilomètres de couloirs. Quand je monte les trois étages d'escaliers pour aller dans la classe, je regarde les élèves, ce sont des élèves de quatrième, leurs gros cartables, leurs baskets et leurs survêtements, leurs capuches, et je soupire toujours, je l'ai remarqué. Mais une fois la porte fermée et l'atelier commencé, c'est différent, idyllique d'après l'enseignante, dit Louise en riant, mais c'est vrai, ça se passe bien. Enfin, dit Louise, il me semble.

Je me suis servie de la tension qui existe, qui est là, entre les garçons et les filles, je leur ai fait écrire des textes courts pour des improvisations.

On a travaillé sur le temps. Le passé, le présent,

ça marche, ils ont écrit à partir de leurs souvenirs, des histoires réelles ou imaginaires, et pour le présent aussi, ça marchait très bien.

Mais le futur, tout d'un coup, impossible : Mademoiselle, je ne sais pas. Mademoiselle, je ne vois rien. Mademoiselle, j'ai pas d'idée. Un garçon a juste écrit le titre, «L'avenir», et en dessous, une seule phrase, en fait une parenthèse : (la vie, c'est quoi?).

Au début je trouvais ça caricatural, ce No future, après j'étais inquiète vraiment, je me demandais comment en sortir.

Je tournais entre les tables, et puis j'ai eu une idée, je leur ai dit d'écrire sur le pire ennemi, et là ils ont tous écrit, l'ennemi pouvait être abstrait, une idée, le racisme, l'intolérance, ou la connerie, il y en a plusieurs qui ont écrit sur la bêtise, un adulte qui comprend rien. Ou ça pouvait être un ennemi très concret, le voisin, ou le meilleur ami qui a trahi. Ou encore, le pire ennemi, c'est soi-même, une fille a improvisé là-dessus, c'était émouvant... De toute façon il y en avait un, d'ennemi...

Il y a quelques filles qui se sont mises ensemble et qui ont résolu la question avec un texte sur le mariage forcé qu'elles ont joué, c'était tellement drôle que même les garçons étaient pliés en deux de rire.

Moi j'apprends beaucoup, disait Louise.

Je leur ai parlé de Brecht, comment il analyse les

contradictions. C'est une vision claire, complexe à cause des contradictions, mais claire.

Après, quand je suis rentrée, j'ai pensé. Clair comme le soleil sur un quai de banlieue, pas si clair que ça.

Josée a peur d'Eva

Josée avait peur d'Eva, c'est vrai, et le fait d'habiter une chambre laide et sale, petite, n'arrangeait rien. Le papier peint rétrécissait l'espace, et le jaune, et c'était difficile d'ouvrir les fenêtres à cause du bruit. Josée avait l'impression qu'Eva était toujours sur elle, elle se le disait comme ça. Dans sa tête, une image, elle ne se souvenait pas d'où elle venait, mais elle la voyait très nette, un type assis sur une chaise dans une chambre un peu comme la leur, sauf que l'image était en noir et blanc et que le type fumait sans arrêt. Il était recroquevillé sur sa chaise, l'espace le comprimait, un type jeune mais marqué, il avait l'air d'attendre quelque chose qu'il redoutait. Pourquoi Josée pensait sans arrêt à lui, elle ne savait pas, mais elle n'avait jamais vu quelqu'un avoir plus peur que ce type. Peut être même qu'il tremblait. Qu'est-ce qu'il attendait, qu'est-ce qu'il redoutait, pourquoi il ne partait pas ? « Une araignée effrayée », elle pensait ces mots à propos de l'image, elle les pensait ou elle les avait entendus, et le vide qu'il y avait dans sa tête était en même temps plein de bêtes immobiles qui couinaient, d'araignées silencieuses, d'attaques diverses, de petits pincements.

Maintenant Josée était debout devant la fenêtre, elle attendait le retour d'Eva, c'était l'heure. Elle souleva le rideau et vit passer un gros car rose fluo, touristes égarés loin de la capitale ou rentrant à un hôtel près de l'aéroport. Elle haussa les épaules avec fureur, elle détestait les cars, ces gros cars envahissants, d'ailleurs son père en conduisait un, et quand elle y pensait... Justement elle n'y pensait pas, elle ne pouvait absolument pas y penser, mais elle entendait son rire, un rire gras et dur qui sortait de lui par saccades et qui doublait son volume déjà énorme. Josée détestait les cars, surtout les gros couleur fluo, ça ne l'empêchait pas de porter très souvent du rose, du vert, du jaune, sur le tee-shirt ou sur les jambes, ou comme là dans les cheveux. Elle vit Eva traverser la rue, et ferma le rideau, dans sa tête elle chercha le silence, «the sound of silence», elle aimait tellement la chanson.

— À quoi tu penses, dit Eva en poussant la porte et en la regardant.

— À rien, dit Josée.

— Tu penses toujours à rien, dit Eva. En tout cas plus souvent qu'à ton tour, ajouta Eva gentiment en faisant un câlin à Josée. Et comme elle était pour une fois de bonne humeur, elle dit encore, C'est impossible, penser à rien.

— Je pensais aux cars, dit Josée.

— Tu vois, dit Eva.

— Ils sont moches, dit Josée, encouragée. Gros et moches. Je les déteste.

— Des riens gros et moches, rêva pour elle-même Eva. Moi non plus je les aime pas, dit Eva à Josée. Ces grosses bulles roses. On a envie de les crever.

Eva devant la Loi

Eva était couchée et elle relisait dans son livre une histoire qu'elle trouvait cruelle, celle d'un homme qui voulait entrer dans la Loi. Le gardien qui était devant la Loi lui disait que ce n'était pas possible pour le moment. L'homme restait, vieillissait, mourait, il n'entrait pas, il n'était jamais entré dans la Loi. Eva trouvait l'histoire cruelle et elle était d'accord avec le héros du livre à qui cette histoire était racontée. Il se révoltait, il accusait le gardien de n'avoir rien dit à l'homme. Aucune réponse, aucun éclaircissement, pendant tout le temps où l'homme était resté là, planté devant la porte, en train d'attendre, voulant entrer, voulant savoir comment vivre. Mais pas du tout, on rétorquait dans le livre au héros et à Eva, pas du tout, le gardien n'avait pas à répondre, il n'avait pas été interrogé.

Cet échange accabla subitement Eva. Elle éteignit la lumière, Josée dormait déjà, et resta sur le dos les yeux grands ouverts. Trop, c'était trop. Rien n'était jamais donné. Tout était toujours à faire, tout le temps. Pourtant, se disait Eva, je suis courageuse, j'ai toujours travaillé, pas comme mes frères, toujours gagné ma vie, toujours envoyé de l'argent à la mère. Ce n'est pas ça. Ce n'est pas que je ne veux pas travailler. Mais quand même. Trop, c'est trop. J'ai même pas droit à une réponse. Il faut encore que je pose la bonne question. La bonne, et au bon moment. C'est injuste, se disait Eva, en se tournant et en se retournant dans le lit, c'est injuste, c'est épuisant, c'est inhumain. Il a vu ça, Kafka, que c'était inhumain. Être obligé de tout faire, absolument tout, tout inventer, tout le temps. Obligé de tout, droit à rien. Il a vu ça. On cavale sans arrêt, on passe son temps à courir, et même ce qui est obligatoire, il faut le trouver. Même la bonne question, il faut l'inventer. La Loi, ça ne suffit pas qu'on fasse preuve de bonne volonté, qu'on veuille y entrer, non ça ne suffit pas, il faut encore trouver comment. J'en ai assez, j'en peux plus, j'en ai marre.

Eva s'endormit brièvement, et fit un rêve. Elle se vit dans la maison de sa mère, enfant, elle allait au cirque avec ses frères, c'était un petit cirque minable qui passait souvent par là. Petit cirque sale, avec un lion plein de puces, on les attrapait à chaque fois, et l'odeur de fauve était tellement forte, on se demandait comment une seule bête pouvait sentir autant. Et surtout les clowns, lamentables, déjà vieux, leurs costumes à paillettes rapiécés, leurs étoiles cousues.

Ce qui oppressait le plus Eva dans le rêve, c'était de sentir leur fatigue, combien ils étaient épuisés, ils faisaient tout, ces vieux clowns troués, ils jouaient du violon, ils jouaient de la clarinette, ils chantaient, ils disaient des blagues, ils faisaient la roue, ils nourrissaient le lion, ils balayaient la piste, ils interpellaient le public, ils ne s'arrêtaient jamais.

Eva se réveilla en sueur, elle se sentait fiévreuse, elle faillit réveiller Josée, mais non, elle soupira, Josée ne pourrait rien lui dire. Elle se tourna sur le côté et regarda le mur. Le mur la nargua. «On ne peut jamais penser à rien», lui dit le mur en ricanant. Elle repensa à la malédiction. Quel salaud, ce type, dit Eva à mi-voix, elle revoyait avec fureur la conférence de Simon. Il parle, il parle, il dit des choses, il ne sait même pas ce que c'est.

Simon hurle

— Quoi, quoi, quoi, qu'est-ce que vous avez dit, disait Simon, en fait il hurlait.

Marc, surpris, répéta :

— Je n'ai pas eu le temps de passer à la banque, et comme je vous l'ai dit je pars voir ma mère pour le week-end, je prends le train, je vous paierai mes séances de la semaine lundi.

— Quoi, hurla encore Simon, plus fort.

Marc, un homme d'une quarantaine d'années, chef d'entreprise et père de famille nombreuse, se sentit tout d'un coup extrêmement petit, plus petit que son tout dernier fils.

— Les trois séances de la semaine, je vous les paie lundi.

— Comptez là-dessus, hurla encore Simon. Si moi je comptais là-dessus... Je te dois ci, je te dois ça, et si tu crèves, j'irai danser sur la Riviera, cria Simon.

Marc était sidéré et horrifié. Simon, qu'il chérissait, se montrait subitement sous un jour désagréable, pire, vulgaire. C'était pénible, affreux.

— Écoutez, dit Marc, je ne sais pas pourquoi vous êtes si grossier. Je vous ai toujours payé, dit Marc avec difficulté, il avait du mal à prononcer cette phrase, il avait honte, et d'abord, bien sûr, pour Simon. Je n'ai pas eu le temps de passer à la banque, répéta Marc, sans espoir. Je ne sais pas quoi vous dire.

— Vous n'avez qu'à me l'envoyer par coursier, dit Simon froidement.

— Je ne comprends pas pourquoi vous en faites toute une histoire, dit Marc. Il ajouta. Je me sens très blessé.

— Crève toujours, recommença Simon, et moi, j'irai danser...

Simon souffre

Simon était enfoncé dans son fauteuil, recroquevillé, il écoutait Sylvain et souffrait. Sylvain lui
faisait le récit de sa nuit de la veille, il s'était fait
lacérer, étrangler et brûler, rasoirs, cordes et cigarettes. En plus et comme de bien entendu il avait
payé pour. Simon se demandait pour la énième fois
ce qui avait pu être raté dans ce qu'il avait entendu,
ou dit, pour que Sylvain, qui était venu le voir pour
ce qu'il appelait à l'époque sa froideur d'âme, se soit
«libéré», Simon quant à lui ne pouvait pas s'empêcher de mettre tous les guillemets du monde, de
cette façon. Pourquoi Sylvain continuait à venir lui
parler, et d'ailleurs de quoi lui parlait-il vraiment, ça
Simon se disait qu'il n'en savait pas grand-chose.
Mais comme Sylvain se portait bien, qu'il parlait
sans retenue ni problème apparent de sa sexualité et
de sa jouissance, et que Simon, lui, n'en pouvait plus
à chaque rencontre, il envisageait, également pour
la énième fois, d'interrompre l'analyse, tout en se

disant qu'il ne le ferait pas. Depuis un moment Sylvain ne disait rien.

— Oui, se força à dire Simon.

Encore rien.

Simon pensait au pire, se demandait ce que ça pouvait être, préférait nettement ne pas savoir, et dit encore, Oui?

— Je pensais à mon ami Pierre, dit Sylvain. Je ne sais pas pourquoi je pense à lui. Ce n'est même pas un ami, d'ailleurs. C'est un collègue de labo.

Encore un silence.

— Il a un petit garçon. Le petit a été longtemps malade, ils ont finalement trouvé ce qu'il a, c'est la même chose que j'ai eue, moi, à son âge. Ils l'ont mis dans le même hôpital.

Silence.

— Vous ne m'aviez jamais dit ça, dit Simon.

— Quoi, demanda Sylvain.

— Que vous aviez passé du temps à l'hôpital, petit.

— Quel intérêt, dit Sylvain. Ils m'ont guéri, d'accord. Mais je ne peux plus mettre les pieds dans un hôpital. Des sadiques. Ils traitent les gens comme des paquets. Des tubes, des perfusions, des piqûres, ils vous font ça sans rien vous demander. Des paquets, dit Sylvain, voilà ce qu'on est pour eux.

— Parlons-en, dit Simon.

6

Simon veut revoir Eva

Simon voulait revoir Eva, enfin, disait Simon, si je la revois, j'essaierai de l'aider, si je la retrouve, si j'arrive à lui parler, après tout, disait Simon, ce n'est pas impossible.

Ce n'était pas impossible, après tout. Si elle ne voulait rien entendre, eh bien, tant pis.

Mais quand même...

Il avait rêvé d'Eva et de Josée, plus exactement, en rêve il avait vu un personnage de Kafka, une petite femme, « naturellement très mince, qui se corsette quand même très étroit... Cette petite femme est très mécontente de moi. Elle a toujours quelque critique à m'adresser, je la blesse sans cesse, je l'irrite à chaque pas. Si la vie pouvait se diviser en particules microscopiques que l'on jugeât isolément, il ne serait atome de la mienne qui ne lui fît pousser des cris... Ce n'est que par aversion qu'elle s'occupe de moi, par une aversion incessante, par une répugnance savourée »...

Simon était persuadé en se réveillant que c'était là le portrait de la mère de Josée. Il voyait ça, un père énorme qui criait sans arrêt, et une toute petite femme, qui ne disait rien mais qui désapprouvait en silence.

Les enfants, ressassait Simon. On veut toujours les sauver.

Sans doute il pensait à sa petite patiente perdue, mais aussi à son amour toujours inquiet pour sa fille, et puis, expliquait Simon, Je suis un homme qui en d'autres temps aurait aimé avoir dix enfants minimum, mais, ajoutait Simon, en riant et pour provoquer ma jalousie, avec des femmes différentes, je ne suis pas catholique, ni sadique, expliquait Simon, à faire dix enfants à la même femme.

Il pensait vraiment à Eva. Moi, je comprenais, je trouvais qu'il avait raison de vouloir essayer de l'aider, je lui demandais comment il allait faire. Il n'avait aucune idée.

Josée chante pour Eva

Eva et Josée jouaient au lit, c'était dimanche. Josée caressait Eva, Eva embrassait Josée. C'était gai et mouvementé, toutes les deux adoraient ça. Après, tranquilles, paisibles même.

Josée mit sa tête sur la poitrine d'Eva et commença à chanter. Elle avait une jolie voix claire, elle chantait des choses du moment ou des chansons plus anciennes que son institutrice lui avait apprises à l'école, *Le roi Renaud de guerre revient* ou *Sur le pont du Nord / Tu n'iras plus danser*.

La voix transmettait une douceur enveloppante et légère, et en même temps une certitude, poignante, le monde se fermait, le désastre planait, la fin du monde arrivait, et cette fin était là maintenant, elle vous pénétrait, on la sentait, on la vivait, elle était portée par la douceur même de la voix, elle était cette voix même, si légère et si douce, et qui s'arrêterait bientôt, qui devait s'arrêter un jour.

Eva écoutait, transportée et subitement pleine de

larmes. Pas triste, émue. Elle se voyait avec sa mère, elle minuscule, sa mère en fichu, toutes les deux remuaient la terre, sa mère travaillait le champ, Eva l'accompagnait, toutes les deux s'activaient pleines de terre et de chaleur. Sa mère pourtant ne lui chantait pas, ne lui avait jamais rien chanté. Mais, se disait Eva, elle aurait pu.

Voilà, pensait Eva, quand c'est beau, on se dit que ça aurait pu exister, en vrai. C'est ça qu'on éprouve. Que ça aurait pu être.

Elle entoura les épaules de Josée.

Josée eut l'air de comprendre et se mit à chanter *Ne me quitte pas.*

Eva ne pense pas

Eva servait le déjeuner de midi dans la brasserie qui l'employait, steak-frites et omelettes, choucroute et plat du jour, aujourd'hui lapin chasseur. Elle ne disait rien aux clients, elle prenait la commande, la tête un peu baissée, partait et revenait avec les plats, aucun air particulier, ni excédé, ni furieux, rien. Elle avait des mots dans la tête mais elle ne les pensait pas. Les mots venaient tout droit d'un rêve qu'elle avait fait dans la nuit, elle avait vu une salle de cinéma avec en gros le titre du film, lettres de lumière, c'était *Eva a tué un homme*. Dans le rêve elle arrivait devant le cinéma avec Josée et sa mère, elles se mettaient toutes les trois dans la queue, et Eva disait en rigolant à sa mère, C'est pas la peine d'aller au cinéma pour voir ça. Quoi, ça, demandait sa mère. Une connerie pareille, répondait Eva en embrassant violemment Josée, elle lui enfonçait la langue dans la bouche. Le rêve était si réaliste et le baiser si fort que ça l'avait réveillée. Elle avait réveillé

107

Josée, amour brutal, après elle s'était rendormie dans un sommeil vide. Mais là, maintenant, dans la brasserie, le rêve était revenu, vif et parfait comme s'il avait toujours continué à être présent. Eva circulait à l'intérieur du rêve, ce n'était ni agréable ni désagréable, le rêve faisait partie de la brasserie, les images se mêlaient aux odeurs, café, vin et bière. Eva notait les commandes, apportait les plats, servait et desservait, et tout d'un coup elle se sentit submergée, elle eut l'impression qu'elle allait s'évanouir, une phrase arrivait dans les images, c'était comme un sous-titre : « Tu crois que je ne vais pas tirer parce que je suis une femme. » C'est ce qu'elle avait dit au moment de tirer. Mais ce n'était pas les mots qui la submergeaient, c'était la haine qui les avait accompagnés et qu'elle avait oubliée. Une haine épaisse, puissante comme une vague, une de ces vagues gigantesques qui se lèvent du fond de la mer et qu'on aperçoit une fraction de seconde avant qu'elles ne vous tombent dessus. Elle descendit aux toilettes et se mit de l'eau sur la figure. En redressant la tête elle se vit dans la glace, elle se regarda un moment, ensuite elle haussa les épaules.

Louise et monsieur Bonhomme

Louise décrivait pour Simon le proviseur du collège où elle faisait son atelier de théâtre.

— Il s'appelle monsieur Bonhomme, disait Louise, si, si, je vous assure, c'est vrai. D'ailleurs il ressemble à son nom, il n'y a pas plus monsieur Bonhomme que lui, avec sa petite moustache, son petit ventre qui ressort, c'est tout bonhomme, tout, sauf que quand il se met à gueuler, attention, dit Louise, attention...

Elle s'arrêta.

— Oui, dit Simon.

— Oui, oui, oui, dit Louise, vous pouvez toujours dire oui, vous ne savez pas ce que c'est un proviseur de collège de banlieue. Il ne comprend rien à ce que je veux faire avec les enfants, les enfants d'ailleurs il ne les comprend pas plus, en fait il est comme eux, il se met à leur niveau, il n'a aucune distance, on dirait un gros bébé, il crie, il trépigne, enfin presque, un de ces jours il va sortir des propos racistes, vous allez voir...

C'est un sale type, dit Louise.

Simon ne dit rien.

— C'est un sale type et un minable, dit Louise. Le pire de tout, dit Louise, c'est sa moustache. Comment on peut avoir une moustache, ça, ça me dépasse.

Simon ne disait rien.

— Si vous aviez eu une moustache, dit Louise, jamais je ne serai restée avec vous.

— Ah ? dit Simon.

— Une moustache, mais c'est absurde, une moustache. D'ailleurs, dit Louise, il n'y a que les hommes qui en portent.

— Mmm, dit Simon.

— Oui, oui, oui, dit Louise. Exactement.

Un silence.

— Je le hais, ce type, dit Louise.

Un silence. Louise se mit à rire.

— Il mérite la mort, dit Louise. J'ai un ami qui dit ça. Quand il parle de quelqu'un qu'il trouve idiot, il dit, Il mérite la mort. Par exemple il dit, Au cours de cette discussion, untel a mérité dix fois la mort.

Je ris, dit Louise, mais ce n'est pas drôle. Quand je le vois, ce Bonhomme, je le trouve tellement nul, ça me met hors de moi, je perds mes moyens, je dis n'importe quoi. Pourquoi un type pareil me mobilise autant, je me demande.

— Oui, dit Simon.

— Arrêtez de dire oui, dit Louise.

Et tant pis si je perds mon boulot, dit Louise.

Ça ne sera pas la première fois, ajouta Louise au bout d'un moment.

— En effet, dit Simon.

— Taisez-vous, dit Louise.

— Bien, dit Simon en se levant.

Louise gâche tout

— C'est pas possible, disait Vincent, excédé.
C'est pas possible. Je le crois pas.

— Qu'est-ce qui est pas possible, criait Louise.

— Toi, disait Vincent. Tu gâches tout.

Il se leva, et commença à s'habiller.

— Reste ici, cria Louise. Reste ici. Ou je ne te
revois jamais de ma vie.

— Écoute, dit Vincent, en continuant à s'habiller, moi je n'ai pas l'intention de te revoir de si
tôt.

— Je te déteste, dit Louise.

— Ça j'avais compris, dit Vincent.

Il ajouta :

Moi je ne te déteste pas mais je te trouve conne.

— Tu me détestes, dit Louise.

Vincent haussa les épaules et ne dit rien.

— Dis-le que tu me détestes, insista Louise.

Vincent finissait de s'habiller, il laçait ses chaussures.

Il était penché, attentif, il prenait son temps.

Louise voyait son dos, de la poche de son blouson dépassait un livre.

Louise se mit à le frapper avec ses poings. Comme Vincent était habillé, les coups glissaient et Vincent se mit à rire.

Louise s'assit tout d'un coup et le regarda les yeux vides.

— Tu ne m'aimes pas, dit Louise.

— Ça non, dit Vincent.

Il sortit en claquant la porte.

7

Les sables de Louise

— J'aime tellement Vincent, disait Louise.
J'aime comment il est, j'aime ce qu'il écrit, je l'aime.
Il ne me croit pas. D'ailleurs, c'est vrai, je gâche tout.
Je ne sais pas pourquoi. Quand il s'en va, je deviens
folle, je lui en veux, j'ai envie de tout casser. Je ne
me contrôle pas. Mais je l'aime.

Mais quand il s'en va, ça me rend folle, dit Louise.

De quoi on est faite, disait Louise. Ça me fait
pleurer.

Ma mère me chantait une comptine, de quoi sont
faits les petits enfants, les filles elles sont en sucre et
les garçons... je ne sais plus en quoi sont les garçons.

En sucre...

Le sucre, ça fond.

Pas merveilleux, le sucre.

Moi, je me sens en sable, disait Louise.

J'ai du sable à l'intérieur, rien qui tient, disait
Louise.

Friable, pleine de sable.

Que des sables à l'intérieur, voilà, dit Louise.
Je m'effrite.
Je me défais.
Je me casse en mille morceaux.
Pourquoi je ne peux pas tenir quand il s'en va.
Je le tuerais quand il s'en va.
Je pourrais le tuer.
Je le hais quand il s'en va.
C'est comme ça, disait Louise.
Ou alors, tout casser
Je me vois tout casser, et disparaître après.
Oui, oui, partir, disparaître, laisser tomber, me casser.

Eva roule dans les flaques de bière

Eva lisait *Le Château* : « ... dans une sorte de pâmoison dont K. cherchait à tout instant, mais vainement, à s'arracher, ils roulèrent quelques pas plus loin, heurtèrent sourdement la porte de Klamm et restèrent finalement étendus dans les flaques de bière et les autres saletés dont le sol était couvert. Des heures passèrent là, des heures d'haleines mêlées, de battements de cœur communs, des heures durant lesquelles K. ne cessa d'éprouver l'impression qu'il se perdait... »

Eva s'interrompit. Elle éprouvait un malaise, comme si elle savait parfaitement ce dont l'auteur parlait, mais sans pouvoir repérer d'où lui venait ce savoir, à quoi il correspondait. C'était une impression d'être déjà passée par là, mais où, mais quand, et des sentiments confus, du dégoût mêlé à de la tristesse, à du regret, à de la douceur. Elle se représentait un bourbier, un terrain mou, informe, tout se mélangeait, terre et eau, boue et pierres, sables gris, couleur marron, et en même temps, les étreintes, l'amour. Ce terrain vague, répugnant, elle le voyait, c'était le terrain devant la maison de sa mère, elle voyait aussi les poules, volailles stupides. Quand elle était petite, elle les aimait bien, elle les trouvait drôles, elle avait ses favorites, elle s'en occupait, ça l'amusait de les voir accourir quand elle jetait le grain. Eva se voyait faisant le geste de la main, soulever son tablier plein de nourriture, elle sentit un mouvement d'affection qui suivait le geste de la main. Oui, mais quand même. Trop nulles, les poules. Lamentables. Des bêtes qui n'ont qu'un seul et même trou. C'était Johnny qui lui avait fait remarquer. Un seul trou, tout y passe, la merde et les œufs, tout ensemble. Et la pisse. Tout se mélange, c'est dégoûtant. Comment on peut s'estimer après ça? Pas étonnant qu'elles aient peur de tout, ces connes.

Eva haussa les épaules. De toute façon elle ne pouvait plus voir de poules en peinture, ni cette maison crasseuse, ni sa mère d'ailleurs. Je vous méprise, sales poules, dit Eva à voix haute, et s'étonna elle-même de sa violence. Elle fronça les sourcils, elle, en tout cas, elle n'était pas une poule, et reprit son livre. Elle se calma tout de suite, mais le fond de tristesse, la nostalgie et le malaise persistèrent.

Marie et la petite fille

— Mais est-ce que vous me voyez, oui ou non, disait Marie. Moi je passe des heures à m'habiller avant de venir vous voir, et je me demande si seulement vous me voyez. Je me demande si vous êtes sensible à quoi que ce soit, d'ailleurs. Je me suis acheté un nouveau parfum, est-ce que vous vous en êtes rendu compte?

Sûrement pas.

Et mes bas. Ils sont très chers, vous savez. Ils sont en dentelle, ajourés.

Regardez, disait Marie, elle remuait les jambes. Je sais que j'ai de belles jambes. Mais pour ce que ça vous intéresse.

Moi je n'ai qu'une envie... Bon...

Juste à côté du magasin où j'achète mes bas, il y a une boutique de poupées. Figurez-vous que j'ai failli m'en acheter une.

Quand j'étais petite, j'aimais jouer à la poupée.

Comme toutes les petites filles, ce n'est pas très original.

Une fois, j'avais huit, neuf ans, j'avais habillé ma poupée avec des dentelles, et moi aussi, je m'en étais mis, des dentelles. J'avais trouvé des tas de bagues et de colliers de ma mère, et je m'étais déguisée.

Ma mère n'était pas très contente, mais elle avait ri.

Mais mon père, lui, il était furieux. Je n'ai jamais compris pourquoi. Il m'a dit que j'étais ridicule. Il m'a dit que j'avais l'air d'un clown. Et j'ai été tellement vexée, blessée.

Ça me fait penser à une scène de film, c'est un film américain, avec James Dean. *Rebelles sans cause* ou *La Fureur de vivre* ou quelque chose comme ça. Il y a une adolescente qui s'est maquillée, beaucoup de rouge à lèvres très très rouge, elle embrasse son père et son père la gifle. Il lui dit qu'elle devrait avoir honte, se maquiller comme ça, et il la gifle. J'ai revu ce film plusieurs fois, j'ai toujours pleuré à cette scène.

Marie se mit à sangloter convulsivement.

C'est trop triste, dit Marie.

— Quoi, dit Simon gentiment.

— Je ne sais pas, tout ça, dit Marie.

Édouard a deux cravates

— J'ai un ami que je n'aime pas beaucoup, disait Édouard. Il se moque de moi, d'ailleurs je crois qu'il se moque tout le temps de moi, mais je ne comprends pas ses plaisanteries. Il m'a raconté une histoire ce matin, je n'ai rien compris.

Un silence.

— Oui, dit Simon.

— Je pensais à l'histoire, dit Édouard. Voilà, c'est un garçon, sa mère lui fait un cadeau d'anniversaire. Un très beau cadeau, elle lui offre deux cravates très chic, de chez Saint Laurent. Une cravate à rayures, une cravates à pois. Le fils est ravi, et comme ils vont dîner au restaurant pour fêter l'anniversaire, il s'habille, et il met une des cravates, la cravate à rayures. Ils arrivent au restaurant, ils s'assoient, la mère voit la cravate, et elle se met à faire la tête. Le garçon se demande ce qui se passe, au bout d'un moment il interroge sa mère, qu'est-ce qu'elle a. La mère secoue la tête, elle ne veut rien dire, elle soupire, elle sort son mouchoir, elle s'essuie les yeux, elle finit par dire en reniflant, Je vois bien que tu n'as pas aimé la cravate à pois.

Édouard se tut.

— Je ne comprends rien à cette histoire, dit Édouard. Quand il me l'a racontée mon ami a éclaté de rire. Comme je ne riais pas, je me suis senti très gêné.

Je ne trouve pas qu'elle est drôle, cette histoire. Pourquoi c'est drôle ?

Un silence.

— Oui ? dit Simon.

— Ça n'a rien à voir, je pense à ma mère, dit Édouard.

Quand j'étais petit elle me faisait des beignets de pommes de terre, j'adorais ça, des beignets sautés dans l'huile, et après elle me disait, Mon pauvre garçon, tu es vraiment trop gros. Je la vois, en train de préparer les pommes de terre et les oignons, de huiler la poêle, et me disant, Je te les fais, tes beignets, mais tu ne devrais pas manger des beignets, ça grossit trop. Alors moi je les mangeais mais ça me faisait drôle.

Oui, drôle.

— Drôle comment, dit Simon.

— Je ne sais pas, dit Édouard. Je me sentais idiot. Comme avec cet ami, tout à l'heure. Idiot.

Un silence. Tout d'un coup Édouard se mit à rire, un rire aigu, nerveux, un fou rire.

— Une image vient de me traverser l'esprit, dit Édouard. L'image d'un type avec deux cravates autour du cou. Avec ses deux cravates il avait l'air ridicule. Étonné et ridicule.

Avec mes deux cravates j'avais l'air d'un con, ma mère, avec mes deux cravates j'avais l'air d'un con, se mit à chantonner Édouard sur un air connu. Il continua à chantonner pendant un bon moment, il était tout d'un coup très gai.

Simon et le spécialiste

Pendant que j'attendais avec lui pour entrer dans un cinéma, Simon se fit interpeller par un ami d'enfance, qu'il n'avait pas revu depuis des années et des années. Je sais que tu es devenu psychanalyste, moi je suis spécialiste des phobies, lui dit immédiatement Jean-Michel, un grand type en anorak.

— Ah bon, dit Simon, éberlué. Je ne savais pas que ça existait.

— Quoi? dit Jean-Michel, c'était lui qui semblait étonné maintenant.

— Des spécialistes de phobie.

— Pourquoi ça t'étonne. Toute maladie appelle son spécialiste. Tu as bien des cardiologues, des dermatologues... Moi, je traite toutes les différentes sortes de phobies et plus particulièrement les agoraphobies, répéta Jean-Michel.

— Mais comment? demanda Simon.

— Eh bien, il faut les classer. Par catégories. Peur du métro. Peur des trains, peur des rues, peur des places publiques, peur des squares. Peur des maladies, peur d'être piqué, peur d'être mordu.

En fait, rit Jean-Michel, si on se laissait aller, on trouverait autant de phobies que de gens.

J'utilise des méthodes diverses. Principalement l'habituation progressive. Il faut du résultat.

— Oui ?

— J'ai un grand secteur de banlieue, les gens n'ont pas d'argent. Ils demandent un résultat rapide, pas comme vous.

Donc je les habitue, peu à peu, j'ai tout un équipement. Je commence par montrer des photos, ensuite des vidéos, ensuite le son... Enfin je passe au réel. Je leur montre une araignée, je leur fais des frissons sur la peau... Je les persuade. Je leur montre que la réalité n'est pas si grave.

— Des mygales ? Des serpents ? L'air dégoûté de Simon me faisait rire.

— Pourquoi pas.

Ce sont des peurs irrationnelles, n'est-ce pas. Il s'agit de leur faire accepter qu'ils n'ont aucune raison d'avoir peur. Enfin je prends ce que j'ai sous la main. Ce qu'ils peuvent rencontrer. Pas des crocodiles, hahaha...

— Pourquoi pas, dit à son tour Simon qui venait de lire qu'à New York la mode était justement aux crocodiles et aux boas d'appartement.

Et les agoraphobes ?

— Des gens venus d'ailleurs, pas habitués aux grandes villes.

Ils ont peur de se perdre. Peur du noir, peur de la solitude.

À ce moment-là Jean-Michel s'interrompit pour répondre à un appel téléphonique sur son portable.

Ils ne supportent pas la solitude, reprit Jean-Michel.

Souvent ils ne supportent pas la promiscuité non plus.

Les hommes, les femmes, tous ensemble...

— Et les récidives, dit Simon, le symptôme qui se déplace ?

Tu te souviens de ce film, Simon s'adressait plutôt à moi, c'est l'histoire d'un homme qui a une jalousie maladive. Il rend la vie impossible à sa femme, à tout le monde, il frôle le crime. À la fin il trouve refuge dans un couvent, tout semble redevenu calme. Mais la dernière image dément la guérison : il rentre dans le couvent, il remonte les marches de l'escalier et on le voit, il zigzague.

— Bien sûr qu'il y a des récidives, souvent même, dit Jean-Michel, qui n'avait pas écouté. Il changeait de registre mais ne s'en rendait pas compte, passant de l'expérimental, regard perçant, inquisiteur, fixé sur l'horizon froid de la science, au moral, ton emphatique, tourné vers l'intérieur, limite du prêche. Quelqu'un qui est habitué à avoir peur, il faut lui apprendre à se défaire de la peur, à s'en séparer. J'appelle ça « quitter sa peur », dit Jean-Michel avec un regard profond. Il faut savoir quitter sa peur, renoncer à sa peur. Il y a un moment, dit Jean-Michel avec conviction, où il faut savoir renoncer.

— Mais comment ils renoncent, dit Simon. Il avait l'air exténué.

Jean-Michel se gonfla, et dit qu'il se faisait fort, que convaincre, il savait, etc.

Simon secouait la tête.

Marc et les fous

— J'ai fait un rêve, disait Marc, ce n'était pas un rêve agréable, j'étais au lit avec ma femme et je transpirais beaucoup, des ruisseaux de transpiration, comme si j'avais peur, et ma femme me répétait, Les fous sont parmi nous, les fous sont parmi nous.

Je me demande ce que ça veut dire.

Ma femme, je l'aime bien. Mais franchement elle est parfois assez limitée. Je trouve.

Les femmes, ce n'est pas leur faute, mais elles sont, disons, elles sont... je ne sais pas comment dire. Je ne crois pas que vous pouvez comprendre. Moi je travaille avec des femmes, j'en ai beaucoup sous mes ordres, vraiment, elles ne sont pas comme nous.

J'ai des filles, remarquez, je les aime.

Mais elles ne sont pas comme leurs frères.

Les fous sont parmi nous. Qu'est-ce que c'est que ça?

Je ne connais aucun fou.

Fou, c'est quoi, je me le demande.

Quand j'ai embrassé ma femme pour la première fois, on était encore fiancés, elle m'a dit, Tu es fou, on pourrait nous voir. Elle est très pudique. Moi, je ne pensais pas que c'était fou.

L'autre jour, en fait je dis l'autre jour, mais c'est l'autre nuit, j'ai voulu essayer une nouvelle méthode, enfin, ça me gêne un peu d'en parler, mais, bref, enfin, et elle m'a dit que j'étais fou. Ce n'est pas plus fou qu'autre chose, quand même.

Un silence.

Il y a une chose que je ne vous ai jamais dite. Ce n'est rien d'important, mais j'y pense.

Après avoir fait l'amour, j'aime bien me laver les mains.

Je dis, j'aime bien. En fait, j'ai besoin de me laver les mains.

En fait, si je ne me lave pas les mains, je deviens...

— Oui ? dit Simon.

— C'est une façon de parler, dit Marc. Je deviens fou.

Louise et le sexe

— Le sexe, le sexe, disait Louise. Pourquoi il faudrait que je vous parle du sexe. Freud, c'est le tout sexuel, c'est connu. Il ramène tout au sexe. C'est réducteur. À son époque, mettons, c'était révolutionnaire. Mais maintenant.

Vous connaissez la blague sur les quatre Juifs qui ont révolutionné l'humanité? Jésus est arrivé d'abord, il a dit, Tout est amour. Ensuite il y a eu Marx, il a dit, Tout est économie. Après est venu Freud, il a dit, Tout est sexe. Enfin il y a eu Einstein, et lui, il a dit, Tout est relatif.

D'ailleurs, qu'est-ce que ça veut dire, le sexe?

Je n'ai pas de problème de ce côté-là, après tout. Je n'en ai jamais eu. Au lit, ça va, merci. J'aime ça. Jamais eu de difficultés.

Je n'ai pas envie de parler de ça. Peut-être que je ne pense qu'à ça sans le savoir, dit Louise. Mais ça m'étonnerait.

Moi, ce dont j'ai envie de parler, c'est pourquoi

je n'ai pas confiance en moi, voilà. Pourquoi je me décourage toujours. On me dit que je suis jolie, que je suis douée, eh bien ça ne me sert à rien. Je ne me trouve jamais assez.

Jamais assez, jamais assez.

Vous allez me dire, c'est ma mère. Comment elle m'a toujours critiquée. Tu n'es pas ceci, tu n'es pas cela... Oui, oui, bien sûr. Mais je le sais et ça ne m'empêche pas d'être tellement insatisfaite.

Un silence.

Je pense à un film que j'ai vu hier soir, dit Louise. Un film très vulgaire. Il y a une scène où le héros est en caleçon et il se tient les couilles, pardonnez l'expression.

C'était dégoûtant. Ce qui était dégoûtant, c'est qu'il avait l'air si fier.

Beurk, dit Louise.

— Beurk ? dit Simon.

— Vous savez très bien ce que ça veut dire, Beurk, dit Louise.

Un silence.

— Vous avez le don de m'énerver, dit Louise.

Remarquez, si je vous admire c'est bien pour ça.

Je veux dire, je vois bien que je suis agressive avec vous, je vous injurie même des fois, et vous, vous restez calme. Calme et ferme.

D'ailleurs vous la fermez un peu trop.

Ha ha ha.

Très mauvais.

C'est aberrant ce qu'on a dans la tête.

Est-ce qu'une femme peut être aussi ferme?

— Qu'est-ce que vous en pensez? dit Simon.

8

Un documentaire de la malédiction

Je continuais mes repérages dans la région parisienne. Il faisait beau, la chaleur s'étalait, et le paysage cassé, morcelé, les petits carrés d'herbe, les rails des trains, les ponts sur les routes, tout semblait encore plus dur, plus faux sous la largeur du ciel. Je repensais souvent à Eva, comment elle avait parlé de la malédiction, et des tours. Des tours, il y en a de plus en plus. Grandes tours poreuses, blocs de boue. Leurs horribles fenêtres. Elles luisent jour et nuit, mystère sans mystère. Parfois certaines sont enveloppées par des bandes de plastique, on dirait des pansements. Elles sont pourries, on va les faire exploser, c'est prévu.

L'explosion des tours. L'imaginer.

Une fois je traversais un de ces quartiers à la fois vides et encombrés de ces gros pâtés. Tout d'un coup un groupe d'enfants minuscules s'est mis à me suivre, ils m'ont entourée en hurlant et ils m'ont crié des injures, des injures très violentes. Pour rien. Puis ils sont repartis.

Le plus affreux : ils s'injuriaient et se menaçaient en même temps entre eux — « Tu vas voir, tu veux que je te coupe », etc. Les mots, les gestes ne signifiaient plus rien.

Je parlais avec des professeurs de collège. Ils discernaient souvent, surtout chez les filles, une volonté batailleuse, un désir, mais inquiet, déjà miné. « J'aime rêver, écrivait une petite, je ne devrais pas, mais. » Une autre avait intitulé un texte « Les femmes peuvent travailler comme les hommes ». Mais souvent aussi on trouvait un savoir fermé, total, désespéré. « Mon père travaille chez Renault, il ne pourra jamais écrire un livre. »

Parfois j'entendais des phrases impossibles. Des adolescents jetés ensemble dans le même sac de leur future spécialité, ils étaient dans un lycée agricole, par un professeur pourtant bienveillant : celui-ci appelait sa classe du matin « les viandes », et sa classe d'après-midi « les produits laitiers ».

Louise et la banlieue

— Je suis fatiguée, disait Louise, vraiment fatiguée. Les transports. Ces ateliers de théâtre au collège. C'est trop loin.

En fait, ce n'est pas ça, disait Louise, ce qui est fatigant, c'est ce qu'on ressent, quand on y va. Ce que les gens vivent.

Ce sont des endroits où on sent qu'on a été abandonné, que personne ne vous veut. Que depuis le début, personne ne vous a voulu. On se sent laissé, abandonné.

Quand j'y vais, après le RER je prends le car, disait Louise. Il est long à venir, après il n'y a jamais de place, et il fait toujours trop chaud. Le car monte une route, c'est tellement laid. Des maisons, des pavillons, des magasins de meubles, tout a l'air directement jeté sur la route.

Tout est là comme si on avait tout balancé n'importe comment, rien n'a été pensé, préparé pour accueillir qui que ce soit.

Vous verriez le collège, disait Louise.

C'est à pleurer.

C'est ce qu'on appelle un collège caserne. Ils le sont tous, d'ailleurs, dans ces coins-là. Quand on voit les tout petits qui arrivent avec leurs sacs, leurs cartables, tellement minuscules dans les grands couloirs... Ils ont l'air perdus.

Je vous dis, on sent que personne ne les veut. Abandonnés.

Un silence.

J'exagère, disait Louise. Peut-être. De toute façon, vous vous en foutez.

Un silence.

Dans mon atelier de théâtre, en ce moment, pendant les improvisations que je fais faire, je fais travailler les sentiments. Je nomme un sentiment, et je demande de trouver des mots, des pensées, des situations, des personnages qui vont avec. Ils adorent ça, ils inventent de ces histoires... Ils me demandent toujours de le faire, après. On s'amuse beaucoup.

Je leur ai fait un numéro sur la colère, je pensais à monsieur Bonhomme, ils ont ri, ils ont ri...

Ce n'est pas difficile, la colère. Ce qui est difficile... Louise s'arrêta.

— Oui ? dit Simon.

— Rien, dit Louise.

Un silence.

— Oui ? dit Simon.

— Le sentiment d'être abandonnée, dit Louise.

Quand on se sent abandonnée, dit Louise. Elle s'arrêta de nouveau.

— Oui? dit encore Simon.

— Meurs, dit Louise. Crève. Elle rit d'un rire nerveux. Ou alors on ne pense pas, dit Louise. On est trop triste.

Les nuages pleurent

— Les nuages pleurent, disait Jérémie. C'est dans une chanson, je l'ai entendue hier.

J'étais dans un café, près de mon chantier. Un juke-box la jouait. J'étais en train de déjeuner avec l'équipe, j'ai failli éclater en larmes.

Je suis malade d'amour, je voudrai ne pas t'avoir rencontré.

Je suis malade d'amour, j'essaie de t'oublier.

Et les nuages pleurent.

Les nuages pleurent. On était dans ce petit bar minable, dehors les berges encombrées de sable, de grues, de camions. Et il y avait cette voix qui sortait de la machine. Une voix d'homme, cassée. Elle m'a fait penser à la voix de Georges.

Je n'ai jamais aimé que lui.

Le ciel, les nuages. Il faisait très beau, c'était hier, en réalité il n'y avait pas un seul nuage, mais le bleu du ciel était pastel, clair, et léger, léger, léger... Je me suis dit, dans ce bleu, il y a de l'eau, il est gonflé par l'eau des larmes. Les larmes du ciel. Elles sont toujours là, même quand on ne les voit pas.

Je suis sorti marcher un peu, je voyais les péniches, les berges, tout le travail des hommes, tout ce stupide travail d'hommes qui ont quelque chose à faire... J'avais la chanson dans la tête. J'avais l'impression que j'étais partout dans le paysage, ces berges abandonnées, c'était moi, j'étais cassé comme les pierres, en morceaux, éparpillé, jeté partout, en ruine, pas construit, jamais je ne serai construit, je suis cassé, foutu... Et le pire, c'était le ciel, si large, si vaste, qui s'étalait, qui me narguait...

Je me sentais tellement petit. Comme un enfant perdu.

Je l'ai aimé comme un enfant, comme j'imagine qu'on aime un enfant.

Se remettre de la perte d'un enfant, c'est impossible.

Je ne m'en remettrai pas.

Simon va chez Guy

Simon décida d'aller chez son ami Guy. Guy tenait un bar vers Pigalle et voyait passer beaucoup de monde. Simon se disait qu'il savait peut-être quelque chose sur Eva et Josée.

Guy avait reconnu Josée au moment du fait divers, elle était venue parfois à son bar mais il y avait longtemps. En revanche, son père, qui était chauffeur, il conduisait des cars de touristes, venait régulièrement. Guy savait que c'était son père parce qu'il les avait vus ensemble une fois, Josée et son père, par hasard.

Simon dit que ça l'intéressait et qu'il attendrait le père de Josée.

C'était un bar normal, des hommes, des filles, des touristes, de temps en temps un car s'arrêtait au coin, les touristes sortaient du car, entraient dans le bar.

Assis devant un whisky, Simon regardait les gens.

Guy vint le trouver, lui indiqua un homme qui

s'était mis au comptoir, un type énorme dans un tee-shirt mauve, c'était le père de Josée. Bel homme, trop gros, des cheveux un peu longs dans le cou, gris et touffus. L'air pas commode, et en même temps les dents un peu en avant, enfantin. Il était avec sa femme. Depuis cette histoire, je ne suis pas dans mon assiette, je lui demande, désignant sa femme, de m'accompagner dans mes tournées. Il ajouta, Nous faire ça à nous, vous vous rendez compte, je ne veux plus jamais la revoir de ma vie.

Sa femme ressemblait exactement à la petite femme du rêve de Simon. Simon ne fut pas étonné.

Une petite femme très petite, mince comme un fil, Simon essayait de l'imaginer en mère. Il lui revenait une histoire, il ne savait plus d'où, une mère dont la fille s'était retrouvée en prison. La fille avait craqué, s'était vraiment effondrée. Je n'aurais pas cru ça d'elle, la mère déclarait en souriant aux amis de la fille.

Marie rêve du bureau de Simon

— J'ai rêvé de votre bureau, disait Marie, mais il ne ressemblait pas du tout à votre bureau. Il y avait des livres partout, ça oui, et une table pas rangée, elle n'est jamais rangée votre table, vous êtes vraiment désordre, je me demande si vous faites jamais le ménage, et au mur il y avait la photo de votre chéri, de votre gourou, mais c'est tout. Je savais que c'était votre bureau parce que je sonnais et que vous veniez ouvrir la porte.

Je ne sais pas ce que c'est, cet endroit, dit Marie. Je ne connais pas d'endroit pareil.

C'était un endroit bizarre, maintenant je me souviens, plutôt une salle qu'un bureau, une grande salle allongée, tout en longueur. Avec des objets partout, un peu comme une brocante.

Des objets hétéroclites. Des choses étranges.

Des vases de toutes sortes, très travaillés, et des armes, des vieux fusils, des carabines. Je me déplaçais au milieu de tous ces objets, et je me disais, Je ne sais pas quoi choisir. En plus tout paraissait cassé. Fêlé, fendu, ébréché.

Au lieu de m'allonger sur un divan, je m'allongeais par terre. Je me sentais triste. Bizarre et triste.

Le tapis était vieux, abîmé, tout moche.

En plus ce tapis était plein de trous. Vieux tapis troué.

Et de franges. Des franges et des franges.

Franges, frangins. Mais je n'ai pas de frères. Alors. J'ai assez souffert de ça, que mon père veuille un fils. Ma mère me l'a assez dit.

Mais cette pièce, je ne vois pas ce que c'est. Pourtant, elle me rappelle quelque chose. Mais je ne vois pas quoi.

Il y avait un vase, ma mère en avait un semblable, il lui venait de sa mère à elle, ma grand-mère. Quelle horreur cette grand-mère. Ma mère avait peur d'elle, elle criait tout le temps, elle se plaignait sans arrêt, elle disait que les enfants devaient se taire, et manger dans la cuisine, qu'ils étaient trop sales...

Quel cauchemar. En même temps j'ai une drôle d'impression, ce rêve c'était comme un livre, on pourrait s'arrêter des heures sur chaque mot, chaque mot était plein d'autres mots.

— Oui ? dit Simon.

— Je dis ça comme ça, dit Marie.

— Oui ? dit encore Simon.

— Mais je ne sais pas, dit Marie, vous êtes insupportable, sale, salle, une grande salle allongée, votre bureau, sale, j'étais sale, je suis sale, salope, ma grand-mère quelle salope, vous êtes un salaud, vous m'emmerdez, tout ça est sale, quelle merde la vie, vous me faites chier, je ne m'arrêterai plus jamais, tu l'auras voulu Georges Dandin, ma mère trompait mon père et il le savait, je vous l'ai déjà dit mille fois, et il me l'a reproché à moi, comme si j'y étais pour quelque chose, quel salaud, mille fois je vous l'ai dit, et toutes les femmes sont des salopes, des ordures, c'est votre faute, si c'est ça votre travail, ah bien bravo, oui, oui, oui, bravo, quelle merde.

Louise joue la comédie

— Mon frère me rend folle, disait Louise. Et il le sait.

Il me taquine, et il sait que ça me rend folle. Il me dit, Tu joues la comédie, hahaha, et il ricane. Il ne ricane pas, il sourit seulement, mais ça suffit.

Il s'est toujours moqué de moi. Cette bonne vieille rivalité.

Mon frère est trop bête, dit Louise.

Il est venu me voir, là, au théâtre, il n'a vraiment rien compris, il m'a dit que le rôle de la servante de Desdémone était sans intérêt, eh bien c'est lui qui est sans intérêt. C'est un rôle formidable, et je crois que je suis vraiment bien dedans. D'ailleurs on me l'a dit. Quand j'ai trouvé comment dire la grande tirade féministe, j'étais contente. «Et n'avons-nous pas des sentiments, des envies de nous amuser, et des faiblesses, comme les hommes en ont?» Je dis toute la tirade en dansant à travers la scène, en dansant et en remontant mes grandes jupes, en montrant mes jambes et mes jarretelles, c'est très sérieux ce qu'elle dit Emilia, et je sais que c'est exactement comme ça qu'il faut le dire.

J'aime jouer, mais je ne joue pas la comédie.

Ou alors il dit, Tu fais ton cirque.

C'est comme si c'était une maladie, jouer.

Je me souviens, quand je suis venue vous voir, je vous ai dit que j'avais peur que vous me cassiez mon désir de jouer. Je vous ai dit ça.

— Oui, dit Simon.

— Je vous ai dit que souvent on m'avait dit que j'étais folle, ou malade, ou je ne sais quoi, de vouloir faire ce métier, mais que moi, je ne pouvais pas imaginer ma vie sans ça.

Et voilà, ça me fait pleurer. Je ne sais pas pourquoi je pleure, je ne suis pas triste.

En tout cas, ce n'est pas parce que des gens, surtout ma famille, m'ont dit ces choses stupides, en fait je m'en fiche. Non, je ne m'en fiche pas, mais je m'en fiche quand même. Je sais que je ne peux pas ne pas jouer.

C'est en jouant que je pense, que je me sens vivante, c'est tout.

Jouer, c'est ma façon d'aborder le monde. Je n'y ai jamais réfléchi, je le pense maintenant. De trancher dans le mouvement infini des choses. Parfois c'est difficile à faire. Mais si on ne le fait pas, on est avalée.

Ça peut être si agréable d'être seulement portée,

de ne rien faire qu'être là et sentir tout. Mais alors on disparaît.

J'ai un ami comme ça. Dans ma tête je l'appelle «l'homme inspiré». Il est constamment affecté par tout, par le monde, par ce qui se passe, il aime, il déteste, le ciel, le vin, la musique, les femmes. C'est un type très fin, et il est branché sur tout, sensible à tout. Il dit qu'il veut jouer, mais chaque fois qu'on lui propose un rôle, un rôle particulier, ça ne marche pas. Je crois qu'il préfère autre chose, cet état passé à tout enregistrer, à tout sentir, à ne rien faire, l'état inspiré.

Et vous, quand je suis venue vous voir, vous m'avez dit que vous n'étiez pas là pour casser une vocation, ni pour l'encourager non plus, ni pour réparer le passé. Vous m'avez dit que ce qui comptait, dans ce travail qu'on pourrait faire ensemble, c'était le présent qui pouvait s'inventer.

Je ne sais pas si j'ai compris, mais ça m'a rassurée. Comment vous m'avez parlé, enfin justement comment vous ne m'avez pas parlé, de mes «idéaux»... enfin, j'appelle ça comme ça, moi.

Vous m'avez dit que d'ailleurs vous ne connaissiez pas grand-chose au théâtre. Je ne vous ai pas cru, remarquez. Mais au fond j'ai trouvé ça très bien, que ce ne soit pas votre affaire, comment je joue.

J'ai vu un film, disait encore Louise, qui m'a fait penser à vous. Je ne sais pas si vous pensez à moi, moi je pense souvent à vous. Je me demande comment vous faites. Ce métier, je veux dire. Qu'est-ce que c'est, ce travail.

Ce film raconte la vie de François d'Assise. Celui qui parlait aux oiseaux, aux arbres. Mon frère le rossignol, mon frère l'arbre. Il donne tous ses biens aux pauvres, il fonde un ordre.

Quand je suis sortie je me demandais quel était le point de vue du metteur en scène. Parce que ce sont des moines, mais ce n'est pas un film religieux. Pourquoi ? On se dit tout le temps, ils sont merveilleux, ces moines, mais on se dit aussi, ils sont fous, ces moines, des petits fous. On sort, on a la tête pleine de moines, ils ne vous quittent pas. Il y en a un, c'est le frère Genièvre, qui passe son temps à donner tout ce qu'il a, chaque fois qu'il croise un mendiant, il lui donne ses vêtements, il donne tout. Après quoi, il revient au couvent complètement nu. Alors, peut-être qu'il aime aussi ça, être nu ? On ne sait pas. Peut-être.

C'est filmé de loin mais le mot distance ne convient pas, il y a une grande tendresse, de l'affection même. On voit toutes les dimensions possibles de l'acte, de chaque acte. Pas d'ironie, pas de jugement, pas de moralisme.

Les actes sont posés là, comme ces moines au milieu des collines, et on est devant, on peut les regarder, dans toutes leurs dimensions, dans tous leurs prolongements. On les voit, on vous les montre, par tous les côtés en même temps. C'est ce que vous faites, non? Toutes les dimensions de ce qu'on vous dit, vous essayez de les entendre et de les faire entendre. Depuis le temps, j'ai quand même remarqué ça.

Un silence.

Je voudrais jouer comme ça, dit Louise. Qu'on voie et qu'on entende tout ce qui est possible à chaque fois. Par exemple...

— Oui? dit Simon.

— Je ne sais pas, dit Louise. N'importe quoi. N'importe quel exemple, dit Louise.

— Par exemple? dit Simon.

— Mère, dit Louise.

— Mère? dit Simon.

— Oui, mère. Pourquoi ça vous étonne? C'est dans *Hamlet*, vous vous rappelez j'espère. Si vous vous rappelez pas, vous êtes vraiment nul. «Mother, mother, mother!» «Mère, mère, mère!» Il interpelle sa mère. Il l'accuse, il l'interpelle. Mais comment le dire, ce mot. Il faudrait qu'on entende tout.

— Tout? dit Simon.

— Oui, tout, vous faites exprès ou quoi. Tout. Amour. Rage. Colère. Tristesse. Déception.

«Mère, mère, mère!»

— Mmm, dit Simon.

Eva est complètement parano

— T'es complètement parano, ma pauvre fille, disait Eva à son image dans la glace, elle se parlait en haussant les épaules. T'es vraiment complètement parano. Tu crois qu'on te suit, tu fais des tours et des détours, tu cours, tu te caches, évidemment c'est rien, ni personne. Combien de fois je t'ai dit, Eva continuait à s'adresser à son image, mais combien de fois il faudra que je te le répète, ils s'en fichent de toi, ils s'en fichent, tu ne les intéresses pas, pas du tout.

Eva s'arrêta et se regarda longuement. Elle secoua la tête. Quelle idiote, dit Eva. Tu me déçois.

Si tu trouvais un coup à faire, reprit Eva, là oui, peut-être tu aurais des ennuis, si c'est ça que tu veux. Mais pour ça, il faut avoir de l'imagination, beaucoup d'imagination, non, même pas, mais au moins un peu, et toi, tu n'en as pas du tout, tu n'en as jamais eu. Pauvre fille.

Eva soupira. Pauvre fille, elle répéta, et haussa les

épaules. Tout de suite après elle fronça les sourcils et brandit le poing. Ne m'appelle pas Pauvre fille, tu m'énerves, dit Eva. Je te l'ai dit mille fois. D'ailleurs, les filles, je les emmerde, c'est toutes des connes.

Je te l'ai dit souvent, moi je suis seule, seule de mon espèce.

Elle se regarda dans le miroir en collant son nez à la glace. «Vous êtes seul comment?», «Je suis seul comme Franz Kafka». Oui, eh bien moi je suis seule comme moi, Eva, dit Eva. Un croisement, comme il dit, un croisement. Elle alla chercher le livre et lut à voix haute : «Je possède une étrange bête, moitié chaton, moitié agneau. Je l'ai héritée de mon père. Mais elle ne s'est développée que de mon temps; auparavant elle était plus agneau que chat. Maintenant elle tient également des deux... Pourquoi n'y a-t-il qu'une bête de ce genre? Pourquoi est-ce moi qui la possède? Y a-t-il eu avant elle un animal de la même espèce? Que se passera-t-il après sa mort? Se sent-elle seule? Pourquoi n'a-t-elle pas de petits? Comment s'appelle-t-elle?» Eva s'interrompit, elle avait les yeux embués. Elle se moucha et referma le livre. Elle regarda par terre pendant un moment.

Oui, mais ça t'avance à quoi, dit Eva, de nouveau le nez sur la glace. À quoi ça t'avance?

Il faut que tu trouves quelque chose, dit Eva. Sinon, ça ira mal pour toi. Il faut que tu trouves quelque chose.

Josée et les cars

Josée, qui autrement ne se souvenait jamais de ses rêves, venait d'être réveillée par le cauchemar qu'elle faisait régulièrement. Elle se voyait encore quand elle avait fait ce cauchemar pour la première fois, elle avait dix ans, elle dormait avec sa sœur, elle s'était réveillée en hurlant. Un gros car lui fonçait dessus, elle cherchait à l'éviter, elle courait, courait, elle essayait de se cacher, elle ne trouvait rien, quand elle était plus petite, c'était pareil, elle ne trouvait jamais d'endroit pour se cacher quand on jouait, «Josée-elle-est-bête-elle-trouve-pas-de-cachette», elle avait ça dans les oreilles jusqu'à aujourd'hui, finalement le car la rattrapait et l'écrasait. Au moment où le car lui passait dessus, elle apercevait le visage ricanant du conducteur, ce n'était pas son père mais il lui ressemblait, elle le pensait à chaque fois, les deux se ressemblaient comme deux gouttes d'eau.

Elle s'assit dans le lit en bougeant centimètre par centimètre, elle faisait très attention de ne pas réveiller Eva. Eva ne supportait pas d'être réveillée, elle se mettait dans une rage folle. Josée regardait le plafond, l'obscurité n'était pas complète, elle voyait des marques, des dessins, et elle pensait.

Je n'ai pas eu de chance, se disait Josée. Je suis toujours tombée sur des gens qui crient. Moi qui déteste ça. Comme ma mère. Comment elle a pu vivre toute sa vie avec le gros, je me le demande. Mais moi, je n'ai pas eu de chance. Tous les hommes qui me sont passés dessus, ils criaient. Et maintenant, Eva, elle crie trop.

Elle crie vraiment trop, se disait Josée.

Elle regardait Eva qui respirait calmement.

Josée soupira. Ces gros cars, se dit Josée. Je les déteste. Les yeux ouverts, Josée se mit à rêver. Elle voyait le ciel, les étoiles piquées dedans, un moment de bonheur avec sa sœur en colonie, elles avaient passé la nuit dehors, le ciel était clair et tranquille, comme, avait dit sa sœur, une grande couette bien douce. Elle s'endormit.

9

Eva a une idée

— Écoute, disait Eva à Josée, elle s'était réveillée
le matin et avait trouvé à côté d'elle Josée en train
de dormir assise dans le lit, écoute, ces cars, on va
s'en occuper. Je te le promets. Je vais pas te laisser
comme ça, à faire des cauchemars sans arrêt. J'ai une
idée. On va s'occuper des cars. Tu ne va pas passer
toute ta vie à faire ces cauchemars, tu vas voir, les
cars, on va les crever.

Je ne les aime pas non plus, personne ne les aime.
On va s'amuser, et en plus, c'est utile, c'est d'utilité
publique, comme ils disent. On va juste crever les
pneus, c'est pacifique, et tout le monde va être
d'accord.

On mettra une pancarte, on fera un graffiti, pour
montrer que c'est une idée, pas n'importe quoi, pas
du vandalisme, un acte gratuit, pour rien, mais une
idée.

Les compagnies vont pas se laisser faire, elles vont

rameuter les flics, mais tu verras, tout le monde sera pour nous.

Si jamais on m'attrape, ça me fera de la sympathie, chez les gens, un mouvement de sympathie. Comme Robin des Bois, comme au cinéma.

Ce qu'on mettra sur le graffiti, c'est... mon frère François il mettrait, La France aux Français. C'est un minable, François, un pauvre type.

Moi je mettrai, Marchez à pied, voilà. Promenez-vous à pied.

Ou alors, À bas les pollueurs.

Ou alors, Prenez le temps, crétins. Non, pas crétins, juste Prenez le temps.

Tu verras, tout le monde sera pour nous.

Si jamais on m'attrape, j'aurai ça pour moi.

D'ailleurs, je suis sûre que ça va faire de l'effet, tu vas voir, ça fera plus de bruit que ce qui s'est passé avec ton salaud d'ex. Tu vas voir.

On propose un rôle à Louise

— On me propose un rôle, disait Louise.

Ça peut être un grand rôle, j'en suis sûre. La pièce est tirée d'un roman qui a fait scandale, j'ai lu le livre quand il est sorti. L'histoire est très belle, elle oscille entre la comédie de mœurs et le mélodrame, et vire brutalement à la tragédie. Ça se passe dans une cité, deux femmes sortent de prison où elles se sont connues et aimées. L'une est la femme d'un gérant de bureau de tabac, une belle femme mûre, mère de deux enfants, qui a fait de la prison pour des escroqueries diverses. L'autre, une jeune — c'est mon personnage —, avait menacé le mari de sa maîtresse, et il avait porté plainte. En prison, Sibylle, la jeune, a séduit la femme du gérant, Julia. Julia est une forte femme et elle décide d'imposer Sibylle à son mari, et l'installe chez elle. Là il y a des scènes pénibles, à la limite de la vulgarité, les deux femmes au lit, la jeune se vante de savoir faire jouir son amie mieux que n'importe quel homme, en même temps

163

quelque chose de plus lourd, de plus fou, s'annonce. Une scène où Julia revient avec des vêtements qu'elle a achetés pour Sibylle, des belles robes, des beaux corsages, et Sibylle n'arrive pas à mettre ces vêtements de femme. Elle essaye, elle marche, elle se déplace comme en bois. La fin : Julia a malgré tout couché de nouveau avec son mari pour des raisons matérielles, pour l'argent, et elle est enceinte. Sibylle lui ouvre le ventre pour lui arracher l'enfant. On la voit, le couteau encore dans la main, s'avançant, très jeune, très blanche, barbouillée de sang, du sang sur les mains, le visage, tout le corps, elle s'avance en flottant, lentement, l'air égaré, perdu, étonné de ce qu'elle n'a pas trouvé, ne pouvait pas, ne pourrait jamais trouver.

Je connais le travail du metteur en scène, je l'apprécie. Le rôle de l'autre femme va être tenu par... J'oublie son nom. C'est une comédienne qui a déjà de l'expérience, une femme que j'admire beaucoup, une très belle femme.

C'est un rôle extraordinaire, disait Louise. Je suis terrifiée.

Un personnage des Temps modernes

Simon me faisait rire, pas toujours exprès. En fait je lui trouvais des ressemblances avec Chaplin. Sans doute Simon ressemblait réellement un peu à Chaplin, ses traits fins, son humour, son élégance dans les situations les plus saugrenues, mais surtout l'art de Chaplin me faisait penser au travail du psychanalyste, au mieux de sa forme bien sûr, les personnages des films me paraissaient des figurations possibles de son activité, et comme j'étais décidément très amoureuse, cette comparaison m'enchantait.

À la fin des *Temps modernes*, il y a une scène où Chaplin, embauché comme garçon dans une brasserie, doit faire un numéro et chanter mais il a perdu la manchette où il avait inscrit son texte : il improvise une chanson dans une langue inventée mais parfaitement compréhensible, on a l'impression qu'il danse sur les mots, avec d'autres mots derrière ou dessous, il s'amuse avec ce langage inventé comme avec un jouet, et en même temps il fait entendre tout ce qu'il veut faire entendre, et la jubilation, la sienne, la nôtre, vient de là, de ce jeu avec les mots, où tout se comprend alors que tout est inventé, ce n'est pas seulement un jeu de mots, c'est un jeu avec le langage en tant que tel, c'est d'ailleurs une histoire d'amour et de sexe et d'argent, gestes suggestifs, forme des seins, transgression, tape sur les doigts, et baisers, et rigolade, et les paroles baragouinées rappellent, évoquent, font allusion, bribes et morceaux, sonorités et sens, un vrai mot par-ci par-là, on a l'impression de voir le langage comme un objet, les mots sont des choses que l'on peut manipuler, accompagner avec les mains, dessiner dans l'espace, des boîtes magiques à plusieurs fonds, à plusieurs épaisseurs, et transparentes, on passe à travers, on saisit tous les sens là où il n'y en a aucun, et on est avec le danseur sur sa corde, en équilibre, sur plusieurs terrains à la fois, les mots qui sont dits et les mots qui sont dessous, les mots que l'on ne sait pas dire ou que l'on ne peut pas dire, ou que l'on a oubliés, ou que l'on a perdus, et ceux qui viennent à la place et qui ne sont pas vrais mais qui ne sont pas faux non plus puisque c'est par eux qu'on arrive à entendre les autres.

Ou encore au début du *Dictateur*, Chaplin pilote un avion qui se retourne, il vole à l'envers, tête en bas, il défie les lois de la gravitation. Mais en vérité dans tous ses films il fait ça, défier les lois de la gravitation et de la gravité, défier la réalité, les conventions sociales, les règles de la boxe, la chaîne de l'usine, le rôle de la prison, le sens de la délinquance, l'usine fondement de la société devient prétexte à danser, à un ballet, la prison on y va pour manger et dormir tranquille, et on mange à la cantine de la prison le petit doigt en l'air, en prince, d'ailleurs la réalité est aussi évanescente et légère que des bulles de champagne, en haut de l'échelle un jour, en bas le jour suivant, millionnaire ou clochard, la réalité des positions sociales ne tient pas à grand-chose, et du coup, le personnage de Chaplin, comme le psychanalyste, interroge la réalité, qu'est-ce que c'est cette réalité, sur quoi elle est fondée, à quoi elle tient, et on peut aussi bien voir comment un psychanalyste qui écoute l'inconscient s'appuie tout comme le personnage de Chaplin sur une autre réalité, la réalité des pulsions, vouloir manger, dormir, avoir une maison, une femme, une réalité qui n'existe peut-être pas comme réalité sociale mais qui existe pourtant comme réalité désirée, possible.

Ce qui se passe : l'accent est déplacé, l'important devient moins important, l'attention est disponible au détail et le détail n'est pas celui qu'on attendait, on est assis en train de boire une tasse de thé à côté de la femme du pasteur qui se tient droite comme un principe et ce que l'on entend ce sont les gargouillis de son ventre qui tout d'un coup deviennent assourdissants, ce qui est central et ce qui est marginal changent de place et de rôle, la construction d'ensemble est remise en cause, elle est critiquée par les détails incongrus, au milieu d'un concert dans le grand monde Chaplin qui a avalé le sifflet d'un policier est pris par un hoquet et émet des sifflements à répétition, on entend en même temps que le ténor le sifflet qui pousse des petits cris d'enfant en détresse, tout d'un coup ce qui devait passer inaperçu, ce qui devait rester banalisé devient intolérable, comme lorsque l'on se rend compte brutalement qu'on ne supporte pas l'homme ou la femme avec qui l'on vivait depuis si longtemps, le déplacement surprise fait apparaître l'autre réalité, l'envers des choses, comme ces objets utiles et quotidiens qui deviennent persécuteurs, méchanceté de la chaise longue, sadisme du lit-placard, le gag est sûrement une interprétation et l'interprétation vient souvent comme un gag.

Chaplin se place du point de vue de l'enfant qui s'exclame Le roi est nu, il prend l'enfant au sérieux, pas d'une façon sentimentale mais comme le psychanalyste il saisit l'enfant dans l'adulte, voir comment il mange attentivement ses spaghettis un par un, voir les dictateurs et leurs batailles de tartes à la crème, ces vieux enfants grossis, monstrueux, mais aussi l'enfant curieux de tout, qui commence, qui découvre, qui joue, qui joue avec la réalité pour l'apprivoiser, la penser, la transformer, qui expérimente le monde par le jeu, tous les rôles, le vagabond, le millionnaire, l'émigrant, l'ouvrier, le garçon de café, le pasteur, le clown, sans oublier Mademoiselle Charlot.

Transgressif, tout le temps, jamais dans la norme, tout peut arriver, le personnage de Chaplin n'a peur de rien, sauf bien sûr de la force brute, mais d'aucune idée, d'aucun comportement, comme le psychanalyste il a réglé son compte à la culpabilité et à tous les surmoi, amoralisme et grâce, l'esprit de sérieux renvoie au système, il montre ce qui soutient, les bretelles, il ne craint pas de le faire, et il peut aussi cacher des choses dans un pantalon trop large, pourquoi pas, ridicule ce pantalon ? en fait très utile, il reprend toujours l'initiative et quand il est jeté dehors, il attrape un cigare et une banane au passage.

Ce qui est transgressif, c'est bien l'initiative, l'invention, comment *the little man*, le petit homme, trouve quoi faire tout le temps, comment il bricole une solution, précaire, limitée, mais qui marche, et c'est l'initiative qui donne ce côté sexy au personnage de Chaplin, comique et sexy, ce petit corps si souple, sa redingote serrée, ses œillades, sexy et drôle, côté drôle du sexe, les films de Chaplin dégagent cette qualité, comme aussi la psychanalyse, qui a ce versant, elle qui suppose déjà la possibilité de sortir de la dépression où peut-être 90 % de l'humanité est plongée sans le reconnaître, sexy comme la pensée, comme le jeu, comme l'attention au détail, faire le lien entre les choses, et les choses ont des liens, ne sont pas uniquement chaotiques, sans rapport, rester dualiste comme Freud, pulsion de mort et libido, le rêve peut être spirituel comme la vie, ne pas se complaire dans le pathos, ni dans la dérision, et le sexe n'est pas seulement cette chose terrible et sans limites qu'il est aussi, et la vie qui se découpe sur fond de mort n'est pas la mort.

La transgression, Chaplin l'a poussée jusqu'au gai criminel, *Monsieur Verdoux*, ce Landru comique qui tue les femmes pour leur argent, mais qui reste, dit le film, un criminel à une échelle bien réduite si on le compare au système qui assassine en masse, marchands de canons et banques qui ruinent les petits actionnaires, et Chaplin transformant Landru en Verdoux sur fond de crise sociale représente à sa façon qu'il y a une différence entre le meurtre, cette vieille répétition, et le crime, qui cherche, avec ou sans succès, à instaurer autre chose, « la nouvelle harmonie », « le nouvel amour ». À sa façon, c'est-à-dire presque en dansant, il oppose l'éternel retour du système établi et le « petit business » (son terme), si modeste au fond, qui connaît ses limites, mais qui va à l'encontre, qui est obligé par les circonstances de créer : « Il me faut une idée », s'écrie-t-il avant d'aller assassiner Lydie à Corbeil. Le crime comme invention nécessaire ou la création comme crime : le personnage de Chaplin, léger et sérieux comme une métaphore, pose la question à sa manière : à travers la précarité sidérante du geste — mains de Chaplin comptant l'argent et l'œil fasciné regarde, incrédule —, à travers le mouvement élégant et enfantin du corps — comment à chaque fois il soulève son chapeau —, et surtout bien sûr à travers le pur comique de cette tentative faite de déplacements — Verdoux humant des roses du jardin sur fond d'incinération —, et d'oublis — il met deux couverts à table alors qu'il vient de tuer Lydie —, et de retournements — il se croit empoisonné par sa propre bouteille de vin, il finit par tomber à l'eau et être sauvé par Anabella qu'il voulait noyer. Comique qui n'est en rien un ressassement «morbide» de l'horreur (Chaplin, s'expliquant) mais joyeux, ouvert, porteur de tension, et lié à la séduction comme son prolongement, comme sa liberté. Verdoux, dans ses différents rôles polygames : un homme, une moustache, une menace. Mais c'est une menace drôle, et bonne. Une transgression, mais qui invite à réfléchir, évidemment d'une façon paradoxale, aux limites, au risque de penser, au danger de l'idée, à quelles conditions sauter hors du normal social familial habituel peut produire autre chose que des figures connues et en miroir, oui, est-ce un crime ou est-ce une découverte, Freud avait dit avec ironie, Nous leur apportons la peste

Deuxième partie

1

Eva attend

Eva attendait gare Montparnasse, quoi, elle ne savait pas au juste, mais elle avait décidé de passer un moment là. Au début elle s'était dit qu'elle voulait observer les cars, rue du Départ et rue de l'Arrivée, mais elle s'était vite lassée, et depuis un moment elle était assise au bar du premier étage à regarder le monde aller et venir derrière la grande baie vitrée dehors dans la rue. Elle avait acheté un journal, elle avait lu une page sur la délinquance juvénile dans une ville de banlieue, on parlait de la démission des parents, un enfant de deux ans qui se rendait seul tous les matins à la halte-garderie. Eva avait refermé violemment le journal. Ensuite, obsédée par l'image, un enfant minuscule gesticulant, Gardez-moi, gardez-moi.

Eva se concentra sur les gens qui arrivaient dans la gare. Un groupe de très grands garçons, sans doute une équipe, cheveux courts, sportifs, vraiment grands, immenses, peut-être des joueurs de basket,

riant et se bourrant de coups, se bousculant, balançant leurs grands sacs, heureux de partir, de prendre
le train.

Un couple arabe, jeune, pauvre et moderne,
l'homme en blouson, ses cheveux bouclés, son nez
aquilin, ses traits délicats, la femme en pantalon
serré, châle et talons aiguilles, en train de se dispu-
ter, et s'arrêtant tout à coup pour regarder une
affiche de tourisme, un ciel bleu avec des droma-
daires.

Un grand garçon mince et triste s'approcha d'Eva
et lui dit, le ton était explicatif, aucune revendica-
tion, Je suis un peu dans la galère. Eva lui donna dix
francs. Après elle eut l'impression d'avoir acheté un
peu de tristesse.

Une dame avec une bible sous le bras, classique.

Un homme assez gros, l'air égaré, poussant des
jumeaux identiques, habillés pareils, bonnets rayés
vert et jaune, assis face à face, silencieux, chacun leur
biberon.

Un groupe de jeunes en rollers, hirsutes, tee-shirt
et gants épais, joyeux.

Le grand néon en face, « L'Entrecôte », les lettres
en rouge.

De l'autre côté de la grande tour, une affiche
lumineuse, bébés et produits divers, l'affiche marque
le décompte de la population en France seconde
après seconde.

Eva se fit aborder par deux jeunes gens, un garçon et une fille, qui voulaient lui vendre un journal anarchiste. Le garçon était habillé comme un clochard, la fille, très jolie, avait cinq montres au poignet. Le garçon lui expliqua qu'il avait abandonné ses études, provisoirement, et la fille, elle, avait une théorie sur le temps, infini, indéfini, cyclique et matériel. Eva les trouva drôles, après elle s'énerva un peu de leurs discours. Ils burent un coup ensemble, Eva avait presque envie de leur parler des cars, de les associer à l'idée, mais elle décida que non, elle rentra.

Simon sur les lieux

Simon trouvait qu'il n'avait pas appris grand-chose, d'avoir vu le père et la mère de Josée. Mais il retourna plusieurs fois de suite chez Guy, peut-être qu'il trouvait le whisky bon. Il décida de se rendre à son tour au *C'est nous les meilleurs*.

Il y alla en voiture et pendant tout le chemin il essaya de se rappeler le nom d'un cinéaste qui avait été obsédé pendant un temps, où avait-il lu ça, par l'idée de représenter les odeurs au cinéma. Pas n'importe quelle odeur : l'odeur d'une brasserie. Mais comment représenter l'odeur du croque-monsieur et des frites ?

En arrivant il resta dans la partie fumeurs, pas parce qu'il fumait, il venait d'arrêter, mais parce qu'il y avait un groupe de jeunes qui jouait au flipper.

Les garçons jouaient, les filles discutaient, mouvements, grands gestes, excitation, fumée, Simon se disait qu'ils étaient plus jeunes qu'Eva, mais peut-être ils l'avaient connue.

Une fille très jolie boudait dans un coin l'air renfrogné en buvant un Coca. Elle avait une veste de garçon et un pantalon serré. Elle paraissait prête à mordre.

Simon pensa à un film qu'il avait vu avec sa sœur quand ils étaient enfants, *Annie du Far West.* C'était l'histoire d'Annie qui tirait mieux que n'importe quel homme, mais pour épouser celui qu'elle aime elle rate exprès la cible dans la finale du grand concours, et perd. La sœur de Simon avait pleuré de rage en sortant, des larmes et des larmes, pendant que Simon ne se privait pas de la taquiner, et elle ne s'était jamais, jugeait Simon, il plaisantait à moitié seulement, jamais remise de cette déception infernale, qui l'avait rendue infernale.

Dans son coin la fille boudait. Tout d'un coup, peut-être après une gorgée de Coca, elle fut secouée par un énorme hoquet.

Bizarrement elle n'eut pas l'air ennuyé. Amusé plutôt.

Un hoquet très bruyant.

Elle regarda Simon, et, entre deux hoquets, sourit.

— Oh là là, dit la fille.

— Oui, dit Simon. Il est violent.

— Terrible, dit la fille. Après deux nouveaux hoquets, elle dit : Ça va et ça vient.

— Ça va et ça vient, répéta Simon, surpris.

— Oui, dit la fille. Ça va et ça vient.

— Ah, dit Simon. Il ne put s'empêcher de dire encore une fois, Alors, ça va et ça vient ?

— Oui, oui, dit à nouveau la fille, avec un geste expressif. Ça s'en va et ensuite ça revient.

Un grand garçon blond vint prendre la fille par les épaules, elle l'envoya balader, ensuite elle l'embrassa.

Toujours secouée par son hoquet elle sortit en faisant au revoir de la main à Simon.

Louise et Solange

— Je la trouve extraordinaire, disait Louise, elle est fabuleuse, je n'ai jamais rencontré une femme pareille. Solange, c'est un si beau nom, ça a quand même plus d'allure que Louise. Solange Étrenne. Je me demande si c'est un nom de scène ou son vrai nom. De toute façon, si elle l'a inventé, c'est bien la preuve qu'elle est géniale, c'est un nom génial. Et si elle l'avait en naissant, c'est un signe, elle était prédestinée. Quelle chance.

Quand même, disait Louise, c'est pas comme moi. Louise. Quelle stupidité, ce prénom. À quoi mes parents avaient la tête.

Et si vous la voyiez. Elle est d'une beauté. Un corps, une peau, des cheveux... Je ne l'avais jamais vue sur scène, je n'avais vu que des photos, elle est très photogénique, mais de près, en vrai, elle est incroyable.

Elle a un petit grain de beauté sous l'œil droit, ça lui donne un charme.

Un charme fou. Le charme, on ne peut pas dire

d'où ça vient, mais voilà, c'est là, c'est un peu de la magie, elle est un peu magicienne, cette femme, une sorcière.

Je ne sais pas quoi dire, elle est indescriptible. Ce grain de beauté, par exemple, je vous dis ça : elle a un grain de beauté... Mais le sentiment que j'éprouve, je ne peux pas vous le décrire. Je n'ai pas de mots. Elle me laisse sans mots.

C'est un sentiment poignant. «Le cœur serré.» J'ai l'impression que je comprends ces mots pour la première fois. C'est comme de la nostalgie, mais nostalgie de quoi. Je vais devenir folle. J'attends quelque chose, je le veux tellement, mais je ne sais pas ce que c'est. J'ai envie de rester là devant elle à la regarder et de dire Ahhh...

Je ne sais pas l'âge qu'elle a, elle est sans âge.

Sans âge. Quand Aurélien, Aurélien Constant, le metteur en scène, m'a contactée, je me suis dit. Bon, ça va être dur, tenir en face de Solange Étrenne, s'imposer, mais au moins il y a une chose, je suis plus jeune, c'est mon avantage. Eh bien, rien du tout.

Rien du tout. Elle est sans âge je vous dis.

Quand elle rit, elle a douze ans.

Je vais crever, disait Louise. Parce que je l'aime, je l'aime à la folie, je voudrais être comme elle, et je n'ai rien, je n'ai rien de ce qu'elle a.

Elle est d'une élégance, disait Louise, d'une élégance... Elle arrive en jeans, et juste une broche sur le pull noir, et ça fait toute la différence.

184

Je vais crever, disait Louise. En plus, elle est très gentille, souriante, elle sourit sans arrêt, mais elle me regarde à peine, elle est concentrée sur ce que dit Aurélien.

Je me demande s'ils sont amants, disait Louise. Elle est quand même plus âgée, elle est dans le circuit depuis plus longtemps… Mais je me demande.

Ou s'ils l'ont été, disait Louise. Dans le passé.

C'est pénible, c'est comme une idée fixe. Je cherche des petits détails, des choses qui l'indiqueraient. Comment il lui dit bonjour, comment il la regarde. Le ton de sa voix quand il lui parle. L'autre jour il l'a aidée à enlever son manteau, j'ai trouvé qu'il prenait beaucoup de temps, que c'était bizarre.

C'est idiot, pourquoi ils se cacheraient, si c'était le cas. Alors.

Oui, mais ça m'obsède.

En fait, dit Louise…

— Oui ? dit Simon.

— Rien, dit Louise.

— Rien ? dit Simon.

— Ah, disait Louise, j'en ai marre, mais marre, et c'est de vous que j'en ai le plus marre.

Ce qui me prend la tête, je ne sais pas ce que c'est mais c'est elle, je voudrais qu'elle me regarde, qu'elle m'admire, et lui aussi, voilà, c'est vraiment nul, disait Louise en pleurant, je me sens tellement bête, j'ai l'impression d'avoir trois ans.

Eva rêve dans le RER

Pour rentrer Eva prit le RER. Elle était assise, le paysage défilait, elle s'assoupit quelques secondes, le temps de faire un rêve minuscule et aigu. Elle voyait l'homme qu'elle avait tué, son chapeau posé un peu de biais, son foulard de soie noué autour du cou, elle le voyait devant elle à la distance où il se tenait, elle le voyait bien, en entier, et elle voyait la distance qui les séparait, mais ce n'était pas son regard, elle se demandait quel était ce regard, elle le connaissait mais n'arrivait pas à le situer. Elle se réveilla en sursaut avec le sentiment qu'un temps très long s'était écoulé, c'était à peine quelques secondes mais elle resta un moment avec l'impression désagréable qu'elle était partie très loin dans le temps. Elle regarda par la fenêtre. C'est quand même incroyable, se dit Eva, ce type je l'ai tué et je m'en fous. Il est mort et je m'en fous complètement. Je ne sens rien, rien du tout, je n'ai pas l'impression que c'est moi, je sais bien que c'est moi, mais c'est loin, loin, c'est tout ce que je sens, que c'est loin.

Elle continuait à regarder par la fenêtre, ou plutôt elle laissait flotter son regard. La banlieue se déroulait, les pavillons, les routes, les croisements avec les arbres, une image de son père lui revint, quand il était encore à la ferme. Elle devait être très petite, elle se voyait en train de grimper sur ses genoux, il mangeait sa soupe la tête baissée, elle se souvenait encore des bruits de la soupe avalée. Elle était collée à lui, elle le regardait, il la tenait d'une main sur un genou, de l'autre il tenait sa cuillère. Elle voulait qu'il la regarde, il mangeait sa soupe, finalement il l'avait regardée comme s'il se rendait compte tout d'un coup qu'elle était là et il l'avait reposée par terre.

Un homme costaud, son père, sa moustache, ses bras musclés, un beau blond. Il parlait rarement. Quand il s'adressait à sa femme, il fermait les yeux à moitié, l'air de se moquer.

Le soir il lisait le journal et se couchait sans rien dire avec un livre. Quel livre ? Eva ne savait pas, elle se souvenait seulement de ça, qu'il se couchait avec un livre, et aussi des livres rangés sur une étagère au-dessus du lit, quand il était parti il les avait tous emportés.

Il n'avait plus jamais donné signe, jamais écrit, rien. Eva avait d'abord espéré, avait joué à imaginer dans le détail tous les cadeaux qu'il rapporterait, plus tard elle s'était dit qu'il ne reviendrait pas et qu'il avait bien raison.

Simon et les voyous

Simon écoutait Sylvain. Sylvain racontait une rencontre avec un mauvais garçon, il s'était récemment mis à fréquenter de façon assidue des petits voyous, Simon les qualifiait comme ça dans sa tête, isolés ou en bande, et il s'était fait voler son portefeuille, Sylvain trouvait ça déplaisant, d'accord, mais plutôt drôle, d'ailleurs il y avait peu d'argent dans le portefeuille et pas de cartes de crédit. Simon écoutait et se disait que ce genre d'histoires se répétaient à une vitesse accélérée, lui semblaient prendre en fait un tour réellement inquiétant. Quand Sylvain dit que ce jeune homme, comme il l'appelait, lui avait aussi pris un jeu de clés de son appartement, Simon explosa :

— Qu'est-ce que c'est que ça ? Vous ne croyez pas que c'est un assez moche individu ?

Sylvain resta silencieux.

Ensuite il dit, Individu vous-même. Si je veux, moi.

— J'ai mes limites, moi aussi, dit Simon. Je ne vais pas rester là à vous écouter vous faire assassiner.

Si vous continuez, dit Simon, j'interromps l'analyse.

— Vous êtes un bourgeois, un moraliste, cria Sylvain. Si je veux, moi... répéta ensuite Sylvain.

— Le contrat que nous avons ensemble est pour une analyse, dit Simon. Vous n'analysez rien.

— Vous êtes un vieux con, dit Sylvain. Il ne dit rien pendant un moment. Tout d'un coup il se mit à rire.

— Oui? dit Simon.

— Rien, dit Sylvain.

— Oui? dit encore Simon.

— Je pense que vous m'avez peut-être sauvé la vie, dit Sylvain en continuant à rire.

— Comme le médecin à l'hôpital quand vous étiez enfant? dit Simon.

— Exactement, dit Sylvain, étonné. Je vous déteste, dit Sylvain après un temps.

— C'est votre droit, dit Simon.

— Je vous déteste vraiment, hurla Sylvain. Je n'ai pas besoin de votre permission. Allez vous faire foutre.

— Bien, dit Simon.

Louise est géniale

— J'ai été géniale, disait Louise, je le sais, tout le monde me l'a dit et je le sais.

On a répété la scène où Julia rapporte à Sibylle des vêtements, elle veut que son amie soit la plus belle, elle lui a acheté des tas de vêtements, des chemisiers en soie, des jupes, des robes, des chaussures à talons hauts. Il n'y a pas beaucoup d'indications dans le texte, seulement que Sibylle essaie les vêtements mais qu'elle n'arrive pas à les porter, et qu'elle se déplace comme si elle était en bois. Les vêtements étaient sur une chaise, entassés, il y en avait de toutes sortes, de tous les styles, c'est Solange qui les a choisis, enfin je crois, il y a une costumière, mais je suis sûre que c'est Solange qui les a choisis. Des vêtements de toutes sortes, très beaux bien sûr, très élégants, très chic, des vêtements de femme élégante. Oui, c'est ça, des vêtements de femme élégante, Solange les a choisis comme pour elle, j'en suis sûre.

Je les ai regardés, et j'ai eu l'idée de les plaquer

sur mon corps, lentement, les uns après les autres, pas de les enfiler, mais de les plaquer, et j'ai commencé à me tourner et à me retourner devant la grande glace qu'Aurélien avait fait mettre sur le plateau. Je me tournais d'une façon très mécanique, presque saccadée, je décomposais le mouvement, je ne l'avais pas pensé avant de le faire, mais dès que je l'ai fait je savais que c'était ça. Je savais que c'était bien, en même temps, c'était pénible, je faisais les gestes très très lentement, au ralenti, j'avais l'impression de faire des gestes abstraits, schématiques, décomposés comme dans un manuel. J'étais un peu ailleurs, je voyais tout à travers une buée, un brouillard.

Solange se tenait debout à côté de moi, elle était censée me passer les vêtements, mais je n'avais pas envie qu'elle me les donne, je les prenais de moi-même sur la chaise, au début j'en ai enfilé quelques-uns, et puis après, je les plaquais contre mon corps. Je savais que c'était ça, plus ça allait, plus je savais que c'était ça, et en même temps...

— Oui ? dit Simon.

— C'était bizarre, dit Louise. Il y avait quelque chose de bizarre.

Je me voyais dans la grande glace et je pensais, Ce n'est pas moi. J'avais cette phrase dans la tête, elle cognait à l'intérieur de mon crâne, Ce n'est pas moi, ce n'est pas moi. Je voyais le personnage, cette

Sibylle, une femme qui essayait de s'habiller, mais ce n'était pas moi.

Maintenant que j'en parle je me sens angoissée, dit Louise.

C'était trop facile, dit Louise brusquement.

— Trop facile? dit Simon.

— Oui, oui, trop facile, dit Louise. Je me glissais dans le personnage, je me glissais, j'avais cette impression de glisser, vraiment comme quand on glisse par terre sur une peau de banane ou sur de l'huile, je la sens de nouveau maintenant cette impression. J'étais tout de suite dedans. Aucun travail à faire, j'y étais tout de suite.

C'était bizarre, dit encore Louise.

Il y avait une grande robe en coton à fleurs, la taille marquée, une ceinture large, une robe des années cinquante, une robe de star, beaucoup de tissu, qui allait avec un chapeau en paille et des gants... C'était insupportable, dit Louise.

— Pourquoi, dit Simon.

— Pourquoi, dit Louise, mais enfin, c'était ridicule, dès que je les ai mis, le chapeau, les gants, je les ai tout de suite enlevés, et la robe, je l'ai jetée dans un coin. Après, parce qu'elle avait pris tous les styles, Solange, après il y avait un petit tailleur genre Chanel, l'horreur, je l'ai juste posé contre moi, ce n'était pas moi du tout du tout...

Et les chaussures à hauts talons... Il y avait une paire, avec des petites brides, du cuir souple,

souple... J'ai marché un peu, j'étais comme sur des échasses. Des angles partout, je faisais des angles en marchant.

Tout le monde m'a dit que j'avais été géniale, dit Louise. Je le sais que j'étais géniale, je n'ai pas besoin de leur avis.

Eva dans la chambre

Quand Eva retrouva Josée dans la chambre, tout lui parut subitement impossible. Dès la porte franchie, elle eut l'impression d'être enfermée, en prison. Avant de monter elle était restée à regarder la façade, On dirait un décor, pensait Eva, ces murs comme du carton, ça pourrait dégringoler, c'est tellement léger. Comment on peut vivre, vivre vraiment, dans une construction si légère, si fragile. À Paris, il y a des vraies maisons, des immeubles solides, mais ici, tout est foutu à la va-vite, c'est pas construit, c'est pas bâti, c'est empilé, rien ne tient, moi j'ai besoin de quelque chose qui tienne. Les murs, c'est fait pour protéger, pour empêcher la rue d'entrer, pour séparer de l'extérieur, ici on a l'impression d'être toujours dehors. Je t'avais dit de changer le couvre-lit, dit Eva à Josée en poussant la porte, il est trop moche, je peux plus le supporter. Et toi, qu'est-ce que tu fais, tu restes là, tu le laisses.

Tu ne m'écoutes jamais, si je te dis que je deviens folle, tu crois que c'est une façon de parler.

Eh bien non, je deviens réellement folle et c'est à cause de toi, tu n'écoutes pas ce que je te dis.

Josée la regardait avec son air de panique et de ne rien comprendre.

— Écoute, pour une fois dans ta vie, dit Eva, écoute. Est-ce que je suis intelligente ?

Josée fit Oui de la tête.

— Heureusement que tu as dit Oui, fit Eva. Mais je le sais, pauvre imbécile, que je suis intelligente, à l'école tous mes profs me l'ont toujours dit, ils m'ont dit d'aller plus loin, de continuer.

Mais continuer quoi ?

Moi ce que je voulais faire, je n'ai jamais su... Eva se parlait toute seule, en tournant dans la chambre.

Et toi, qu'est-ce que tu veux, demanda subitement Eva à Josée, qui se croyait en sécurité pendant ce monologue et regardait par la fenêtre.

— Moi, dit Josée.

— Toi, imbécile, dit Eva. Tu n'écoutes pas, dit Eva. Tu fais tout pour ne pas écouter.

Je pourrais déterrer le flingue, dit tout d'un coup Eva. Il y a tellement d'hommes à tuer, c'est pas ça qui manque. Elle rit sauvagement en regardant Josée d'un air provocateur.

Arrête d'avoir peur, tu n'as pas encore compris qu'on s'en fout, de moi, de nous, on s'en fout, on ne m'a même pas cherchée. Jamais on me cherchera, jamais on me prendra.

Mais je pourrais déterrer le flingue.

Je pourrais, dit Eva. Tous ces hommes. Mais comment savoir lequel est le bon.

Ou alors moi d'abord.

Mais alors, ma pauvre imbécile, qu'est-ce que tu deviendrais, pauvre conne, je ne vais pas te laisser toute seule, Eva se jeta sur le lit et se mit subitement à pleurer à gros sanglots, elle ne pouvait plus s'arrêter, elle était submergée, elle suffoquait.

Te laisser seule, toute seule. Je ne peux pas. Pauvre imbécile. T'abandonner, dit Eva. Je ne peux pas.

2

Eva veille

Eva s'agitait dans son lit, elle s'était endormie brutalement et réveillée, et maintenant elle n'arrivait plus à se rendormir. Josée dormait à côté d'elle, Eva l'avait regardée un moment, Josée dormait sur le dos avec une confiance d'enfant. Eva l'enviait. Josée s'était découverte, Eva l'avait bordée.

L'idée des cars occupait littéralement sa tête, mais transformée, développements, bifurcations. Elle s'était réveillée avec ça, les cars, les cars, mais elle ne voyait pas d'image, pas de gros cars fluo, pas de cars de tourisme, pas de cars du troisième âge, elle voyait juste les mots et les lettres qui sautillaient devant elle, tournaient et se retournaient : c, a, r, c, a, r, ensuite à l'envers : r, a, c, r, a, c, rac, *rac*, mais c'est racaille en abrégé, ou peut-être, ou sûrement le r est le déguisement d'un m, il suffit de lui remettre ses deux jambes, et r redevenu m se tient debout bien droit avec la queue entre les jambes, et ça y est, on le voit apparaître, il arrive, il est arrivé, c'est le mac, oui le mac, quel con, il croyait se cacher, frimeur comme toujours, il se croyait malin, mais il ne l'est pas, ni courageux non plus, on l'a démasqué facilement, vite fait bien fait, car rac mac, car signe de mac, c'est clair, ou de mec, mac ou mec c'est pareil, et c'est d'un moche, et d'un disgracieux, et d'un laid, deux jambes et une queue, et pour être clair c'est clair, moi on ne me la fait pas, le m je le vois, je le repère tout de suite, les combinaisons changeaient et s'échangeaient, Eva avait mal à la tête, en même temps elle était fascinée, il lui semblait qu'une vérité lui était révélée, une vérité dictée par les lettres, c'était évident, cars, racaille, macs et mecs, oui il devenait évident que son idée de supprimer les cars était une idée nécessaire, inscrite dans une loi supérieure. En même temps, Eva avait envie de rire, elle se sentait secouée par un rire intérieur, nerveux, elle ne croyait pas à ce genre de choses, elle n'était pas folle. Mais.

Eva ferma les yeux, elle était épuisée, et les rouvrit aussitôt. Son rire changeait, la picotait, elle avait l'impression d'être faite de minuscules fragments de rire qui la décomposaient pendant que dehors tout se reliait à elle, une forme sur le mur se mit à ressembler à une voiture, le rideau se déroulait en autoroute. Josée respira, ronfla, Eva secoua la tête. Elle se força à prendre son livre. « Plongé dans la nuit. Tout comme on penche parfois la tête pour réfléchir, être ainsi profondément plongé dans la nuit.

Tout autour dorment les hommes. Une petite comédie, une innocente illusion qu'ils dorment dans des maisons, dans des lits solides, sous des toits solides, étendus ou blottis sur des matelas, dans des draps, sous des couvertures! Ils sont en réalité rassemblés comme jadis et comme plus tard dans le désert, un camp en plein vent, un nombre incalculable d'hommes, une armée, un peuple sous un ciel froid, sur la terre froide...»

Eva s'interrompit et dit à voix haute, Mais c'est incroyable, c'est exactement ce que je pense, comment il sait tout ça, et reprit, «Des hommes que le sommeil avait jetés à terre à l'endroit même où ils se trouvaient, le front pressé sur le bras, le visage contre le sol, respirant tranquillement... Et toi tu veilles, tu es un des veilleurs, tu aperçois le plus proche à la lueur de la torche que tu brandis du feu brûlant à tes pieds... Pourquoi veilles-tu? Il faut que l'un veille, dit-on! Il en faut un!»

Eva posa le livre, elle était exaltée. Ce n'était certes pas la première fois que Kafka lui parlait personnellement, mais là, c'était sûr, il lui donnait un ordre précis. C'est à moi de veiller, dit Eva à voix haute, je veillerai, je veillerai.

Édouard aime la banlieue

— Moi j'aime beaucoup aller en banlieue, disait Édouard, j'y vais souvent pour placer mes encyclopédies. Tout le monde dit, C'est moche, ceci, cela, eh bien moi je ne trouve pas.

Qu'est-ce que c'est, moche. D'accord en un sens c'est moche, mais en un autre sens pas du tout.

Ma mère m'a toujours dit, Édouard, c'est un beau prénom, c'est un prénom de roi. Si vous croyez que ça m'amuse, de m'appeler Édouard.

Le pont Alexandre-III, à Paris, je le déteste. C'est grand, c'est beau, c'est noble, c'est doré, je déteste. Et le Grand Palais, et les Invalides, et les Tuileries. Toutes ces allées peignées. Une raie sur le côté, elle me faisait, tout le monde se moquait, elle n'avait qu'à se la faire, sa raie, si elle en voulait une, pourquoi il fallait qu'elle me la fasse à moi. Les autres ils avaient des cheveux n'importe comment.

Tous ces endroits, ils m'horripilent. Ces ponts, ces parcs. Ça n'a rien à voir, mais ils me font une impression de bleu marine. Bleu marine, soutenu, solide.

La banlieue, comme couleur, c'est plutôt gris, délavé, tout se fond, se mélange, une couleur passe dans une autre, on peut dire délavé, on peut dire aussi tout en nuances, c'est selon, moi j'aime bien. C'est moche, peut-être, mais moche gentil, c'est fouillis, désordre, il n'y a aucun ordre, c'est n'importe quoi, aucun plan, rien.

C'est comme votre bureau, chaque fois que je viens, j'y pense, quel fouillis, si ma mère le voyait, qu'est-ce qu'elle dirait, tous ces livres entassés, c'est à croire que vous ne rangez jamais. Je ne dis pas ça pour critiquer.

Hier avec mes encyclopédies je suis passé dans un endroit que je ne connaissais pas du tout, impossible de s'y retrouver, on avait l'impression que tout avait été jeté par la fenêtre, les bancs, les voitures, les bacs à sable, les poubelles, les bâtiments, il n'y avait même pas de rues, impossible de se repérer. Mais moi ça m'amusait, je me suis perdu trois fois, je me perdais, je me retrouvais, ça m'amusait.

Est-ce que j'aimerais habiter dans un coin pareil. Je n'y ai jamais pensé.

J'y vais pour placer mes encyclopédies, c'est tout. Je n'ai aucune idée des gens qui vivent là.

Les larmes de Marie

— Je ne fais que pleurer, disait Marie.

Je ne sais même pas pourquoi je pleure.

Au début je croyais savoir. J'avais beaucoup de raisons, ce n'est pas ce qui manquait. Mais maintenant... maintenant je suis noyée. Je n'existe plus. Je suis diluée. Avant je tenais debout. Maintenant je suis une flaque. Je suis devant moi-même, devant ce que je suis. Je suis, c'est tout. C'est rien, c'est trop.

Sans contours, sans formes. Sans repères.

Beau résultat, disait Marie en pleurant.

Je pleure, disait Marie, et la seule chose que je sais c'est que mes larmes sont ce que j'ai de plus intime, de plus à moi, elles sont vraiment moi.

C'est affreux de penser que si quelqu'un voulait vraiment me rencontrer, ce qu'il trouverait ce serait mes larmes.

Comment on rencontre quelqu'un ?

Au musée, là où je travaille, je rencontre tous ces peintres, j'ai toujours voulu travailler avec des grands artistes, j'aime mon travail, il me passionne, mais ces peintres j'ai compris que je ne les rencontrais pas, ils couchent avec moi, ça oui, mais leur intimité, justement, eux ils la mettent dans leurs tableaux, dans leur travail.

Avant j'étais déçue, je leur en voulais.

Maintenant, c'est à moi que j'en veux. Je ne fais rien de ce que je suis, moi je n'ai que mes larmes.

Je n'ai que ce qui ne regarde personne.

Ce qui ne regarde personne, ou ce que personne n'a envie de regarder.

Personne ne me regarde, personne ne m'a jamais regardée, vous ne me regardez pas.

— Pourquoi pensez-vous que je ne vous regarde pas, dit Simon.

— D'accord, vous me regardez. Vous me regardez. Tous les hommes me regardent tout le temps. Pour ce que ça m'avance.

— Je vous ai demandé pourquoi vous *pensiez* que je ne vous regarde pas, dit Simon.

— Pourquoi je le pense? Vous me demandez pourquoi je le pense? Ma mère ne me regardait pas, si c'est ça que vous voulez que je vous dise, eh bien je vous le dis, mais je vous l'ai déjà dit mille fois, elle ne me regardait pas, mais je le sais depuis toujours, si vous croyez que je découvre quelque chose.

Les pieds de Louise

— On a continué à répéter la scène, dit Louise.
Un silence.

— Oui ? dit Simon.

— Je n'ai pas envie de parler, dit Louise. Je n'ai
rien à dire. De toute façon, cette scène m'ennuie. Je
la perfectionne, on continue à me dire que ce que
je fais est très bien, et je m'ennuie.

Un silence.

— Oui ? dit encore Simon.

— Vous me cassez les pieds, dit Louise. Vous
m'emmerdez, vous êtes toujours pareil, vous êtes là
à me persécuter avec vos questions. Je vais arrêter
cette analyse. À quoi ça sert. J'arrête. Vous me cassez les pieds.

Elle se mit à rire, un rire morne.

Les pieds, les pieds. Bon. D'accord. O.K. Vous
avez gagné. Vous gagnez toujours. Jusqu'au jour où
je plaquerai tout et où je m'en irai, parce que j'en
aurai trop marre.

206

Pendant que je jouais, je marchais avec cette démarche raide, mécanique... J'avais mis des chaussures à talons hauts que Solange avait apportées, et j'avais les pieds lourds, mais lourds, je les traînais, et en même temps je m'ennuyais, je connais tout ça par cœur, quel intérêt. Je déteste les chaussures à talons hauts, je n'ai aucun mérite à mal marcher avec ça, je vous l'ai déjà dit, c'est trop facile...

N'empêche...

— Oui ? dit Simon.

— Bof, dit Louise. Tout m'est égal, rien ne m'intéresse, pourquoi voulez-vous que je vous raconte ça.

— Quoi ? dit Simon.

— Rien, dit Louise.

Au bout d'un moment elle dit, J'en ai marre. Vous posez toujours des questions stupides.

— Mmm, dit Simon.

— Quand la répétition s'est terminée, dit Louise, on est tous sortis ensemble prendre un pot.

Un silence. Ensuite Louise dit d'une voix hésitante :

Eh bien, j'avais les mêmes pieds.

Elle se mit à rire d'un rire aigu.

— Comment ça, dit Simon.

— J'avais remis mes baskets, évidemment, et j'avais pourtant les mêmes pieds que sur le plateau, le rire de Louise redoublait, des pieds gros, lourds, épais, des gros pieds lourds. Je les traînais. Ils pesaient des tonnes.

J'avais l'impression que tout le monde les voyait. Solange, en tout cas, les voyait.

Peut-être, dit Louise en continuant à rire, peut-être que maintenant j'aurai toujours ces pieds, ces gros pieds lourds qui se traînent.

J'imagine ça très bien, dit Louise en sanglotant de rire.

Eva fait une mise en scène

Eva avait repéré un endroit où les cars avaient l'habitude de se garer à Paris, près du Panthéon. Elle trouvait que c'était un bon endroit pour lancer la chose, le Panthéon, les grands hommes, la valeur symbolique de tout ça. Elle choisit un ensemble de cars qui revenaient régulièrement, et qui étaient particulièrement hideux, à son avis du moins, des gros cars roses, rose fluo bien sûr. Elle se dit que le tout était de faire vite, les cars ne restaient pas longtemps stationnés, la visite du monument, même en incluant quelques pas autour sur la vieille et belle Montagne Sainte-Geneviève, était brève. Elle avait observé, calculé, préparé le matériel, simple et léger, et tac. Peinture rouge et noire, pneus troués. Slogan bombé sur les côtés : Arrêtez de nous tuer la vue et les poumons. Slogan derrière : Je veille. Slogan devant : Marchez. Pensez. Prenez le temps.

Josée ne voulait pas venir, Eva l'avait obligée. Disant notamment : Si je suis prise, qu'est-ce que tu deviendras, pauvre imbécile, il vaut mieux qu'on soit prises ensemble.

Eva s'était habillée avec beaucoup de soin, tout en noir, une casquette, des favoris peints, un pull à col roulé, elle ressemblait, pensait-elle, à Arsène Lupin qu'elle avait vu à la télé, le Gentleman Cambrioleur.

Mais moi je ne prends rien, je ne vole pas, précisait Eva, pour elle-même et pour Josée.

Elles avaient fait ça très vite, tout s'était passé parfaitement bien, Josée avait été efficace, dans le feu de l'action elle n'avait même pas eu peur, et personne ne les avait vues.

Elles étaient parties à pied, en se tenant par la taille, sans se presser selon les directives d'Eva qui avait vu ça dans des films policiers, ne jamais avoir l'air de courir, de s'enfuir. Elles avaient traversé le jardin du Luxembourg, le ciel était doux, et Eva se sentait plus qu'heureuse, elle vivait un accomplissement. Elle acheta des réglisses pour Josée, des gaufres, elle se paya une barbe à papa. Toutes les deux regardèrent un moment les joueurs de tennis, ensuite elles s'assirent sur la pelouse réservée aux adultes accompagnés d'enfants. Elles prirent le soleil en regardant un bébé en salopette qui apprenait à marcher soutenu par sa grande sœur. Josée qui était aussi contente qu'Eva lui raconta pour la énième fois ses vacances en colonie, et Eva l'écouta sans se moquer d'elle.

Ensuite elles remontèrent à pied jusqu'à la place Denfert-Rocherau, elles burent une bière, elles n'avaient pas envie, mais pas du tout, de rentrer.

Louise part en courant

Louise était sur le plateau avec Aurélien et Solange et deux autres comédiens, ils lisaient la pièce, tout d'un coup Louise se leva sans rien dire. Elle posa son texte par terre, se leva de sa chaise, regarda sans le voir Aurélien qui la regardait en fronçant les sourcils, et se dirigea vers la sortie. Solange dit, Louise, Louise se retourna, la toisa de haut en bas, secoua la tête et continua son chemin. Elle marmonnait toute seule, Non, non, non.

Aurélien courut après elle, la rattrapa, et lui dit, Allez, Louise, qu'est-ce qui se passe.

Louise le regarda de nouveau avec un regard vide et dit, Je n'y arrive pas.

Aurélien dit, Mais si, c'était très bien, ta lecture.

— Non, dit Louise, maintenant elle s'habillait, enfilait son manteau, je n'y arrive pas. Vous me dites tous que c'est bien, mais moi je sais que je n'y arrive pas.

— Ne pars pas, dit Aurélien, je t'assure, c'est très bien. Ne sois pas stupide, dit Aurélien brutalement.

— Ne me parle pas comme ça, dit Louise.

— Je parle comme je veux, dit Aurélien, arrête de faire l'imbécile.

Arrête de faire la petite fille, dit Aurélien. Je te dis que c'est bien, je ne te le dirais pas si je ne le pensais pas.

— Solange pense que c'est mauvais, dit Louise.

— Ne fais pas l'idiote, répéta Aurélien.

— J'ai vu comment Solange me regardait, dit Louise.

— Tu dis n'importe quoi, dit Aurélien.

— Je n'ai pas envie de faire ce rôle, dit Louise. Je n'ai pas envie. Je m'en vais.

Aurélien haussa les épaules.

— Je t'attends demain, dit Aurélien.

Louise partit en courant.

Je retourne au C'est nous les meilleurs

Je continuais mes repérages, je retournais au *C'est nous les meilleurs*. La vieille dame qui faisait les mots croisés était là, buvant son demi pression, concentrée sur sa feuille. À une table un peu plus loin il y avait un homme encore jeune, avec un visage en papier mâché, il regardait la place à travers les rideaux. Au bout d'un moment, la vieille dame lui lança, Jean-Louis, Tout le monde voudrait savoir sa date mais personne ne peut la connaître, en quatre lettres. Il eut l'air de chercher, haussa les épaules, et se tourna vers moi en souriant, il lui manquait plusieurs dents, Et vous, qu'est-ce que vous en pensez ?

Je dis, La mort, peut-être ? et je lui demandai s'il aimait les mots croisés.

— Oh, moi, dit Jean-Louis, moi... C'est pour elle. Vous n'êtes pas d'ici ?

Je dis que non, j'expliquai.

Jean-Louis, très intéressé, proposa tout de suite de me montrer le coin. Il était en arrêt maladie.

— Permettez, dit Jean-Louis, en apportant son café à ma table.

Moi, dit Jean-Louis, je ne suis pas d'ici. Je viens de la campagne, dit Jean-Louis fièrement. Mes parents ont une petite exploitation. Il parlait bas, lentement. Oui, de la campagne. C'est mon père qui m'a appris mon métier, je suis dans la maçonnerie. C'est dur, la campagne. Mon père menait tout à la baguette, et nous les enfants, on travaillait pour lui. Lui était le premier levé, remarquez, et il travaillait plus que nous tous réunis. Mais c'est dur. J'ai eu envie de partir. Pourtant j'aime la campagne. Mais le père, il était jamais content. Et la mère, elle prenait toujours son parti.

Quand j'ai quitté la maison, il y a dix ans, mon père m'a regardé, il avait les larmes aux yeux, ensuite il m'a tourné le dos. Il ne m'a pas dit Au revoir. Je suis resté planté, tout bête, j'avais les bras tendus, personne dedans.

Je suis venu ici. J'ai eu de la chance, j'ai tout de suite trouvé mon logement.

Il s'arrêta.

Je ne vous ennuie pas ?

Mon logement, c'est pas dans les tours. J'aurais pas pu. C'est un pavillon. Très petit, très petit. Et dans un état... Mais j'ai pas besoin de beaucoup. Et puis, la maçonnerie, ça me connaît.

Ce qui m'a décidé, c'est la cave.

J'ai fait une découverte.

Il s'arrêta encore.

— Une découverte, je voulais savoir.

— Eh bien, il regarda autour de lui, et parla plus bas. Dans ma cave, j'ai découvert les affaires du précédent propriétaire, il énonça la phrase en détachant les syllabes.

— Ses affaires ? je ne comprenais pas.

— Ses vêtements, tous ses vêtements. Ses pantalons, ses vestes, ses chemises. Un beau costume du dimanche. C'était un type assez grand, comme moi. Tout très bien conservé.

Ça m'a paru un signe.

— Un signe, je répétais.

— Oui, un signe, dit Jean-Louis.

— Mais de quoi ? je ne comprenais rien.

— Un signe que j'étais adopté, dit Jean-Louis avec force.

J'étais un peu mal à l'aise. Je fis un sourire vague et hochai la tête.

— Maintenant, continuait Jean-Louis, je ne porte que ses vêtements. Je fais attention, je m'en occupe bien. Je ne pourrais plus mettre autre chose.

Je me sentis brusquement envahie d'angoisse.

— Mais enfin, je m'arrêtai. Je ne savais pas comment dire ce que j'éprouvais. Et puis le malaise l'emporta.

Ça ne vous gêne pas, de porter les vêtements d'un mort ?

Jean-Louis me regarda d'un air malin.

216

— Vous n'êtes pas la première...

C'est un pacte, dit Jean-Louis, je vous le dis à vous parce que vous n'êtes pas d'ici, et que je vois bien que vous vous intéressez.

— Un pacte ? je voulais qu'il développe, et en même temps je n'avais plus qu'une envie, partir le plus vite possible.

— Un pacte, dit Jean-Louis.

C'est entre lui et moi, dit Jean-Louis avec son sourire large, troué. C'est seulement entre lui et moi.

3

Eva va plus loin

Après plusieurs bières et plusieurs tours de la place Denfert, Eva et Josée avaient fini par rentrer. La chambre leur avait paru ridicule, si petite, pour elles qui se sentaient si grandes. Josée n'osait rien dire, et pour une fois Eva ne parlait pas non plus, elle éprouvait même une méfiance bizarre vis-à-vis des mots. Elle avait l'impression que parler pouvait être dangereux, pour elle, pour Josée. Pas au sens où l'on pourrait découvrir que c'était elles qui avaient fait le coup, mais il ne fallait pas nommer, dire, mettre des mots. Sinon, quoi ? Elle ne savait pas. Un sentiment vague, on lui prendrait son acte, on le lui réduirait.

Elles décidèrent de recommencer immédiatement.

Eva formula la chose. Il ne faut surtout pas s'arrêter, qu'ils croient que c'est un truc isolé, il faut continuer, plus fort, plus loin.

Josée était d'accord.

Une fois la décision prise, elles se sentirent mieux, ne prêtèrent plus aucune espèce d'attention à la chambre, au couvre-lit, au papier peint, étalèrent un plan de Paris sur la moquette et discutèrent.

Josée, inconsciente, voyait les Champs-Élysées.

Eva lui démontra facilement que c'était difficile, vraiment très difficile, tout en se réservant. Peut-être après, on ne sait pas, il ne faut jamais dire Jamais.

Derrière Notre-Dame, par contre, c'était bon. Il y avait toujours des masses de cars, ils bouchaient tout, étaient objets de la haine générale, etc. En plus, Notre-Dame, c'est le kilomètre zéro, l'origine. Eva trouvait ça un argument.

Josée, ravie.

Comment se déroula la chose ?

Très bien. Efficaces, rapides.

Par prudence, Eva s'était habillée autrement, blouson, jeans, foulard rouge. Josée, pareil.

Après elles descendirent très vite sur les quais, longèrent la Seine, remontèrent vers Bercy et s'installèrent à une terrasse en face du métro aérien. Josée embrassa Eva.

Eva, heureuse.

Elles commandèrent des kirs.

Au moment où la patronne les apporta, Eva se souvint brutalement, c'était peut-être le visage amer de la patronne, sa queue de cheval blond décoloré, d'un petit restaurant où elle avait été serveuse il y avait longtemps, période de malheur, elle se souvint de la sensation exacte du malheur, le goût infect dans la bouche, la sueur froide tous les matins en se réveillant, et des mots qui lui remplissaient la tête, Qu'est-ce que je fais, où est ma vie, où est ma vie.

Le souvenir s'incrusta un moment, pénible, il resta là, collé, gluant, ensuite il devint une image plate, sans épaisseur.

Eva et Josée burent plusieurs kirs.

La vie large.

Le sourire de Josée.

Le plus beau sourire du monde. Pauvre imbécile, je t'aime.

Eva regardait le ciel, elle pensait à Kafka son héros, le ciel était d'une douceur égale à la sienne, doux et si précis, c'est ça et ça et ça, elle avait envie de pleurer, quelque chose existait enfin pour de vrai.

Un nuage passa, une traînée, Eva les aimait, les traînées du ciel, étalées et fragiles, larges et blanches, découpées, délicates, elle les regardait allongée sur le dos dans le champ derrière la maison, sur le dos les bras écartés, quand je serai grande je partirai moi aussi, moi aussi je partirai, j'aime le ciel, j'aime le champ, j'aime l'herbe, j'aime la Seine, j'aime tout, je m'aime, hourra, pensait Eva, oui oui oui j'existe.

Louise n'avance pas

— Je n'avance pas, disait Louise. Je sais bien que j'ai envie de le faire, ce rôle, je suis retournée aux répétitions, mais je n'arrive à rien, je n'avance pas. Sur le plateau tout le monde travaille sauf moi. Je ne trouve rien, je ne sais pas quoi faire, j'en ai marre.

Je me sens bête, disait Louise. Je vais laisser tomber.

Je ne suis pas une comédienne, disait Louise, c'est de l'imposture.

Je n'avance pas. Je me sens bête. On m'a encore dit que c'était formidable, comment je marchais, avec les talons hauts. En me tordant les chevilles, en faisant une grimace.

Ce n'est pas formidable du tout, c'est comme ça. Je le fais sans y penser, je n'invente rien.

Je me sens bête.

Bête comme mes pieds, voilà.

Ça ne me fait pas rire.

Je n'ai aucune envie de continuer. La dernière

scène approche, on va commencer à la répéter. Je ne veux pas.

Dès qu'elle me regarde, je suis paralysée.

Je ne peux rien faire, je n'avance pas.

Au secours.

Elle a le mauvais œil.

Je n'avance pas. Je n'ai que ça dans la tête, ne pas avancer, c'est une sensation physique.

Freiner, freiner des quatre fers.

Je ne veux pas, je ne veux pas y aller, je ne marche pas là-dedans.

Avancer, c'est quoi. C'est avancer vers la dernière scène. La scène du meurtre.

Si vous croyez que j'ai pas compris. Il faudra que je la tue.

J'ai quand même compris ça.

Je ne suis pas stupide. Il faudra que je la tue.

Je ne veux pas. J'ai pas envie.

Ou alors j'ai trop envie. Je sais bien comment ça marche. Je ne marche pas là-dedans.

Je ne marche pas, je ne veux pas marcher, je n'irai pas dans cette scène. Je n'ai pas envie, j'ai trop envie. C'est tout comme.

Et merde. Je sens mes pieds, mes gros pieds lourds, et je n'avance pas, je n'avancerai pas. J'ai compris, j'ai bien compris, même si je suis bête, bête comme mes pieds. Je ne veux pas y aller, dans cette scène.

— Vous la tuez comment, dit Simon.

— Comment je la tue? Comment je la tue? Avec un couteau, je vous l'ai dit, vous écoutez quoi on se demande, je la tue avec un couteau de cuisine.

— Je ne vous parle pas de la pièce, dit Simon. Vous, dans votre tête, vous la tuez comment?

— Dans ma tête comment je la tue, mais qu'est-ce que c'est cette question, dit Louise, mais qu'est-ce que c'est cette question, je n'en sais rien, comment je la tue, c'est pas une question.

C'est dégoûtant, dit Louise en riant.

Un silence.

Avec les dents, je la tue avec les dents, je la déchire avec mes dents, dit tranquillement Louise. Morceau par morceau, rrraaahhh, dit Louise.

Et vous voulez savoir par où je commence? dit Louise. Je commence par le petit bout du sein.

Et je continue, dit Louise.

Très lentement, dit Louise. Très bon.

Marc s'embrouille

— Ça va mal, ça va mal, ça va mal, disait Marc.
Je ne dis pas que c'est de votre faute, mais depuis
que j'ai commencé ce travail avec vous, enfin c'est
vous qui l'appelez travail, moi le travail je sais ce que
c'est, j'appelle pas ça du travail, moi — je ne sais pas
comment l'appeler, qu'est-ce que je disais je m'em-
brouille, je deviens confus, eh bien justement ma vie
c'est la confusion, pour ne pas dire autre chose, le
bordel, enfin c'est justement pas le bordel, j'aimerais bien hahaha, ce n'est pas drôle, je ne sais même
plus si j'aime ma femme.

Évidemment que je l'aime. Ma femme, mes
enfants. Je les aime. Ma femme, c'est comme ma
maison.

D'ailleurs j'ai rêvé d'une porte. Énorme, lourde.
Je ne connais pas cette porte. Il n'y avait que ça, dans
le rêve, cette porte.

Une porte, une porte.

Hier soir, je n'avais pas envie de vous le dire, j'ai

un peu honte, ma femme m'a mis à la porte. J'ai dû dormir sur le canapé.

C'est malin.

Elle m'a dit qu'elle ne tolérait plus mes manières. Quelles manières, je vous le demande. Si on ne peut plus faire ce qu'on veut avec sa femme. On est marié, quand même. Moi, vous parler, ça me donne des idées. Il faudrait qu'elle suive. Je me suis dit en m'endormant, Mon vieux, si tu avais su que le mariage c'était ça. Une prison.

Mais elle est gentille, au fond, elle est mignonne. Toujours bien mise, toujours fraîche.

Mes amis me font toujours des compliments, Tu as de la chance, une femme si aimable.

Aimable comme une porte de prison, oui.

Oh là là.

Je me demande si je ne ferais pas mieux d'arrêter cette histoire, cette affaire, cette chose, enfin ce que je fais ici avec vous. Je me complique la vie, voilà tout.

Édouard est obsédé

—- Écoutez, disait Édouard, je vous l'ai déjà dit, vous ne devriez pas partir, chaque fois que vous partez il m'arrive un truc, vraiment je ne comprends pas que vous ne compreniez pas, vous prenez trop de vacances, moi je n'en prends pas autant, enfin je ne sais pas si c'était des vacances, en tout cas à chaque fois il m'arrive quelque chose.

Un silence.

— Oui, dit Simon.

— Je suis un obsédé, dit Édouard.

Après un temps Simon dit, Oui?

— C'est terrible, dit Édouard. C'est épouvantable.

— Comment ça, dit Simon.

— Et vous ne m'avez rien dit, dit Édouard.

— Sur quoi, dit Simon.

— Sur moi, cria Édouard. Je vous paye, à la fin, cria Édouard.

— Bien sûr, dit Simon. Alors?

— Alors, dit Édouard, alors... Bon, dit Édouard, je vais vous raconter. Il y a une semaine, en temps normal je devais venir chez vous, mais vous étiez en vacances, il y a une semaine, je traversais la rue, et en face de moi, une jeune femme traversait dans l'autre sens. Moi j'étais dans le passage clouté, je traverse toujours dans les clous, elle, non. Quand nous nous sommes croisés, je ne sais pas ce qui m'a pris...

— Oui, dit Simon.

— Je ne sais vraiment pas ce qui m'a pris, j'ai dit tout bas, mais assez fort pour qu'elle l'entende, Les femmes, à poil. À poil, les femmes.

Un silence. Édouard dit, Et maintenant en vous parlant j'ai envie de pleurer.

Mais c'est pas fini, dit Édouard. Après, à chaque fois que je croisais une femme, j'avais envie de lui dire ça, À poil, les femmes, à poil.

C'est affreux, dit Édouard.

Je me sentais tellement mal, et en plus vous n'étiez pas là.

J'ai consulté mon encyclopédie médicale.

Et c'est là que j'ai appris que j'étais un obsédé.

J'ai des idées obsédantes, dit Édouard.

— Mmmm, dit Simon.

— Je n'en peux plus, dit Édouard. Maintenant, où que j'aille, partout où il y a des femmes, et il y en a partout, voilà, ça me prend. À poil, les femmes, à poil.

Je ne pense qu'à ça, dit Édouard.

— Aux femmes à poil ? dit Simon.

— Aux femmes à poil, répéta Édouard, inquiet. À poil, les femmes, Les femmes à poil, répéta plusieurs fois de suite Édouard, sur différents tons.

Au bout d'un moment il dit, Quand j'étais petit, ma mère m'emmenait au cirque, une fois j'ai vu une femme à barbe, je ne me souviens pas d'avoir eu aussi peur.

À barbe, à poil... Ma mère, dit Édouard, est une femme à poigne.

Elle m'a toujours empêché de dire des mots vulgaires. Tous les mots vulgaires étaient interdits. Les mots, les expressions. Comme, dit tout d'un coup Édouard, comme de dire : se poiler. Interdit de se poiler, dit Édouard en riant franchement.

Jérémie n'en peut plus

— Je n'en peux plus, disait Jérémie, je n'en sors pas. Personne ne peut rien pour moi. Il est parti, il ne reviendra plus, il est irremplaçable. C'est tout. Je suis foutu. Je suis au fond, je n'arrive pas à remonter, je suis tout seul au fond d'un gouffre, d'un abîme.

Me trouvant absente de toi
quelle vie puis-je avoir encore
sinon endurer une mort
la plus douloureuse qui soit
miséricorde j'ai de moi
tant je m'obstine en mon désir
que je meurs de ne pas mourir.

Un silence.

— Oui ? dit Simon.

— J'aimerais vous dire quelque chose, dit Jérémie, mais je ne pense à rien. J'ai la tête vide, dit Jérémie.

Complètement vide.

Comme ma vie. On ne peut pas guérir de ça, dit
Jérémie.

— De ça? dit Simon.

— De ça, dit Jérémie. C'est la base même du
truc.

— Comment, dit Simon.

— La base même du truc, dit Jérémie.

— Je ne comprends pas, dit Simon.

— Le fondement, dit Jérémie, la base.

— Je ne comprends pas ce que vous dites, dit
Simon. Qu'est-ce qui est la base, et de quoi.

— C'est la base même du truc, répéta Jérémie
Je ne peux pas mieux vous dire. C'est évident.

Un silence.

— Oui? dit Simon.

— Je me dis que si vous ne comprenez pas,
alors... C'est la fin, dit Jérémie.

Je ne peux pas mieux vous dire.

La base même du truc.

Simon rêve d'Eva

Simon était resté un bon moment au *C'est nous les meilleurs* mais il n'avait pas trouvé comment engager la moindre conversation avec le groupe de jeunes. Il avait fini par demander au patron si c'était bien ici le café que, le café dont, etc., évoquant Eva, bien entendu le patron avait haussé les épaules, l'avait regardé d'un air soupçonneux, avait fait Bof. Simon était parti furieux contre lui-même et déprimé.

Sur le chemin du retour il s'était perdu plusieurs fois, il était arrivé très tard chez lui, encore plus furieux et déprimé, maudissant la voiture, la banlieue, la région parisienne et la société.

Dans la nuit il avait rêvé d'Eva. C'était un mauvais rêve, Eva avait les yeux exorbités, un regard de peur, Simon lui demandait, De quoi tu as peur, elle disait, Je n'ai peur de rien, de rien, au même moment elle avait le hoquet. Elle tenait un grand sac, comme un cartable d'écolière, elle lui disait,

Regarde ce que j'ai dans mon sac, et elle sortait un revolver, le brandissait devant Simon, Simon se moquait d'elle, il riait, il disait, Tu ne me fais pas peur, tu ne sais même pas tirer, Eva continuait à brandir le revolver et le revolver s'allongeait, se transformait en carabine, une carabine très longue. Simon s'était réveillé en sursaut.

Il avait pensé qu'il avait peur pour Eva, qu'il ne lui arrive quelque chose.

Après il avait pensé à sa sœur, à comment il l'aimait, comment ça le rendait triste qu'elle soit si folle et qu'ils ne se voient plus jamais, plus du tout.

Le bonheur d'Eva

— Le bleu, disait Eva à Josée, elles étaient toujours assises à la terrasse du café, le ciel. Je me sens aussi tranquille que le ciel. Le bleu est une couleur spéciale. Toutes les couleurs sont spéciales, mais le bleu est plus spécial que d'autres. Même aux pires moments, quand tu vois le bleu du ciel... Quand tu marches entre des rangées d'immeubles, dans des rues fermées...

Et puis, disait Eva, le bleu ça me rappelle une bande dessinée que je lisais quand j'étais petite, le héros avait un pull bleu. Je me souviens de toutes ses aventures. Je tournais les pages, le plus lentement possible, je ne voulais pas que ça finisse, je sautais avec lui à travers les pages, dans toutes les situations...

Oui, disait Eva à Josée en lui caressant les cheveux, pour moi le bleu, c'est la couleur de l'aventure. Léger, joyeux. Et les noms, il y avait tous ces noms. Sahara, Congo, New York, pôle Nord, pôle

Sud, la muraille de Chine, le lac Popo... Il allait même sur la Lune... Je me souviens de tous les dessins, disait encore Eva à Josée, rêveusement, l'avion, la voiture, la moto, c'était comme des jouets, on voyait comment c'était fait, le dessin était net, simple, on comprenait, et on était emporté.

L'aventure, répétait Eva, l'aventure. Elle s'étirait, regardait le ciel avec les yeux écarquillés. Je ne sais pas pourquoi je pense à ça. En tout cas j'ai l'impression que c'est la première fois que j'aime ce que je fais.

Heureuse, est-ce que je suis heureuse? se demandait Eva. Je ne sais pas. Est-ce que c'est un but, être heureux? Je ne pense pas, puisqu'on ne sait pas ce que c'est. C'est en plus, c'est quelque chose qui arrive en plus. Il faut déjà se sentir bien pour pouvoir être heureux, c'est quand même bizarre.

Est-ce que tu es heureuse?

Josée dit que oui.

— Oui, mais toi, dit Eva... Tu as une trop bonne nature, pauvre imbécile.

Tu le mérites, de toute façon, d'être heureuse, dit Eva gentiment.

Mais est-ce que le bonheur, ça se mérite? continua Eva.

Ça ne veut rien dire, que ça se mérite.

Alors, je ne sais pas... mais ça ne fait rien, pour une fois ça ne fait rien.

Une vieille dame, très vieille et maigre, en pantoufles et en imperméable, vint s'asseoir à la terrasse, deux tables plus loin. Elle commanda une glace à la vanille.

Eva la regarda manger sa glace, lentement, son visage ne reflétait rien de particulier. Eva lui demanda, Elle est bonne, elle fit Oui de la tête et continua à manger.

— Faut manger vite avant que ça fonde, commenta Eva en hochant la tête. Tu vois, dit Eva à Josée, il fallait que ça arrive, c'est exactement ça, cette vieille dame, et elle essaya d'expliquer à Josée pourquoi c'était parfait, justement cette vieille dame, là, en train de manger sa glace à la vanille.

4

Dans le RER Josée commença à s'inquiéter. Elle trouvait qu'Eva se comportait de façon bizarre. Je crois, se dit subitement Josée, qu'elle ne sait pas qu'elle est dans le RER. Eva parlait sans arrêt, racontait à Josée des histoires et des histoires, mais Josée avait une drôle d'impression. Peut-être parce qu'Eva faisait des grands gestes, des gestes vraiment trop grands, se dit Josée. Comme si on était encore dehors, dans la rue ou dans un jardin, se disait encore Josée qui pour la première fois de sa vie adoptait une position d'observatrice. Les yeux d'Eva suivaient ses gestes désordonnés, ils ne fixaient rien, son regard tournait, partait dans tous les sens. Elles étaient debout, adossées à une porte, il y avait beaucoup de monde mais Eva n'avait pas l'air de s'en apercevoir, elle balayait l'air de ses mains, elle racontait à Josée une petite fable de Kafka, une souris qui avait pris peur, «le monde, disait la souris, Eva connaissait la fable par cœur, devient plus étroit chaque jour. Il était si grand autrefois que j'ai pris peur, j'ai couru, j'ai couru, et j'ai été contente de voir enfin, de chaque côté, des murs surgir à l'horizon ; mais ces longs murs courent si vite à la rencontre l'un de l'autre que me voici déjà dans la dernière pièce, et j'aperçois là-bas le piège dans lequel je vais tomber. — Tu n'as qu'à changer de direction, dit le chat en la dévorant ».

« Tu n'as qu'à changer de direction, dit le chat en la dévorant », répétait Eva, Hahaha, disait Eva en riant très fort, vraiment trop fort, trouvait Josée, voilà, ça peut sembler terrible, commentait Eva, mais non, on peut, on doit changer, c'est une leçon, prends-en de la graine, elle s'adressait maintenant à un grand type en tee-shirt qui lisait le journal à côté d'elles. Il prit un air mécontent. Josée tira Eva par la manche et lui dit, On va bientôt descendre. Eva hocha la tête, tout d'un coup elle avait les yeux vagues, Josée était sûre qu'elle n'avait pas compris. Au bout d'un moment elle demanda à Josée, Et toi, qu'est-ce que tu en penses, de l'histoire ? Josée lui dit qu'elle la trouvait dure. Eva se mit à rire violemment, et dit en regardant le grand type, Plus c'est dur, plus c'est bon. Josée se sentit devenir écarlate. Heureusement on arrivait dans la station, elle prit Eva par la main pour l'obliger à descendre.

Louise et les textes

— Elle est difficile, cette scène, disait Louise, mais j'y arriverai. D'ailleurs, tant mieux qu'elle soit difficile.

Solange est une grande comédienne. Mais c'est ma scène. Elle m'a dit qu'elle ne savait pas comment j'allais faire. Moi non plus, mais elle va voir.

Aurélien m'a dit de jouer sans aucune brutalité. J'ai cherché des textes là-dessus, sur une femme qui en tue une autre.

J'ai relu *Les Bonnes*. «Ne fais pas cette tête. Il faut être joyeuse et chanter. Chantons! Il faut rire. L'assassinat est une chose... inénarrable! Chantons. Nous l'emporterons dans un bois et sous les sapins, au clair de lune, nous la découperons en morceaux. Nous chanterons. Nous l'enterrerons sous les fleurs dans nos parterres que nous arroserons le soir avec un petit arrosoir!»

Je pourrais la tuer en chantonnant, une comptine ou une berceuse, en m'avançant sur elle comme ça, en chantonnant entre les dents, tout bas mais distinct, qu'on entende bien.

Avec une voix fausse, une voix d'enfant, ou la voix que prend parfois une mère pour chanter ou parler à son enfant, qui imite ou qui veut imiter une voix d'enfant.

Peut-être.

Quand j'ai lu la préface, *Comment jouer Les Bonnes*, j'ai pensé à vous : « ... un critique théâtral faisait la remarque que les bonnes véritables ne parlent pas comme celles de ma pièce : qu'en savez-vous ? je prétends le contraire, car si j'étais bonne je parlerais comme elles. Certains soirs. »

Vous pourriez dire une chose pareille. Vous partez du principe que tout le monde a tout dans la tête, non ? ou que tout le monde peut tout penser.

Dans *L'Orestie* Électre parle de sa « haine amère ». Quand j'arriverai à dire ces mots, à les dire vraiment, j'aurai trouvé la scène.

« Quand le poids de la haine a attaqué un cœur, dit Louise, c'est une double souffrance pour celui qui la porte en soi, il sent le poids de ses propres malheurs et gémit au spectacle du bonheur d'autrui. »

Oui, dit Louise. C'est tellement ça.

Marie et Tchernobyl

— Tchernobyl, Tchernobyl, Tchernobyl, disait Marie. Je ne pense plus qu'à ça. J'ai rencontré un peintre russe qui fait une installation sur Tchernobyl, il m'en a parlé, il m'a donné des livres, des journaux, je n'ai jamais lu quelque chose qui me concerne aussi directement, je ne peux plus penser qu'à ça, tout le monde devrait penser à ça tout le temps, vous ne vous rendez pas compte, dans quel monde on vit, les hommes sont inconscients.

Ça peut se reproduire demain. Et vous êtes là, vous continuez comme si de rien n'était, alors qu'on est au bord de la fin du monde. *Au bord du bord*, c'est le titre de son installation.

Au bord du trou. Je ne pense plus qu'à ça.

Parce que le plus grave, j'espère que vous m'écoutez, que vous m'écoutez vraiment pour une fois, c'est que même sans catastrophe, même si une nouvelle catastrophe comme Tchernobyl ne se produit pas, ou ne se produit pas tout de suite, on a les déchets.

Ou plutôt, c'est eux qui nous ont.

On est tous prisonniers des déchets.

Des déchets, de ce qui reste, de leurs expériences, de leurs centrales.

On ne s'en débarrasse pas, on ne peut pas s'en débarrasser.

Ça me rend folle. Les déchets. Il y en a partout. Il faut 1 000 ans, 10 000 ans, parfois 100 000 ans, pour qu'ils ne soient plus nuisibles.

Et vous savez ce qu'on en fait ? Je suis sûre que vous ne savez pas.

On les enterre.

On les enterre. Comme des cadavres.

Mais justement, ils ne se décomposent pas, ils restent vivants, nuisibles, plus que nuisibles, porteurs de mort.

Moi ça me fait penser à tous les morts depuis le début de l'histoire de l'humanité, 100 000 ans, vous vous rendez compte, qui seraient toujours là, avec une vengeance.

Ça me fait penser à ça.

Ils sont là, sous nos pieds. Sous nos pieds.

Comment s'en débarrasser.

Une fois j'ai lu une histoire dans le journal, on a découvert une folle qui vivait avec ses enfants dans un HLM, elle ne jetait rien, elle gardait tout, mais tout, les restes alimentaires, les vieux journaux, la maison était remplie de poubelles, des bouteilles en verre, des bouteilles en plastique, des vieux vêtements, des choses cassées, déchirées, des bouts de trucs, des cartons, des détritus, des sacs, il paraît que ce n'est pas si rare, c'est une maladie mentale, les enfants allaient à l'école, ils étaient bien habillés et propres, mais la maison... c'est ce qui a fini par alerter, l'odeur.

La terre maintenant c'est pareil, toutes ces horreurs nucléaires, ces déchets dangereux, explosifs, ils sont là, on ne sait pas comment s'en débarrasser, et on les enterre, il y en a qui sont là sous nos pieds, mais qu'est-ce qu'on va devenir ?

On appelle ça des piscines, on stocke dans des piscines.

On stocke en surface, on stocke en profondeur.

Une poubelle géante, voilà avec quoi on vit, elle est là-dessous.

J'ai l'impression, depuis que je sais, que je la sens.

Un trou, un trou gigantesque rempli de cadavres.

Des cadavres prêts à nous exploser à la figure, à nous faire tous sauter, oui, ou à nous contaminer.

Vous avez vu des photos de gens après Hiroshima ?

Pendant 1 000, 10 000, 100 000 ans ça reste dangereux, qu'est-ce que ça veut dire, c'est impensable.

Comment on peut fabriquer des choses qu'on ne peut pas imaginer.

On ne sait pas d'où on vient, ça se perd dans la nuit des temps. Et là, c'est comme l'origine à l'envers.

J'ai l'impression que je deviens folle.

Sylvain revient

— Je ne serais pas revenu si vous ne m'aviez pas écrit, disait Sylvain. J'en ai assez de vous et de vos discours bourgeois. Mais les menaces, ça marche.

— Les menaces, dit Simon.

— Vous savez très bien. Vous m'avez écrit que je risquais je ne sais quoi si je ne revenais pas vous voir

— Je vous ai écrit que vous n'étiez pas obligé de revenir me voir, mais que je pensais que vous ne deviez en aucun cas interrompre le travail que vous aviez commencé, que c'était dangereux pour vous.

— Oui. Bof.

Un silence.

J'ai fait un rêve. J'ai rêvé d'une porte.

C'était un cauchemar.

J'étais devant une porte, elle ne s'ouvrait pas. J'étais petit, je pleurais. Je me sentais idiot. Comme maintenant. Avec vous je me sens idiot.

Une porte fermée, d'accord. Mais vous m'avez

ouvert, quand même. Dans le rêve c'était un dessin, cette porte. Comme un dessin dans un livre d'images.

Elle était bleue.

On dit une peur bleue.

Je connais.

Il y avait une tour à côté, ça me revient.

C'est moi qui reviens, qui suis revenu.

Je me demande pourquoi.

Vous et vos discours.

Le dessin... la porte, la tour. Au-dessus de la tour, il y avait la lune.

Au clair de la lune, mon ami Pierrot.

Prête-moi ta plume, pour écrire un mot.

Ma chandelle est morte, je n'ai plus de feu.

Ouvre-moi ta porte pour l'amour de Dieu.

Quand je suis venu vous voir je n'avais plus de feu, ça c'est sûr.

Eh bien maintenant j'ai le feu de Dieu au cul.

Si vous saviez comme je m'en fous, du feu.

Une porte, une porte...

Sylvain se mit brusquement à pleurer.

Porte-moi. Je suis à bout. Porte-moi.

Édouard est sur un banc

Édouard avait garé sa voiture et rêvait à un verre
d'eau, assis sur un banc. La chaleur était accablante,
il en avait assez. Il était quelque part au milieu de
presque rien, devant une pelouse, il avait traversé des
carrefours et des carrefours, il était perdu, il avait
chaud. Un jeune homme vint s'asseoir sur le banc,
et Édouard eut l'impression bizarre qu'il le connaissait, sans pouvoir le situer. Le jeune homme hocha
la tête, et Édouard pensa que lui aussi trouvait
quelque chose bizarre. Ils se regardèrent et esquissè-
rent chacun un sourire poli. Ils dirent en même
temps, Il fait chaud, et rirent. Il n'y a pas d'air, dit
Édouard. Non, pas d'air, dit le jeune homme, et il
montra une des tours un peu plus loin. J'habite là,
c'est en plein soleil l'après-midi. Il sourit. Vous
n'êtes pas d'ici, c'était une affirmation, Non, dit
Édouard, je travaille. Il montra sa voiture, et dit
seulement, Des encyclopédies, la force lui manquait,
la conviction, l'énergie, l'envie.

— Ah oui, dit le jeune homme, moi j'ai pas de travail, je cherche. Il ajouta. J'ai mon bac. Et, C'est drôle, j'ai idée qu'on se connaît.

— Moi aussi dit Édouard, mais d'où.

— Je ne sais pas, dit le jeune homme, vous êtes déjà venu par ici, Non, dit Édouard, c'est la première fois.

Ils restèrent un moment en silence, ce n'était ni confortable ni inconfortable, ensuite Édouard proposa au jeune homme d'aller boire un coup.

Le jeune homme suggéra un café, ils prirent la voiture, quand ils entrèrent au *C'est nous les meilleurs* le patron les salua en rigolant. Saïd, c'était son nom, dit à Édouard, Qu'est-ce qu'il a celui-là, Édouard ne savait pas non plus.

Devant leur demi panaché ils se détendirent. Édouard était vraiment content, comme il l'expliqua à Saïd, il n'avait jamais rencontré personne, depuis le temps qu'il plaçait ses encyclopédies.

Saïd se passa la main dans les cheveux, sourit, et à ce moment-là Édouard eut un frisson.

Il dit timidement, Je crois qu'on se ressemble un peu.

Saïd le regarda.

— Oh là là, dit Saïd. Pas qu'un peu.

Louise et Vincent

Louise et Vincent sur le lit.

— J'ai vu des petits bonnets tellement gais, disait Louise. C'est la mode en ce moment. Je vais t'en acheter un.

Ou en tricoter un pour toi, un de toutes les couleurs, comme j'en ai vu, dit Louise.

— Mmm, dit Vincent, il lisait.

— Ou peut-être en tricoter un pour lui, dit Louise, en attrapant Vincent.

C'est ça qui serait joli. Mignon, dit Louise.

— Tu manques de respect, dit Vincent. Il continuait à lire.

— Je manque de respect, dit Louise.

Vincent continuait à lire tranquillement, Louise se mit à l'embrasser jusqu'à ce qu'il pose le livre.

— Tu m'aimes, demanda Louise.

— Je t'aime, dit Vincent.

— Bon, dit Louise, alors... ça va. Il aura son bonnet, dit Louise.

— Je ne veux pas de bonnet, dit Vincent.

— Ce n'est pas pour toi, dit Louise.

D'ailleurs, ajouta Louise, il est à moi.

— Ah non, dit Vincent.

Pas question, dit Vincent, en riant à moitié, et arrête de faire cette grimace.

Non, pas question, dit Vincent en riant franchement.

— Je veux, dit Louise.

Je le prends, dit Louise.

— Aïe, dit Vincent.

Bon, dit Vincent, je vois qu'il faut que j'utilise les grands moyens.

— Oui, oui, oui, dit Louise. Les grands moyens. Utilise-les, dit Louise.

Les grands moyens, les petits moyens, tout ce que tu veux, dit Louise.

Ça n'empêche...

— Tais-toi, dit Vincent.

— Je me tais, dit Louise, je veux bien me taire si tu m'embrasses.

Mais, dit Louise très bas, maintenant elle avait pris la tête de Vincent dans ses mains et lui murmurait dans l'oreille, Tu me chatouilles, disait Vincent en même temps, Mais, dit Louise, ça n'empêche...

— Quoi? dit Vincent.

— Que je lui tricoterai un petit bonnet, murmura Louise.

Eva avait oublié

Quand Eva ouvrit la porte de la chambre et vit le couvre-lit, elle sursauta. En sortant du RER avec Josée elle avait continué à parler sans arrêt, elle avait encore raconté des histoires, elle planait, elle jubilait, elle ne faisait attention à rien, et elle avait oublié, ce qui s'appelle oublié, l'existence du lit, du couvre-lit, du papier peint et de la chambre. Elle se cala contre la fenêtre et refusa de s'asseoir. Josée l'embrassa, la cajola, finalement elle s'assit sur le bord du lit, mais elle ne se calmait pas. C'est pas possible, disait Eva, c'est vraiment pas possible. On arrive dans cet endroit, on n'a rien pour s'accrocher, non, non, non, rien pour s'accrocher, répéta Eva en haussant les épaules devant le regard interrogatif de Josée, tout est pareil, tout est sur le même plan, je ne sais pas comment t'expliquer si tu ne comprends pas, c'est pourtant évident, le couvre-lit est comme le lit, la fenêtre est comme le couvre-lit, la table est comme la fenêtre, les meubles sont comme le papier peint, tu ne vois pas ça, c'est quand même clair, Eva s'énervait, moi je veux réfléchir, penser à ce qu'on a fait, voir comment continuer, on ne va pas s'arrêter là, quelle va être la suite, tu crois peut-être que ça vient tout seul, mais c'est du travail, il faut penser, et moi j'ai rien pour m'accrocher, tout est pareil, tout se ressemble, regarde le papier peint, ce jaune infect, j'entre ici, et j'ai l'impression que ma tête devient molle, toutes mes idées, et j'en ai des idées, toutes mes idées se perdent, s'en vont, elles se diluent, j'ai la tête pleine d'eau, c'est comme l'eau du robinet, elle est jaune comme le papier peint, elle est rouillée cette eau, et puis j'ai personne à qui parler, bien sûr j'ai toi pauvre imbécile, mais toi, toi, tu es toujours d'accord, dit Eva en regardant Josée, moi j'ai besoin de quelqu'un qui me parle, dit Eva en levant tout d'un coup la main, Josée eut l'impression qu'elle allait lui donner une claque, mais Eva descendit la main et s'affala sur le lit, c'est pas possible c'est pas des conditions, dit Eva, elle mordait l'oreiller, allez, pauvre imbécile, on ferait mieux de dormir.

5

Eva lit Joséphine

Eva n'avait pas réussi à s'endormir et elle lisait *Joséphine la cantatrice*. Au fur et à mesure qu'elle lisait, son angoisse montait. Joséphine était la cantatrice du peuple des souris, et on ne savait pas si elle chantait vraiment, comme elle en était persuadée, ou si elle ne faisait que siffler, le plus banalement du monde, comme le font toutes les souris, ni plus ni moins. Le narrateur, qui faisait lui-même partie du peuple des souris, ne savait pas, n'arrivait pas à trancher, et ne pouvait pas dire si la voix de Joséphine avait quelque chose d'exceptionnel, ou si tout cela n'était qu'une illusion, entretenue, sciemment ou à son insu, par Joséphine. Joséphine croyait protéger son peuple par la grâce de sa voix sublime, mais c'était peut-être bien le malheureux peuple des souris qui en réalité avait la charge de protéger Joséphine, être fragile, trop sensible, incapable de faire face à la vie courante. L'angoisse d'Eva était si forte qu'elle faillit plusieurs fois arrêter sa lecture. Est-ce que je fais quelque chose, oui ou non, se demandait Eva, elle avait l'impression d'avoir dans la tête pendant qu'elle lisait un point d'interrogation rouge fluo comme le néon d'en face. Quand le récit fut terminé elle se tourna et se retourna dans le lit, et se mit à parler à voix haute, pas fort pour ne pas réveiller Josée, mais à voix haute quand même, elle ne pouvait pas s'en empêcher, les mots étaient trop pénibles, ils lui brûlaient l'intérieur de la tête, d'ailleurs elle avait une horrible migraine, il fallait absolument qu'elle les sorte, les mots, qu'elle les mette dehors, qu'elle les prononce, si elle les disait elle avait une chance de pouvoir les discuter, les mettre à distance, s'ils restaient à l'intérieur ils l'étouffaient, elle ne pouvait rien contre eux, ils l'anéantissaient. Est-ce que je fais quelque chose, oui ou non, est-ce que c'est ça, veiller, peut-être que non, comment est-ce que je peux savoir, je me suis sentie bien et plus que bien, mais est-ce que ça suffit, et si c'est pas ça, veiller, alors c'est quoi, je croyais avoir trouvé, peut-être je ne trouverai jamais, pourtant j'étais sûre que c'était ça, comment je peux savoir, je n'ai rien vu dans le journal, mais ça ne veut rien dire, ils font exprès de ne pas en parler, s'ils en parlaient ça donnerait des idées aux autres, d'ailleurs je suis sûre qu'ils finiront par en parler, mais l'important c'est l'effet sur les gens, les gens ont vu, ça les a frappés, pas seulement les gens du car, les autres, les gens dans la rue, le car passe dans beaucoup d'endroits, et pas n'importe lesquels, il fait un grand circuit, ils n'ont pas pu effacer tout de suite, ils ne sont pas équipés, au bout de combien de gens touchés c'est important, je ne sais pas, je ne sais pas à la fin, Josée m'a dit que c'était formidable, mais Josée est trop bête, c'est insupportable, je vais crever.

Louise n'est pas d'accord

— J'ai eu une discussion avec Aurélien, disait Louise, elle a failli mal tourner, on n'était pas d'accord. On parlait de la banlieue, ça se passe quand même dans un HLM cette histoire, et on n'était pas du tout d'accord.

Sous prétexte que c'est lui le metteur en scène, il croit qu'il sait tout, qu'il a toujours raison. Et qu'est-ce qu'il y connaît ? Rien de rien. Est-ce qu'il sait ce que les gens ont dans la tête ? Non. Il me parlait du décor, mais l'important c'est ce que les gens ont dans la tête.

Un silence.

— Oui ? dit Simon.

— Ce n'est pas intéressant. Je n'étais pas d'accord avec Aurélien, voilà. De toute façon je n'étais pas d'accord.

Il est obstiné, je n'ai jamais vu un type aussi obstiné. Il ne cède rien, il est pire que mon frère, dit Louise.

Un silence.

J'ai fait un rêve, je l'avais oublié, j'ai rêvé d'une porte. C'était la porte de l'appartement de mes parents. Pourquoi je rêve de ça ?

C'était une belle porte. Une fois je ne sais plus pourquoi j'avais piqué une crise, j'étais très petite, mon frère avait eu je ne sais quoi et pas moi, j'avais donné des coups de pied dans la porte, je l'avais vraiment abîmée... Ma mère m'avait dit, pourquoi tu l'a abîmée, cette porte, c'est ta maison, et j'avais pleuré, pleuré.

J'y pense maintenant, j'ai dû pleurer dans mon sommeil, je me suis réveillée les yeux mouillés.

Une porte... L'autre jour Vincent a dit à des amis, on dînait ensemble. Cette pièce, c'est la porte du succès pour Louise.

Je lui ai dit que c'était faux, que ça n'existe pas, la porte du succès.

Il n'était pas d'accord, les amis non plus.

Ça m'a énervée, j'ai fini par me mettre en colère, j'ai vraiment piqué une crise, j'ai hurlé. Le succès je m'en fous, et peu m'importe ta porte. Du coup j'ai fait une chanson.

Vincent ne s'est pas démonté, il a repris le même air, Le succès peu importe, d'accord, mais ça rapporte.

Là j'avais envie de lui taper dessus et je me suis mise à pleurer.

Marie est assise dans le RER

Marie était assise dans le RER en train de lire une revue scientifique quand un homme monta et se mit à chanter. Il ne chantait pas, il récitait plutôt, il avait une voix tellement éraillée, essoufflée, cassée, il traînait des tonnes de gravats dans sa voix, il hissait des sacs et des sacs de gravats, il les portait, il les présentait, il les offrait dans sa voix, cadeau ambigu. Marie le regarda, il était mal habillé avec une chemise verte qui sortait de son pantalon, les cheveux sales, un homme jeune, des baskets de marque, bien sûr on se demandait pourquoi, comment. La voix prenait tout le compartiment, son caractère ébréché la rendait encore plus envahissante, on sentait toutes les pointes, les aspérités, on était raclé. Les paroles : de la misère, vers et rimes, histoires tristes, amours et peines, enfances. Marie se sentait mal à l'aise, elle n'avait qu'une envie, le jeter dehors, le prendre et le jeter hors du compartiment, mais ce n'était pas seulement ça qui la mettait mal à l'aise, un mot lui tambourinait la tête, le mot « déchet », et elle s'énervait. Elle se répétait. Si j'ai à ce point envie de le jeter dehors, c'est aussi de sa faute, c'est aussi lui qui provoque ça, il veut l'être, un déchet, c'est pas possible. L'homme continuait, perdu dans son chant, il se balançait d'avant en arrière les yeux mi-clos, il chantait pour lui-même autant que pour les voyageurs, maintenant il avait les yeux fermés, il chantait de plus en plus fort, et tout d'un coup Marie sentit quelque chose d'innommable qui la fit se dresser, se lever d'un bond et se réfugier près de la porte. Elle descendit à la station, elle tremblait. Elle sortit dans la rue et s'assit sur un banc. Se coller à ce type, avait pensé Marie, se coller à lui, rester ensemble, deux déchets ensemble, collés.

Édouard est malheureux

— Je suis malheureux, disait Édouard. Enfin je ne sais pas si je suis heureux ou malheureux. Je me sens bizarre, tout remué à l'intérieur.

J'ai mal au ventre.

Hier je suis allé manger le couscous chez Saïd. Je n'ai jamais si bien mangé. Sa mère est un peu comme la mienne, elle ne supporte pas les assiettes vides.

Si ma mère m'entendait.

Saïd a deux frères et une sœur. Sa sœur fait du droit. Elle s'appelle Samia. Elle est très jolie.

Un silence.

— Oui ? dit Simon.

— Rien, dit Édouard. Je me trouve trop gros.

Ce matin je me suis regardé dans la glace de la salle de bains, j'avais envie envie de me jeter la serviette à la figure.

J'ai beaucoup maigri ces derniers temps, depuis

que j'ai recommencé à faire de la gymnastique. Mais je me trouve trop gros.

Quand j'étais petit j'avais un camarade de classe qui avait dit que j'étais tellement gros que bientôt je ne pourrais plus voir...

— Oui ? dit Simon.

— Mon zizi, dit Édouard.

Mon sexe, dit Édouard en soupirant.

Je suis rentré à la maison et j'ai raconté ça à ma mère. Je me souviens très bien je lui ai raconté en pleurant.

Un silence.

— Oui ? dit Simon.

— Elle a ri. Elle m'a dit que j'étais idiot et elle a ri. Après elle m'a dit que mon camarade avait raison, et que j'étais trop gros.

Un silence.

— Je me sens en colère, dit Édouard, mais en colère.

Je ne me suis jamais senti en colère comme ça.

J'ai envie, dit Édouard, de lui jeter sa poêle à frire à la tête.

Vous ne pouvez pas imaginer, dit Édouard.

Quand je n'avais pas faim, elle me disait, Alors c'est pas bon ? Comment elle me gavait.

Un silence.

— Oui ? dit Simon.

— Je n'ai pas envie de parler.

C'est idiot.

Je pense à mon sexe, voilà, je le vois, j'y pense. J'ai l'impression qu'il est perdu dans les plis de mon ventre.

— De votre ventre? dit Simon.

— Oui, de mon ventre, de mon ventre, déjà c'est pas facile à dire et en plus il faut que je répète, de mon ventre, qu'est-ce que vous voulez que je vous dise, de mon ventre à moi, je ne vous parle pas du ventre de ma mère quand même.

— Mmm, dit Simon.

— Quoi, Mmm, je déteste quand vous faites ça, je ne sais jamais ce que vous pensez.

— Vous, vous pensez à quoi? dit Simon.

— Je pense à mon ventre et à mon nombril, c'est idiot mais c'est comme ça. Le nombril c'est la cicatrice du cordon ombilical, ma mère m'a expliqué ça un million de fois, le nombril c'est plein de plis, elle me disait, «les petits plis d'amour» en me le nettoyant, moi je trouvais ça plutôt dégoûtant. Mon ventre plein de plis, des petits plis, des gros plis, des plis et des plis. Mon sexe est perdu dans les plis du ventre de ma mère. Je veux dire de mon ventre.

Oh là là.

Le banquier de Marc

— J'avais rendez-vous avec mon banquier hier, disait Marc. Je ne l'aime pas, cet homme.

Un silence.

Vous toussez vraiment beaucoup, j'espère que vous n'êtes pas grippé.

Un silence.

Ça m'inquiète, la grippe est très mauvaise cette année. Quand vous m'avez ouvert je me suis dit, Oh là là, il a mauvaise mine. Vous avez des cernes, ça vous vieillit.

Vous devriez faire attention. Ne pas vous surmener.

Excusez-moi, je m'inquiète pour votre santé, mais je me fais du souci pour vous.

— Je ne suis pas grippé, dit Simon.

Un silence.

— Ça m'ennuie de vous dire ça, mais je voulais vous le dire alors je le dis, dit Marc. Vous êtes trop cher. Bien sûr c'est normal de payer pour ce travail, enfin, ce qu'on fait ensemble, mais c'est trop cher.

En plus je suis sûr qu'il y en a qui payent beaucoup moins.

Un silence.

Est-ce que tout le monde paye pareil, dit Marc. C'est une question indiscrète, vraiment indiscrète, ça ne se fait pas de poser des questions pareilles, je me sens très mal élevé, c'est comme demander à quelqu'un combien il gagne, excusez-moi, mais j'ai ça dans la tête...

— Non, dit Simon. Non. Tout le monde ne paye pas pareil.

— Alors ça c'est la meilleure, explosa Marc. C'est vraiment la meilleure. Mais c'est incroyable, c'est insensé. Je m'en doutais. Et vous dites ça froidement, vous dites ça comme si de rien n'était.

— Comment voudriez-vous que je le dise, dit Simon.

— Alors sous prétexte que je suis chef d'entreprise, je paye le prix fort, dit Marc.

— Je n'ai jamais dit ça, dit Simon.

— J'ai envie de vous jeter l'argent par terre, le jeter, le piétiner... Je me sens en colère, dit Marc, mais en colère...

Un silence.

Qu'est-ce que c'est que ce travail, ici, de toute façon, c'est rien, c'est du vent, c'est rien du tout.

J'en ai assez. Et en plus au lieu d'arranger les choses comme je croyais au début ça complique tout.

Moi je travaille, je travaille un grand nombre d'heures par semaine, par mois, par an, moi je ne prends presque pas de vacances, ce n'est pas comme vous, je ne suis pas un type à ne rien faire, comme mon banquier que j'ai vu hier, je ne supporte pas les banquiers, ça me rend malade à chaque fois.

Les banquiers, les financiers. Des gens qui ne fabriquent rien, le monde tourne sans eux, c'est pas eux qui ont inventé l'eau chaude, ni la lune, ni les fusées, ni le téléphone sans fil, ni rien.

Ils n'inventent rien, ils ne font que jouer avec l'argent.

«L'argent a toujours raison», c'est ce qu'on dit, mais c'est rien l'argent, c'est du papier, c'est un moyen, alors qu'est-ce que ça veut dire, que ce soit l'argent qui décide.

Moi je pense à ça depuis longtemps parce que mon père était un joueur.

Mon père était un joueur, je vous l'ai dit quand je suis venu vous voir, il a tout perdu dans les casinos, il avait une fortune importante et il a tout perdu, j'ai eu une enfance difficile, ma mère, une sainte...

Il n'était pas méchant, mon père, mais il n'était pas là, il n'était jamais là. Je veux dire, même quand il était présent, il pensait à autre chose, il faisait des calculs dans sa tête, des hypothèses pour gagner, des calculs... Il avait une moustache, des vestes en tweed, il sentait le cigare et le cognac... Toujours élégant, même quand on était sur la paille.

Jouer moi j'ai jamais su.

Je ne sais que travailler.

Quand je suis venu vous voir je vous ai dit que je m'emmerdais dans la vie, que rien ne m'intéressait. Mon entreprise, ma famille...

Mon père, lui, ne pensait qu'à jouer. Il avait une voiture, une maison, une femme, des enfants. Mais il s'en foutait. Il ne pensait qu'à ses combinaisons, claquer son argent, jouer tout ce qu'il possédait.

Alors les types qui manipulent l'argent... On dit qu'ils aiment le pouvoir, mais le pouvoir, c'est le pouvoir de faire quelque chose. Qu'est-ce qu'ils ont envie de faire ? Les grands hôtels, le champagne et le reste, la roulette et le baccara, ça va bien cinq minutes. Je vois pas. Moi, je crois qu'ils ne pensent à rien. Ils s'occupent. Ils s'intéressent pas.

Ce sont les maîtres du monde, c'est sûr, mais à quoi ils jouent.

Jérémie et les faits

— Les faits sont contre moi, disait Jérémie. Les
données, les dés. Les faits sont contre moi, c'est tout.
Ma mère est morte quand j'avais trois ans, et quand
j'étais adolescent je n'avais qu'une envie, la retrouver, mourir pour la retrouver, je vous l'ai dit quand
je suis venu vous voir. Je sais très bien que le départ
de Georges me remet là-dedans.

Je le sais, et alors.

À quoi ça sert de savoir, ça m'est égal de savoir,
ça ne change rien.

Je vais prendre des médicaments, des antidépresseurs, disait Jérémie, j'ai un ami qui fait une théra-
pie, son thérapeute lui prescrit des antidépresseurs.

Un silence.

— Oui ? dit Simon.

— Je suis sûr que vous ne m'en prescrirez pas,
dit Jérémie.

— En effet, dit Simon.

— Je demanderai à un ami médecin, dit Jérémie.

J'en ai trop besoin, ajouta Jérémie.

Un de ces jours je vais m'effondrer sur le chantier, je vais me mettre à pleurer au beau milieu de tout le monde, ça ne peut pas continuer.

Je me sens vide, inutile et vide.

Les Grecs disaient, le plus grand bonheur c'est de ne pas être né. Eh bien moi j'ai raté ça.

Avec Georges, j'avais eu l'impression de naître.

Aimer, naître, voir la lumière pour la première fois.

Et maintenant je retourne au néant.

Je vais prendre des antidépresseurs.

Même quand j'étais heureux avec Georges, je n'étais pas heureux. Inquiet, à cran.

Georges me le disait d'ailleurs. Il me disait, Tu es méchant avec toi-même, pour lui c'était un grand défaut.

Il a eu raison de partir, je suis invivable.

Je vais prendre des antidépresseurs.

—Vous prenez des antidépresseurs si vous voulez, dit Simon, mais vous me le dites.

— Quoi, dit Jérémie.

— Je pense que vous avez compris, dit Simon. Si vous prenez des antidépresseurs, vous me le dites.

— Et après il se lève et il me dit, Bien, non mais je n'en croyais pas mes oreilles, disait Jérémie à son amie Alice le soir, ils dînaient ensemble et Jérémie ressassait sa séance avec Simon. Je viens de lui dire que je souffre comme un damné et lui tout ce qu'il trouve, c'est de me dire de lui parler des médicaments si j'en prends. Il est infect ce type. Infect et inhumain, dit Jérémie.

Simon écoute la radio

Simon écoutait la radio avant de s'endormir, les dernières nouvelles du jour. Juste avant la météo, dans les faits divers, le journaliste annonça, il semblait trouver la chose comique, que pour la deuxième fois consécutive des cars stationnés en plein centre de Paris avaient été couverts de slogans. La police avait plusieurs hypothèses mais une chose était sûre, les déprédations étaient le fait d'une bande nombreuse. Simon écoutait, lorsque le journaliste énuméra les slogans, il eut tout d'un coup la certitude qu'il s'agissait d'Eva. Pourquoi ? C'était les mots : Je veille. C'est des mots d'Eva, pensa Simon.

Il y avait aussi, mais ça ne fit que l'effleurer, le père de Josée et ses gros cars.

Simon, tout d'un coup abattu. C'était pourtant drôle, cette histoire de cars, il aurait dû être amusé. Eh bien, non, Simon n'arrivait pas à trouver ça drôle. Il ressassait. Elle va se faire prendre.

La solitude d'Eva. Simon se disait, Elle est trop

seule, elle est complètement seule, on ne peut pas être seule comme ça. Est-ce que c'était le fait de sa vie, où elle habitait, ce qu'il imaginait de ce qu'elle faisait pour gagner sa vie ? Il n'arrivait pas à penser autre chose que, C'est pas possible, c'est pas possible. Comme si le malheur du monde était rassemblé sur Eva, comme si sa solitude, son désespoir, sa façon absurde de s'en sortir, se disait Simon, furieux, comme si tout ça était unique, et trop.

Simon resta toute la nuit sans dormir, agité, insomniaque. Il revoyait la conférence où il avait rencontré Eva, « la malédiction vous ne savez pas ce que c'est », il se rappelait la discussion sur la réalité, et il pensait à son travail, plus exactement il pensait à ce qu'on peut attendre d'une psychanalyse, d'après Freud : « aimer et travailler », et à un commentaire qu'il venait de lire : *Pas une réconciliation avec la réalité, mais avec ses propres capacités. Vouloir ce qu'on veut, pouvoir ce qu'on peut. Pas vouloir ce qu'on peut, aplatissement devant la réalité, ni pouvoir ce qu'on veut — le croire —, figure de toute-puissance. Mais, qu'on puisse jouer sa partie, dire son récit, répondre au monde à sa façon. Aimer et travailler...*

Et alors qu'il savait bien, Simon, à quel point il était d'accord avec ces formulations, il se sentit tout d'un coup dans une colère noire, totale.

Troisième partie

1

Eva attaque Josée

Eva avait finit par s'endormir au petit matin.
Quand Josée la réveilla pour partir travailler elle
avait à peine dormi deux heures et elle refusa de se
lever. Josée insista, Eva l'insulta. Je n'en peux plus
de toi, tu es trop bête, tu ne dis jamais rien, je ne
peux plus te supporter, va-t'en. Josée se mit à pleurer, les larmes de Josée augmentèrent la rage d'Eva.
Dehors, dehors, dehors. Au moins ça que je peux
faire, au moins ça que je fais. Dehors. Josée continuait à pleurer, Eva se mit à pleurer aussi, mais le
fait de pleurer ne l'adoucit pas, au contraire, elle
commença à tourner dans la chambre en donnant
des coups de pied dans les meubles, en renversant,
en jetant par terre, et elle dit à Josée d'une voix
blanche, Range tes affaires ou je te les mets en boule,
j'en fais un paquet et je les passe par la fenêtre,
prends ta valise, va-t'en. Josée lui dit, Qu'est-ce que
tu va devenir, ce n'était pas la phrase à dire, Eva
devint folle, elle se mit à hurler, Josée, mais Josée

c'est Joséphine, j'aurais dû m'en douter, ce nom, mais c'est une malédiction, pourquoi je t'ai laissée te coller à moi, Joséphine, mais c'est pour ça, tu m'apportes la poisse, c'est pour ça, je le savais, va-t'en, Non, non, dit Josée, Josée c'est Josée, Eva faillit la taper, Va-t'en, dehors, c'est ta faute, va-t'en. Josée rangea ses affaires très lentement, elle continuait à pleurer, et elle pliait tout soigneusement. Mais c'est pas possible, disait Eva, accélère, je ne peux plus te voir, Josée dit en pleurant, Et les cars, Quels cars, hurla Eva, je m'en fous des cars, je ne m'occupe plus des cars, c'est toi qui m'a lancée là-dessus, les cars c'est rien, rien du tout, maintenant Eva sanglotait tellement fort que Josée pouvait à peine la comprendre, si c'était important ça se saurait, et je le sentirais, et ce serait dans les journaux, ils ont bien mis ton ex, comment tu peux avoir eu un type pareil, tous tes types, des horreurs, des nullités, Josée redoublait de larmes, va-t'en, sors.

Louise se fâche

Louise sortait de sa répétition, elle était en colère, fâchée.

Cet Aurélien. Énervant, idiot, comprenait rien, insupportable, d'ailleurs elle ne le supporterait pas. Quoi exactement ? Trop, trop long à dire, absolument trop, pas possible.

Elle avait envie de courir, courir, comme si en courant elle pourrait tout laisser derrière.

Laisser quoi ? Elle ne saurait pas dire. Sûrement Aurélien.

Elle marchait le plus vite possible, grandes enjambées, mouvements de bras, elle fendait l'air, vide, vide, vide, elle avait ce mot dans la tête, elle voulait aussi le sentir autour d'elle.

Elle avait dit à Aurélien que la passion de ces deux femmes était liée à la banlieue, qu'elles s'aimaient de cette façon justement parce qu'elles étaient là, dans cette cité, dans cette banlieue.

Là où l'amour est le plus fort, avait soutenu Louise, le plus vide.

Au milieu de ce rien.

Il fallait arriver à rendre ça, répétait Louise, ce vide, ce rien, qui allait avec une lourdeur supplémentaire, et c'était cette lourdeur supplémentaire que Louise cherchait, qu'elle aurait voulu que Solange essaie de trouver aussi.

Aurélien avait écouté, il avait commencé à poser quelques questions, mais ils n'avaient pas réussi à s'expliquer parce que Louise s'était tout de suite fâchée.

Et maintenant elle ressassait.

Au lieu de développer sa pensée elle s'était fâchée, très fort, et elle avait bien vu qu'après Aurélien était furieux.

Pourquoi se fâcher, une petite voix répétait ça à Louise, qui la rendait plus fâchée encore.

Louise continuait à marcher vite avec ses grandes enjambées, elle trébucha et se retrouva par terre, les deux genoux égratignés, poussière et sang.

En se remettant debout elle se dit que quelque chose allait de travers et qu'elle allait tout faire rater.

Une rue, détour d'un square, bruits de scie électrique, lancinants, hangars, ateliers, un hôtel de passe ou tout comme.

Lamentable, dit Louise à voix haute, c'est lamentable, et le mot vaste, large, général, qui visait quoi, le mot lui-même la fit presque pleurer.

Elle croisa deux dames africaines, qui discutaient, tranquilles, devant une boutique de produits de leur pays, sacs de semoule, riz, gros légumes verts boursouflés, teintures pour cheveux, tissus.

Louise envieuse, traversée brutalement par l'envie, et en même temps fatiguée, mais fatiguée.

Fatiguée par la tonne qu'elle avait à porter, et elle ne savait même pas pourquoi.

Répondre au monde, pensa Louise. Je n'y arriverai jamais.

Sylvain traverse le pont

Sylvain traversait le pont Marie quand il croisa une femme qui le fit se retourner. Il se mit, il ne savait pas pourquoi, à la suivre. Quelque chose l'avait frappé, mais quoi. Elle marchait vite, il voulut la dépasser, n'y arriva pas et continua à marcher derrière elle. Elle avait un imperméable léger serré à la taille, des cheveux châtains longs et flous, des jambes fines et des talons compensés, elle ressemblait un peu, de dos, à une actrice des années quarante. Sylvain s'étonnait et s'amusait de l'urgence qu'il ressentait, qu'est-ce que j'ai bien pu voir, qu'est-ce qu'elle a cette femme pour que je la suive, je ne suis jamais les femmes. La femme marchait vite, parfois elle trébuchait, elle semblait aller à un rendez-vous, elle regardait de temps à autre sa montre et quand elle le faisait, Sylvain entrapercevait son profil, un joli nez, une boucle d'oreille. La femme remontait le boulevard Henri-IV, elle se dirigeait vers la Bastille, Sylvain commençait à se sentir oppressé, maintenant il avait envie de laisser tomber, ou alors, se disait Sylvain, ou alors courir, la dépasser et la regarder en face. Il n'en fit rien et continua encore avec le sentiment d'être au bord, sur le point, presque. La femme traversa la place de la Bastille, prit la rue de la Roquette. Le cœur de Sylvain battait de plus en plus fort. Brusquement, au coin de la rue de la Roquette et de la rue de Lappe, elle se retourna et lui sourit, un grand sourire ironique plein de dents. Sylvain eut le souffle coupé. Elle avait une lèvre tordue, gonflée, et un œil au beurre noir. Elle prit une pose, les mains sur les hanches, et lui dit, Alors, chéri, je te plais comme ça ? Sylvain se sentit mal, il pensa, Mais pourquoi je suis cette femme, et la phrase lui explosa dans la tête.

La mère d'Édouard boit un thé

La mère d'Édouard buvait un thé avec son amie Yvette. Toutes les deux étaient blondes, petites et très mignonnes dans leur tailleur clair. C'était leur rendez-vous hebdomadaire dans le salon de thé de leur quartier.

— Je l'ai lu dans le dernier *Femmes de France*, disait la mère d'Édouard, en se penchant et en parlant bas. Incroyable mais vrai. C'était juste avant le jeu, le test. Je me souviens très bien parce que j'ai fait le test.

Yvette demanda ce que c'était, comme test.

— Un test pour les mères, dit la mère d'Édouard. Ça s'appelait, *Êtes-vous une mère qui se mêle?* Je savais que je ne le suis pas mais ça m'a amusé de le faire.

Ça m'a amusée, répéta la mère d'Édouard.

Le test m'a donné raison, dit la mère d'Édouard pensivement.

Je dis que j'étais sûre... en fait, tu sais, elle regarda

Yvette, Yvette était sa plus ancienne amie, on n'est jamais complètement sûre, dans ces cas-là. On a toujours un peu peur.

Yvette hocha la tête.

Mais quand même, je savais.

Ma mère à moi, dit la mère d'Édouard. Voilà une mère qui se mêlait.

— Oui, dit Yvette. Je me rappelle. Elle ne voulait pas que tu épouses Raymond.

— C'est vrai. Elle ne voulait pas, dit la mère d'Édouard. C'est drôle, ça je l'avais oublié. Je pensais à autre chose.

Je pensais à comment elle m'habillait.

Un silence.

— Je vois encore ta robe jaune, dit Yvette.

Toutes les deux éclatèrent de rire.

— Et mes chaussures blanches, dit la mère d'Édouard.

Elles rirent plus fort, deux gamines.

Elle choisissait comme pour elle, dit la mère d'Édouard, en haussant les épaules pour excuser l'absente.

— Elle choisissait comme pour elle, dit Yvette, qui continuait à pouffer.

— Mais, dit la mère d'Édouard, Édouard, je le laisse faire ce qu'il veut.

Je lui ai dit, les encyclopédies, tu veux, c'est très bien.

Pour se cultiver, j'ai dit.

Mais pas pour vendre. C'est trop lourd, tous ces étages.

Remarque, Yvette, ça lui fait perdre du poids.

Mon Doudou, dit la mère d'Édouard en souriant. Il est un peu enveloppé. Je lui dis de se méfier. Un peu, c'est bien, ça plaît. Mais pas trop. Je lui dis, Tu ne te marieras jamais, jamais.

Un silence s'installa.

Les deux amies restèrent assises à regarder leur tasse.

Marc et l'Amazonie

— Les banquiers, disait Marc, les financiers, les banquiers, la finance internationale, je les hais.

Je ne sais pas si vous lisez les journaux, disait Marc, en ce moment on parle de l'Amazonie, l'Amazonie qui brûle, je ne sais pas si vous vous rendez compte, mais l'Amazonie qui brûle, les incendies de forêt, c'est des histoires d'argent, c'est seulement des histoires d'argent. Les grands propriétaires alliés avec les financiers.

Moi j'ai réfléchi à ça, et je pense que c'est malade, c'est un signe que notre monde est vraiment malade.

Si vous posez une équivalence, l'Amazonie d'un côté, et un tas de billets de banque de l'autre, si vous posez ça comme ça vous voyez bien le malaise.

Des billets de banque d'un côté et la plus grande forêt du monde de l'autre, est-ce que ça peut se mesurer.

Je vous demande de réfléchir à ça, j'espère que vous écoutez, que vous écoutez vraiment, une équivalence, d'un côté des billets de banque, du papier, du papier de rien du tout, le papier c'est rien et c'est n'importe quoi, ça n'existe pas le papier, ça n'a aucun intérêt, le papier, et de l'autre côté, la forêt, une chose inouïe, immense, indescriptible...

L'Amazonie, j'y suis allé une fois quand j'étais étudiant je n'ai jamais rien vu de plus beau. La forêt préhistorique... tous les étages de la forêt... on navigue en bateau au sommet des arbres, au milieu des branches... et tous les bois, toutes les variétés... et ce fleuve si large, on ne voit pas l'autre côté... et l'humidité de l'air... elle crée une atmosphère irréelle, comme dans un rêve, on est dans un autre monde, à l'origine du temps, vous ne pouvez pas imaginer... les animaux, les singes, les alligators, les oiseaux, des espèces extraordinaires... si elles sont détruites, mais c'est notre histoire qui sera anéantie... il y a un silence, plein de murmures, de sifflements, de petits bouts de sons, de petits bouts de cris...

Alors vous mettez ça à côté de billets de banque...

C'est malade.

Et le monde est fondé là-dessus, sur cette maladie.

Il y a des gens qui sont doués pour les chiffres, pourquoi pas après tout, mais à cause de ça, ils peuvent contrôler le monde, décider, simplement à cause de ce fait, qu'ils sont nés avec un don pour le calcul, mais c'est absurde, c'est idiot, comment des gens pareils peuvent décider de foutre en l'air, pardonnez-moi, de détruire une forêt unique, une chose vitale, le poumon du monde, la vie de la planète, l'histoire de l'humanité, tout ça parce qu'ils aiment jouer avec l'argent, je ne peux pas admettre ça.

Marie ne dort plus

— Je ne dors plus, disait Marie. Cette histoire de déchets.

Ça me colle.

Collée à un déchet.

On enterre les déchets, on n'arrive pas à s'en débarrasser.

Je suis un déchet, qu'est-ce que c'est que ça, ça m'a effrayée, ça m'effraye.

Je ne m'aime pas, d'accord, mais de là à penser une chose pareille.

Je ne dors plus... maintenant je me souviens, j'ai quand même dû m'endormir un peu, j'ai rêvé d'une porte. C'était un cauchemar, je me suis réveillée en sursaut.

Devant cette porte il y avait un tas d'ordures, des ordures... je ne sais pas, inhumaines.

Oui, des ordures inhumaines. Drôle de façon de parler.

Comme si des ordures pouvaient être humaines, dit Marie, qui ne dit plus rien.

Au bout d'un moment Simon dit, Oui?

Marie continuait à ne rien dire.

Simon pensait, Ordures inhumaines, ordures humaines, déchets trop humains, être un déchet dans le RER, sale, très sale, la grande sale, sa grand-mère une horreur, le père ne voulait pas qu'elle se maquille, poupée, pauvre poupée, déchets dangereux, Tchernobyl, une fois elle m'a parlé de ses origines russes...

— La porte, dit Marie, la porte dans le rêve, c'était la vôtre.

Je le savais mais je ne voulais pas vous le dire.

— Pourquoi, dit Simon.

— Parce que, dit Marie. Ça me gêne.

Un silence.

La première fois que je l'ai franchie, votre porte, dit Marie, je me suis dit, c'est quand même drôle, pour un Juif, avoir des initiales pareilles. Simon Scop, ça fait S.S.

Je me demande à quoi pensaient vos parents.

Le deuil de Jérémie

— Vous m'aviez promis que je ne souffrirais plus, disait Jérémie.

— Je ne vous ai jamais promis ça, disait Simon.

— Alors qu'est-ce que je fais ici, disait Jérémie.

— Oui, qu'est-ce que vous faites ici, disait Simon.

— Je parle, je parle, je parle, et vous êtes là dans votre fauteuil, à soi-disant m'écouter. Ça ne sert à rien, disait Jérémie.

— Mmm, disait Simon.

— À rien, à rien, à rien, à part que je suis fauché, dit Jérémie.

— Comment ça, dit Simon.

— Oui, fauché, dit Jérémie, fauché comme les blés, vous savez bien ce que ça veut dire, fauché, je vous paye assez cher quand même, je ne parle pas comme ça d'habitude, mais vous me poussez à bout, j'en ai vraiment assez.

— Dans fauché il y a faux, dit Simon.

— Évidemment qu'il y a faux dans fauché, dit Jérémie, la faux du temps, la mort tient une faux, d'ailleurs ça me revient j'ai fait un rêve hier soir, justement avec une image de la mort qui tenait une faux.

Et la mort avait le visage de ma mère.

Je n'en sors pas, dit Jérémie. Le deuil, toujours le deuil.

— Faux, fausseté, dit Simon.

— Quoi, dit Jérémie.

— J'ai dit. Faux, fausseté, dit Simon. Dans faux il y a fausseté, dit Simon.

— Quoi, dit encore Jérémie.

Vous êtes en train de me dire que je mens, dit Jérémie.

Un silence.

— Vous êtes en train de me dire que je mens, dit encore Jérémie, mais c'est pas vrai, je le crois pas, mais c'est incroyable, cria Jérémie, vous me dites que je mens, je suis là à vous parler de ma souffrance, de mon deuil, et vous me dites que je mens.

Je m'en vais, dit Jérémie en faisant le mouvement de se lever.

— Si vous partez vous ne revenez plus, dit Simon.

— Je vous hais, je vous déteste, cria Jérémie, voilà la vérité, c'est ça que vous voulez savoir, je vais tout casser, je peux tout casser ici, essayez un peu de m'empêcher, je suis beaucoup plus grand que vous, je peux tout casser, dit Jérémie.

— Mmm, dit Simon.

Jérémie ne dit plus rien.

Simon et le hasard

Simon aimait citer Freud : *Tenir le hasard pour indigne de décider de notre destin, ce n'est rien d'autre qu'une rechute dans la conception pieuse du monde.* Simon disait aussi qu'à la fin d'une analyse le sujet devrait être plus disponible au hasard.

Cette façon de se référer au hasard me plaisait, je trouvais qu'elle correspondait bien à Simon, que je me représentais souvent dehors, dans la rue, le nez au vent, plutôt que dans son bureau, elle maintenait une part d'écart, de jeu, d'ouvert, et s'opposait à une image qui parfois pouvait correspondre à la réalité, le cliché de l'analyste vissé dans son fauteuil, imbu de lui-même, interprétant tout du haut d'un savoir pré-établi... Des pédants, il y en a partout, et la psychanalyse n'est pas une garantie, elle peut très bien devenir un système de défense comme un autre.

Je rapprochais ces considérations du type particulier de rigueur exigé par Freud. Freud formule d'une façon surprenante le principe fondamental de la technique psychanalytique. C'est, du côté de l'analyste, le pendant de la règle de la libre association pour le patient, «Dites tout ce qui vous vient à l'esprit» : *Cette technique est très simple, comme nous le verrons. Elle proscrit tout moyen subsidiaire, même celui de la prise de notes. D'après elle, nous ne devons attacher d'importance particulière à rien de ce que nous entendons et il convient que nous prêtions à tout la même attention «flottante» suivant l'expression que j'ai adoptée.*

En fait, ce qui est surprenant, ce qui nous surprend parce que cela va contre notre habituelle façon de voir, c'est que Freud dise : pas de notes, attention flottante — il dit aussi : «très simple»! — et pourtant : il s'agit de la pensée. On est habitué à concevoir la pensée comme du savoir. Ici, non. Ce qui analyse, ce n'est pas du savoir, même si le savoir est là, même s'il est nécessaire. Mais le savoir fait précisément partie de ce qui peut venir interférer dans une écoute libre, une «attention flottante», et ce qui analyse, c'est de la pensée. Nullement de la magie, de l'irrationnel, l'intuition d'un homme génial, n'importe quoi. Mais de la pensée, rigoureuse, dont l'objet ne se définit pas à travers une distinction entre des catégories déjà fixées, entre normal et pathologique, entre santé et maladie, mais qui est l'inconscient d'un sujet unique que le psychanalyste cherche à rencontrer, dont l'enjeu de travail n'est pas la connaissance d'un cas, mais le rapport d'un sujet à sa vérité.

2

Eva demande son compte

Une fois Josée partie avec sa valise, Eva tourna
trois fois dans la chambre, fit le lit et décida d'aller
travailler. Elle passa la porte de la brasserie, se dirigea vers la cuisine, mit son tablier et s'entendit dire
au cuisinier, qui était également le patron, Je veux
mon compte. L'autre la regarda, étonné, il l'aimait
bien, propre, efficace, rapide, pas dragueuse, les
clients l'appréciaient, et demanda, Pourquoi ?
Quelque chose ne va pas ? Eva haussa les épaules sans
répondre. Le patron fronça les sourcils et dit qu'il
lui préparerait ça pour le soir. Eva se retint de lui
faire une petite révérence, sans ironie, juste gentil,
elle se souvenait d'un mouvement appris à l'école,
un pied derrière l'autre, pointe, genou plié, et elle
passa dans la salle. Tout d'un coup elle se sentait
bien, libérée et légère comme chaque fois, et c'était
souvent, qu'elle demandait son compte. Elle glissa à
travers la journée, charmante et même souriante.
Elle avait une phrase dans la tête, Et moi aussi je

partirai, je partirai moi aussi, moi aussi je partirai. Sans y penser vraiment elle imaginait un voyage très loin, où, aucune idée, aucun lieu, juste elle-même, sac à dos et baskets, ses livres dans le sac, et une paire de lunettes noires. Ensuite elle se rappela avec une grimace une serveuse qu'elle avait connue et aimée très jeune, une aînée. Cette femme lui était en fait complètement indifférente, elle s'était mise à l'aimer avec passion le jour où elle avait connu son projet, partir, partir très loin, partir pour toujours. Eva était tombée la tête la première dans ce projet, prenant ces phrases somme toute vides pour des propositions inouïes, extraordinaires, trouvant qu'elles ouvraient des mondes et des mondes, demandant sans arrêt à Claudine de raconter ce qu'elle ferait, où elle irait, ce qu'elle imaginait. L'autre ne disait rien, mais Eva n'avait jamais pensé que c'était parce qu'elle n'avait rien à dire. Elle avait voulu partir elle aussi, Claudine avait refusé d'une façon méchante en se moquant, Tu crois que je vais m'encombrer d'un paquet comme toi. Eva avait ruminé ces mots pendant des mois, encore maintenant ils pouvaient la réveiller au milieu de la nuit, comme ça, comme si on lui hurlait dans l'oreille.

Eva avait revu Claudine par hasard des années après, elle était devenue laide et amère. Eva se souvenait encore du rire ironique qu'elle lui avait lancé, une vraie vengeance, Alors te revoilà. Mais les mots de Claudine continuaient à la tourmenter, pourquoi, elle ne comprenait pas.

Le soir elle prit son compte, dit au revoir poliment au patron, embrassa la patronne, et rentra à l'hôtel. Elle consulta un plan de Paris et découvrit avec joie un endroit qui s'appelait place des Fêtes. Elle fit sa valise, régla la chambre, prit le RER, ensuite le métro et arriva très tard aux alentours de la place des Fêtes. Par chance elle trouva tout de suite une chambre.

Louise et le scorpion

— Je me suis fâchée avec Aurélien, disait Louise.
Il ne comprend rien.

Peut-être il comprend, mais sur la banlieue, il ne comprend rien.

Je n'aurais pas dû, mais j'ai crié, heureusement on était tous les deux, il n'y avait pas les autres.

J'ai l'impression que je vais exploser, je me sens prête à exploser.

Ou alors je vais tout faire sauter.

Je vais tout foutre en l'air et vraiment je ne veux pas le faire.

Je sais très bien que ce serait très grave.

Je ne veux pas le faire et je le fais.

Mais quand même vous ne trouvez pas que j'ai raison?

Un silence.

— Ce n'est pas votre problème, si j'ai raison. Votre problème, c'est pourquoi je m'engueule.

— Mon problème ou votre problème, dit Simon.

— D'accord, dit Louise, d'accord. C'est mon problème. Mais je m'engueule parce que j'ai raison de m'engueuler.

Louise se mit à rire, son rire aigu.

Je déteste ce rire, dit Louise en riant.

Je me sens comme le scorpion dans l'histoire du scorpion. Vous connaissez cette histoire, je suppose ?

Simon ne dit rien.

— C'est un scorpion qui veut traverser un fleuve, dit Louise. Mais les scorpions ne savent pas nager. Alors il va voir une grenouille, et il lui dit, Grenouille, grenouille, prends-moi sur ton dos, et fais-moi traverser le fleuve.

Sûrement pas, dit la grenouille, je ne suis pas folle. Si je te prends sur mon dos, tu vas me piquer, et je vais mourir.

Écoute, dit le scorpion, pour qui tu me prends, si je te pique, tu meurs, mais moi, je me noie avec toi. Alors, quel intérêt pour moi. Moi non plus je ne suis pas fou.

La grenouille est convaincue, elle prend le scorpion sur son dos, elle se met à nager, elle commence à traverser le fleuve. Tout va très bien mais quand ils sont arrivés au milieu du fleuve, le scorpion pique la grenouille. La grenouille sent le poison qui la pénètre, elle devient de plus en plus faible. Avant de mourir, elle a juste assez de force pour se retourner et dire au scorpion, Mais pourquoi tu as fait ça, scorpion ? Je vais mourir, et toi, tu vas être noyé.

Je sais, dit le scorpion, je sais. Mais c'est ma nature. Je suis scorpion.

Un silence.

— Voilà, dit Louise. Voilà l'histoire.

Un silence très long.

— Oui ? dit Simon.

— Je pense à cette histoire de scorpion, dit Louise. Je vous l'ai racontée, mais j'ai une drôle d'impression. Comme si ce n'était pas ça.

— Oui ? dit Simon.

— Cette histoire... Je l'ai racontée, je l'ai bien racontée, mais je me sens à côté de la plaque.

Elle me reste dans la tête.

Je ne sais pas pourquoi, elle continue à me turlupiner.

— À quoi, dit Simon.

— À me turlupiner, dit Louise.

Un silence.

— À me turlupiner, dit encore Louise.

Turlupiner, dit Louise. Qu'est-ce que c'est que ce mot, je ne l'emploie jamais.

Bon, dit Louise, bon. Dans turlupiner, il y a pine.

Vous alors. Vous n'avez vraiment que ça en tête.

D'accord, dit Louise, d'accord. Moi aussi.

Cette histoire de scorpion.

Je me souviens d'une dispute avec mon frère, on s'était disputés à mort.

310

Il prétendait que les scorpions tuent avec leur queue, et moi je refusais ça absolument.

Un silence.

— Oh là là, dit Louise.

C'est malin, dit Louise, c'est vraiment malin.

— Bien, dit Simon.

Josée sans Eva. Malheureuse. Elle n'en voulait pas à Eva, elle se disait, Elle s'est fait autant de mal à elle qu'à moi avec cette bêtise, et même, Pauvre Eva. Mais triste, sans repères. Elle n'avait jamais vécu seule, il y avait toujours eu quelqu'un pour dormir près d'elle, ses parents, sa sœur, des hommes, et depuis Eva, Eva. Elle pensait tout le temps à Eva, se demandait ce qu'Eva aurait fait, aurait dit. Elle s'en rendait compte, elle se disait, Quand même elle me prend la tête, mais en fait ça lui plaisait. Elle se disait aussi, Avant je ne pensais à rien, Eva me l'a assez reproché, maintenant je pense à elle. Mais souvent elle n'arrivait pas du tout à imaginer ce qu'Eva aurait dit, ou fait, et ça la rendait inquiète, elle qui n'avait jamais été inquiète. Elle avait connu la peur, ça oui, mais l'inquiétude, non.

Elle continuait son travail de caissière au Mono-prix, ne parlant à personne, Bonjour bonsoir, elle n'avait pas envie de se lier, tous les jours un type ou un autre lui faisait une proposition, mais non, non, non, elle ne pensait qu'à Eva.

Elle ne comprenait pas ce qui s'était passé. Eva l'aimait et elle aimait Eva. Alors? Je ne comprends pas, se disait Josée, je ne comprends pas.

Elle se souvenait de comment elle chantait pour Eva, comment Eva l'écoutait, des histoires qu'Eva lui racontait, de leurs exploits.

Un jour près de sa caisse elle vit par terre un petit porte-monnaie, elle le ramassa. C'était un de ces petits porte-monnaie plats et ronds avec une fermeture éclair. Il était vide à part quelques pièces. Elle fut envahie tout d'un coup par une énorme vague de tristesse, elle faillit pleurer. Elle mit le porte-monnaie à côté d'elle pendant la journée, personne ne le réclama, elle le garda. Petit porte-monnaie, disait Josée en s'adressant à lui, mon petit porte-monnaie. Elle le mit dans sa poche, le caressait de temps en temps, réconfort et peine. Tu es perdu, en plus tu es vide, disait Josée. Petite chose, disait Josée. Mon pauvre petit porte-monnaie. Pauvre imbécile.

Je trouve une musique

Le documentaire avançait lentement, mais je trouvai une musique. C'était un air de jazz, le titre était posé comme un couperet, *O morro nao tem vez*, La montagne n'a pas son tour. La montagne : là où est construite la favela, le bidonville, et cette montagne n'a aucune chance. Pourtant la musique qui se déployait ramenait au réel du monde, à son caractère infini et subtil, à ses contraires. Le saxo léger, planant, de Stan Getz traçait une ouverture, un rappel, on naît, on commence, on peut commencer, soleil, chaleur, et pourtant tout est double, une douleur plane, un désespoir, le soleil est double, et la chaleur, quelque chose est là de lointain et de très ancien, une berceuse, une promesse, glissement du saxo, il découpe l'air mais reste à l'intérieur, tout est ensemble, c'est le même monde, le même air, celui qui vit dans la favela et celui qui joue génialement du saxo, ils sont dans le même monde, ils doivent l'être, le saxo est lancinant, vrilles, montées, des-

centes, il va jusqu'au bout, il est relayé par la gui-
tare, douce, si douce, petites notes, petites notes,
petits pieds au soleil que deviendrez-vous, le saxo
revient, roule et glisse, il est seul mais on l'accompagne, vrilles comme des acrobaties, mais pas gratuit, la vie est là, le saxo est incroyable, le souffle
changera le monde, simplicité, une musique dansante comme une samba, c'est si simple, à pleurer,
le rythme sauvera le monde, et non, pas du tout,
mais il est là, au présent, soleil et chaleur, soleil et
malheur, jeunes vieilles banlieues du monde, tout
est double, le mouvement est double, la musique
s'arrête mais elle n'a pas de fin.

Sylvain a peur

— J'ai eu tellement peur, disait Sylvain, jamais, jamais je n'ai eu aussi peur.

Je me suis vu dans son corps, j'ai senti que je sautais, je sautais dans son imperméable, je passais dans son corps. Tout s'est fait en même temps, elle s'est retournée, je l'ai vue, j'ai entendu cette phrase atroce dans ma tête...

Sylvain s'arrêta brusquement.

— Oui ? dit Simon.

— Je l'entends encore, dit Sylvain, c'est horrible, je l'entends encore, j'ai l'impression que je l'entends tout le temps.

Un silence.

Je ne veux pas la dire, dit Sylvain. Je l'entends, je vous l'ai dite, mais maintenant je ne veux plus la dire.

— Pourquoi, dit Simon.

— Je ne sais pas, dit Sylvain. Elle est là, dans ma tête, je ne veux pas la dire.

J'ai peur.

— Pendant que vous suiviez cette femme, vous pensiez à quoi, demanda Simon.

— À quoi je pensais ? À rien. Je ne pensais à rien. Je ne sais pas à quoi je pensais, dit Sylvain.

Je ne sais pas.

Je la voyais devant moi, dans son imperméable année quarante, ses chaussures à talons compensés, je la trouvais très grande, elle n'était pas vraiment grande, mais elle me faisait l'impression d'être très grande.

— Comment ça, dit Simon.

— Grande, je vous dis, très grande. J'avais l'impression qu'elle était beaucoup plus grande que moi, dit Sylvain, alors qu'en réalité, elle ne l'était pas du tout.

— Mmm, dit Simon.

— Quand elle s'est retournée, cette grande femme, c'était horrible, dit Sylvain. Alors que pendant que je la suivais je m'amusais, j'avais l'impression de jouer.

— Comme un enfant, dit Simon.

— Oui, dit Sylvain, oui. Comme un enfant.

Un silence.

Comme un petit enfant qui suit sa mère, dit Sylvain.

Qui court après sa mère, dit Sylvain. Pour jouer.

Mais ma mère n'était pas comme ça, pas du tout,

dit Sylvain, ni battue, ni abîmée. Elle n'était pas du tout comme ça, dit Sylvain.

Je ne comprends pas, dit Sylvain.

— Bien, dit Simon.

Jérémie est en silence

Jérémie, allongé, ne disait rien. Simon disait Oui ? et Jérémie ne disait rien. Il était là en silence, depuis vingt minutes il n'avait pas dit un mot.

Simon pensait, Jérémie, quelle haine dans ce silence, quelle agressivité, être figé, immobile, bloqué dans la haine, j'ai l'impression de sentir sa rage dans sa respiration, la violence avec laquelle il est entré, allez mon vieux dis quelque chose, il m'emmerde, quand même il pourrait faire un effort, peut-être il ne s'en sortira pas, peut-être il n'en sortira jamais, jamais ne dis jamais, mais parfois jamais c'est jamais, quelle lourdeur, quelle violence.

Simon pensait à Georges, l'ami qui était parti, le peu qu'il en savait, les balades que Jérémie faisait avec Georges, il adore la forêt, se disait Simon, il aime tellement de choses, et Simon pensait à tout ce qu'aimait Jérémie.

Il m'a dit qu'il aimait les saunas et les bains de boue, se disait Simon, le laisser dans sa gadoue, évidemment il me provoque à ça, le laisser tomber, l'abandonner dans sa merde, de la merde mais il en a jusqu'aux oreilles, des pieds à la tête et de la tête aux pieds, il est venu avec des chaussures pleines de boue et de poussière, crasse, saleté et merde, il traîne des pieds, il veut que je le foute dehors, eh bien non, mon vieux, «ils ne le savent pas mais nous leur apportons la peste» comme ironisait Freud, ils n'ont toujours pas compris ce que c'est, la peste, se disait Simon, en pensant en même temps aux chaussures si sales de Jérémie, la peste, mon vieux, c'est aller où tu ne m'attends pas, dire ce à quoi tu ne t'attends pas, tu aimerais sûrement que je te laisse tomber, l'inertie est la chose du monde la mieux partagée, la plus banale, la plus habituelle, répétition et pulsion de mort, pas bouger, pas changer, attendre et cre-ver, souffrir, s'en glorifier, ça je ne supporterai pas, s'il se met à me faire des discours métaphysiques ou sociologiques, «je souffre donc le monde est mau-vais», la peste mon petit Jérémie, la chose qui te fait le plus peur à toi, qui est ta terreur personnelle, c'est que je ne te laisse *pas* tomber, que je ne t'abandonne *pas* comme t'a abandonné ta mère qui est morte...

Marc s'achète des chaussures

— Je me suis acheté des chaussures, disait Marc, des chaussures en cuir marron, avec un dessin en pointillé, des chaussures italiennes très belles. Élégantes. Fines.

Je les ai vues dans une vitrine à côté de mon bureau, je suis entré, je les ai achetées.

Après j'ai pensé, Je déteste ce genre de chaussures, je ne m'achète jamais des chaussures comme ça, pourquoi je les ai achetées.

En venant chez vous, juste devant votre porte, je me suis rappelé une fois avec mon père. C'était pour fêter quelque chose, je crois que c'était mon entrée en sixième, ma mère lui avait dit, Emmène donc Marc manger une glace, et il m'avait emmené chez un glacier très chic, décor grand luxe, ambiance feutrée, grands miroirs partout, dorures... En entrant mon père m'a commenté la décoration, il m'a expliqué le style, il m'a fait l'historique. J'étais très fier, d'autant que ça n'arrivait pour ainsi dire jamais, qu'on sorte tous les deux ensemble. Et j'étais bien conscient que c'était parce que je l'avais mérité.

Alors on arrive, on s'installe, mon père regarde la carte, moi aussi, on commande, on attend un peu la serveuse qui va apporter les glaces, et là, mon père me dit, j'entends encore sa voix, je le vois encore avec sa veste en tweed, son nœud papillon et sa pochette, j'ai encore l'odeur de son eau de toilette anglaise dans le nez, mon père me dit, ce sont ses mots exactement : *Parle-moi. Pourquoi tu ne parles jamais. Parle. À quoi penses-tu? À quoi tu penses? Quoi? Je ne sais jamais à quoi tu penses. Pense.*

Je me souviens exactement de ses mots et je me souviens de l'état qu'ils avaient déclenché chez moi, ça a duré quelques secondes, quelques minutes, je ne sais plus, on ne disait rien, la serveuse apportait les glaces, et tout d'un coup j'étais dans un état d'enthousiasme, dans une exaltation extraordinaire, j'ai littéralement vu devant moi tout ce que j'avais envie de lui raconter, on dit que les gens qui se noient voient leur vie défiler devant eux, leur vie passée, moi je voyais devant moi ma vie, ma petite vie à venir, mon entrée au collège, mes projets, tout...

Marc s'arrêta.

— Oui? dit Simon.

— Ça me fait envie de pleurer, dit Marc en se mouchant.

J'ai ouvert la bouche pour commencer à lui parler, à lui raconter, et là, il m'a dit, Ils sont beaux, ces vers, n'est-ce pas? Il m'a répété le texte mot pour mot, *Parle-moi. Pourquoi tu ne parles jamais. Parle*, etc., il m'a dit que c'était des phrases d'un poème, je ne me souviens pas du nom de l'auteur, je n'ai jamais voulu le retrouver, et il m'a parlé de ce poème, que c'était un poème magnifique, très moderne, et comment il était beau, et ceci, et cela, et pendant ce temps-là moi je voyais ses chaussures en cuir marron, très fines, italiennes, qui s'agitaient devant mes yeux, il était assis de biais et il croisait et décroisait les jambes et je me sentais mal, mais mal. Je crois que je ne me suis jamais senti aussi mal. C'était physique. C'est comme si tout ce que j'avais voulu raconter était descendu de ma bouche dans mon ventre et était devenu du plomb, j'avais une douleur comme si j'avais une tonne de plomb dans le ventre.

Je me sentais ridicule, tellement ridicule.

Quand j'y pense, et ça m'arrive d'y penser, j'ai encore cette sensation de plomb dans le ventre.

Ce qui me rend fou, c'est que c'était des phrases vraiment très belles, d'ailleurs, non, belles je ne sais pas, belles je m'en fiche, mais elles disaient exactement ce que je voulais entendre, elles me le disaient, et voilà, pour lui c'était un soi-disant chef-d'œuvre, une chose sur quoi il dissertait, il déblatérait, qui lui servait à montrer sa culture, un élément du décor. Je n'avais aucune place là-dedans.

Un silence.

— Oui ? dit Simon.

— Il y a une chose... Marc s'arrêta.

C'est trop pénible, dit Marc.

— Mmm, dit Simon.

— Il y a une chose, recommença Marc.

Pourquoi parmi tous les poèmes possibles, il a pris justement celui-là.

— Oui, dit Simon, pourquoi.

— Vous pouvez toujours dire Oui, pourquoi, Marc se mit brusquement à crier, vous pouvez toujours dire Oui et demander Pourquoi avec votre air détaché, votre distance, vous me faites penser à lui, criait Marc, vous êtes comme lui, je me demande ce que je viens faire ici, je m'en fous de pourquoi il a choisi ce poème-là, je m'en fous, non, je ne m'en fous pas, s'il a choisi ce poème-là, c'est qu'il savait l'effet que ça me ferait, il voulait me démolir, il savait que j'avais envie de lui parler, un père, un fils qui sortent ensemble, c'est ce qu'ils font, non, il a fait exprès, c'était la meilleure façon de me dire, Je m'en fiche de toi, il voulait me démolir, criait Marc.

Le rêve d'Édouard

— J'ai fait un rêve, disait Édouard, enfin je sais pas si c'était un rêve, en tout cas c'était un cauchemar. Je me suis réveillé en hurlant. J'étais dans la salle à manger, assis à la table, j'attendais le dîner comme d'habitude, j'avais très faim, et ma mère arrivait de la cuisine avec la soupière. Je la voyais arriver de la cuisine, elle avait son petit tailleur bleu ciel avec un tablier dessus, elle avançait très lentement et ça m'énervait parce que j'avais tellement faim, et au fur et à mesure qu'elle se rapprochait je voyais qu'elle se transformait. Ses bras s'allongeaient, ils sortaient des manches, ils devenaient de plus en plus maigres et longs et noirs, ses jambes aussi, et je m'apercevais qu'ils étaient noirs parce qu'ils étaient poilus, les bras et les jambes couverts de poils, c'était épouvantable, j'étais horrifié, j'avais envie de crier et je n'arrivais pas, j'étais assis sur ma chaise sans bouger, muet, complètement pétrifié d'horreur, ma mère avançait sans arrêt, le pire c'est qu'elle conti-

325

nuait de ressembler exactement à ma mère, et quand elle arrivait devant moi elle sautait sur la table avec la soupière, une espèce de saut accroupi, affreux, et je voyais qu'elle était devenue une gigantesque araignée.

Je me suis réveillé en hurlant.

J'ai toujours eu peur des araignées. Des araignées, des insectes. Les guêpes, les frelons. Quand j'étais petit déjà...

Je n'arrivais pas à me rendormir, je me suis souvenu de plein de choses. Il y a eu un été, je ne sais plus quel âge j'avais, on a passé les vacances à la mer, et il y a eu une invasion de méduses. La plage était remplie de méduses, personne n'avait jamais vu une chose pareille, c'était horrible, moche et rose et gluant, et en plus ça pique, ça envoie de l'électricité. Du coup ça m'a rappelé quelque chose, et comme je ne dormais pas, j'ai regardé dans mon dictionnaire de mythologie. J'ai retrouvé l'histoire de la Gorgone, la sorcière qui avait une tête de méduse avec ses cheveux tout collés qui se dressent sur le sommet de sa tête, et qui transformait les hommes qui la regardaient en statues.

Il y avait une reproduction, le bouclier de Persée, avec une tête de méduse, la tête de la Gorgone sculptée.

Un silence.

J'ai vu que Freud a écrit là-dessus, votre Freud. Je dis votre Freud, parce que l'ami, enfin, c'était pas un ami, qui m'a donné votre adresse, il m'a dit que vous étiez freudien.

Freud a écrit que la méduse c'est le sexe de la femme.

Je vois pas.

J'aimerais bien que vous m'expliquiez.

Simon ne dit rien.

Marie ne sort pas de la séance

— Depuis la dernière fois, disait Marie, j'ai l'impression que je ne suis pas sortie de la séance, je n'ai pas arrêté de penser à mon rêve et à ce que je vous avais dit.

Vous auriez pu dire quelque chose, vous. Vous avez juste fait Mmm, comme vous faites. Ça m'a énervée.

À quoi pensaient vos parents. Quelle question. Qu'est-ce que j'en ai à faire, de vos parents.

Un silence.

Je me demande, dit Marie, à quoi pensaient les miens.

— Oui, dit Simon.

— Ne commencez pas à dire Oui, ça m'énerve encore plus.

Mes parents ne pensaient à rien, voilà, ils ne pensaient à rien du tout.

À rien du tout, répéta Marie.

Au bout d'un moment Marie dit, Et moi je pense à mon rêve.

— Oui ? dit Simon.

— Dans mon rêve il y avait votre porte. C'était la porte d'un Juif. Et il y avait SS. Et des ordures devant la porte.

Des ordures c'est comme des déchets, dit Marie. Juif et déchets, dit Marie.

— Mmm, dit Simon.

— Oui, vous pouvez toujours faire Mmm, dit Marie. C'est pas nouveau, quand même, d'associer Juifs et déchets.

Les nazis les ont si bien associés qu'ils les ont éliminés, je suis bien placée pour le savoir, comme vous.

Un silence.

Je me souviens d'un dialogue, dit Marie, dans un livre :

« Pouvez-vous me dire pourquoi les chambres à gaz ? demande l'un.

— Pourquoi êtes-vous nés ? » répond l'autre.

« Pourquoi êtes-vous nés. »

Maintenant j'y pense, il n'y a pas longtemps j'avais lu dans le journal l'histoire d'un haut fonctionnaire français sous l'Occupation qui était chargé du transport des enfants juifs de Lyon à Drancy par le train. Il avait eu une phrase à l'époque, il avait dit, Nous comptons sur 20 % de déchets...

Juifs, déchets.

Mais je le sais, tout ça. Je ne vois pas pourquoi j'en rêve.

Et je ne me définis vraiment pas comme Juive, pas du tout. Ces histoires d'identité, j'ai toujours trouvé ça pénible, et même dangereux.

— Comment ça, dit Simon.

— Vous savez aussi bien que moi où ça mène, les questions d'identité, dit Marie qui subitement se mit à crier. On exclut les autres, on se referme sur soi.

— L'identité, dit Simon, ce n'est pas une affaire de sang ou de sol, comme ils disent. Mais dans et par quels récits on s'est constitué.

— Bah, dit Marie.

— Il ne s'agit pas d'une origine physique, biologique, géographique, dit encore Simon, une origine qui existerait en soi, sans parole. Mais de ce que l'on vous a raconté là-dessus, et des récits que vous vous inventez à partir de là. D'où vous venez, et comment.

Ce sont des repères, ajouta Simon.

Marie ne dit rien.

Simon cherche Eva

Simon se demandait s'il retrouverait jamais Eva. À part chercher du côté de Josée ou des gens qui auraient pu la connaître ou autour du café *C'est nous les meilleurs*, et rien de tout ça n'avait donné de résultats, il ne voyait pas.

Un matin il se réveilla avec l'idée qu'elle était près des Buttes-Chaumont. Pourquoi les Buttes-Chaumont ? Il y pensa un peu, puis : butte, buter. D'accord, se dit Simon. Mais ce n'est pas parce que je le pense...

Et en plus, même si j'y vais...

Il finit par s'y rendre.

C'était un milieu de semaine, une fin d'après-midi très chaude.

Quand il entra dans le parc, les grandes grilles en fer forgé le firent penser aux grilles d'un cimetière.

Il se dirigea vers le lac, où il imagina tout de suite un cadavre qu'on repêcherait, en train de se décomposer, le coup classique, Simon s'énervait avec lui-même, si c'est pour avoir ce genre d'idées, se disait Simon, autant rester chez soi et lire, et lire, il ne se rappelait plus du nom du livre, en tout cas il y avait une histoire de dame dans un lac.

Ou alors, se disait Simon, qui faisait le tour du lac en marchant lentement, il continuait dans son humeur sombre, ou alors je pourrais revoir ce film, ce film, se disait Simon en regardant le parc, les arbres, le lac, ce film qui se passe au milieu d'une nature fabuleuse, trop belle, les contrastes, la force des couleurs, et dedans une femme, une cavalière, elle tombe follement amoureuse, l'homme lui semble la réincarnation de son père disparu, et il faut qu'elle reste seule avec lui, elle tue tout ce qui l'entoure, et il y a cette scène au milieu d'un lac avec les montagnes au loin, les reflets de l'eau, les mouvements du ciel, elle laisse le frère de son mari se noyer, elle le regarde couler et elle met ses lunettes noires avec un geste inoubliable, impérial.

Simon marchait de plus en plus lentement, il faisait des pas de plus en plus petits, des pas de petit vieux courbé, il avait l'impression d'être tiré vers le lac, absorbé par l'eau, de plus en plus ralenti et lourd.

Heureusement il vit un couple de canards qui se disputaient et il fut traversé par l'image de Chaplin qui essaie sans succès de pousser sa fiancée dans le lac avant d'y tomber lui-même, et il rit tout haut.

Mais l'aspect vallonné ne lui plaisait pas, les arbres

non plus, rien. Verts profonds, éclatants, gonflés. Trop gras, pénibles. Il s'assit sur un banc, à côté de deux messieurs qui lisaient leur journal sous leur chapeau, maigres et creux comme des hommes de paille, se dit Simon, qui se rendit compte alors clairement à quel point il se sentait mélancolique.

Une jeune femme arrivait avec un enfant qui poussait un tricycle chromé rouge. Simon la trouva jolie, l'air gai. Comme elle fumait, il lui demanda une cigarette, en disant, J'ai arrêté de fumer mais j'en ai besoin pour me remonter le moral. Elle sourit gentiment, lui alluma la cigarette et continua son chemin. Simon la regarda s'éloigner pendant un bon moment, légère et gracieuse.

La vie dont Eva était exclue s'étalait.

Simon ne pensait plus qu'elle se ferait prendre, du moins le risque lui paraissait faible. Mais il se formula ce qu'il savait avant de venir et qu'il était sans doute venu confirmer, Eva était évidemment introuvable, y compris par lui.

Il rentra.

Eva face à l'idée

Le lendemain tôt, Eva, réveillée, explora la place des Fêtes.

Tout de suite elle se sentit déçue.

Dans une rue adjacente un lycée hôtelier répandait déjà une odeur difficile, sans doute du cassoulet. Des immeubles très hauts et blancs entouraient complètement la place et l'enfonçaient. Deux pharmacies, un café avec loto, un Monoprix délabré avec des piles de cartons à l'entrée et des panneaux de réclame gribouillés à la main, illisibles. Une grande esplanade, dalles beiges et fissurées, au milieu une statue marron, ridicule, autour une ceinture de boutiques. Eva lut les enseignes, il y avait *Autre chose*, *La Mercerie*, et *Viandes*.

Le square avait été refait. Eva fit le tour, et s'assit sur un banc.

Un petit kiosque à concert dans lequel un monsieur maigre et ridé, en survêtement rouge, faisait des mouvements de gymnastique, incongrus, sûrement pour qu'on le regarde. Deux jeunes gens fatigués, les yeux cernés, avec un bébé rose en pleine forme. Un groupe de jeunes femmes avec des cheveux très très longs, des pantalons troués et des grosses ceintures pique-niquaient, sandwichs, bières, cigarettes.

Un peu plus bas, la rue des Solitaires.

En somme c'était une place tout à fait ordinaire, se disait Eva, pas une place de banlieue, pas une place de la Gare, d'accord, mais.

— Tout de même, se disait Eva. Place des Fêtes. Ils auraient pu faire un effort.

Quelque chose, je ne sais pas, se disait Eva, de plus lumineux, de plus gai...

Elle se promena un peu, comprit qu'elle se traînait, et alla s'asseoir à la terrasse de la brasserie.

Ciel bleu, journée dure.

Petite Eva.

— Bon, se dit Eva, et maintenant.

L'idée des cars la reprenait à nouveau mais autrement. Elle essayait de se souvenir comment cette idée lui était venue, mais elle n'arrivait absolument pas.

— C'est Josée, se répétait Eva, dubitative.

Ça la gênait, ne pas se souvenir. Comme si quelqu'un lui jouait un mauvais tour, la taquinait.

Mais une idée, se disait Eva, c'est quoi.

Qu'est-ce que c'est, une idée.

Si on n'a pas d'idées... si on n'a pas d'idées...

On est fichue, pensait Eva.

Oui, mais une idée, c'est pas n'importe quoi, se disait Eva.

Oui, mais alors, pensait Eva.

Je ne sais pas, se dit Eva, et elle se retourna, inquiète, avec l'impression qu'on pouvait l'avoir entendue.

Un car traversa la place, matinal.

Eva lui tira la langue, sans conviction.

Je m'en fous des cars, se dit Eva.

Une idée, une idée, qu'est-ce que c'est.

3

Eva se bat

Eva avait quitté la terrasse et lisait à l'ombre dans le square.

« Je me bats, personne ne le sait ; plus d'un s'en doute, c'est inévitable ; mais personne ne le sait. Je remplis mes devoirs quotidiens, on peut me reprocher un peu de distractions, mais pas trop. Naturellement, tout le monde se bat, mais je me bats plus que d'autres, la plupart des gens se battent comme en dormant, de même qu'on agite la main pour chasser une vision en rêve ; mais moi je suis sorti des rangs et je me bats en faisant un emploi scrupuleux et bien considéré de toutes mes forces. Pourquoi suis-je sorti de cette foule qui est assurément bruyante en soi, mais se montre à cet égard d'un calme alarmant ? Pourquoi ai-je attiré l'attention sur moi ? Pourquoi suis-je maintenant sur la première liste de l'ennemi ? Je l'ignore. Une autre vie ne me paraissait pas digne d'être vécue. De tels hommes, l'histoire militaire les appelle des natures de soldats.

Et pourtant ce n'est pas cela, je n'espère pas la victoire et ce n'est pas le combat en tant que tel qui me réjouit, il me réjouit uniquement en tant qu'il est la seule chose à faire. En tant que tel, il est vrai, il me donne plus de joie que je ne puis réellement en goûter, plus que je ne puis en donner, peut être n'est-ce pas au combat, mais à cette joie que je succomberai. »

Ah, pensait Eva. Oui. Quel bonheur.

« Je me bats, personne ne le sait. »

Sauf lui.

Ce qui est extraordinaire, se disait Eva, elle avait envie de pleurer d'émotion, ce qui est extraordinaire, c'est qu'il dit, « Je me bats », seulement ça.

Après, on peut en faire ce qu'on veut. Moi, en tout cas, je détaille.

Je me lève le matin, je me bats.

Je m'habille, je me bats.

Je parle à Josée, Eva haussa les épaules, je me bats

Je descends l'escalier, je me bats.

Je sors dans la rue, je me bats.

Je bois un café au café, je me bats.

Dans le RER, je me bats.

Dans le RER trop chaud, je me bats.

Dans le RER trop chaud et gluant, je me bats.

Dans la journée, je me bats.

Dans la nuit, je me bats.

Dans la nuit noire, je me bats.

Dans la nuit blanche, je me bats.

Dans la nuit blanche les yeux ouverts, je me bats, se dit Eva qui riait toute seule.

Quand je pense, je me bats, se dit Eva, que cette pensée étonna. Elle la tourna un peu dans sa tête et décida de la laisser provisoirement de côté.

Elle avait envie de couvrir le monde entier de ces mots, Je me bats. Un inventaire, propulsé par ces mots.

«Personne ne le sait», se disait Eva. Non, personne.

Mais, se dit Eva, lui il l'a dit.

Il m'a donné ça, se dit subitement Eva. Il m'a donné ça.

Elle faillit crier de joie.

Mais c'est inouï, se dit Eva, submergée. Elle embrassa le livre, enfin, avec les yeux seulement, si jamais on la voyait.

Je suis un peu folle, se dit Eva en rigolant. Mais.

Je me bats, se dit Eva.

Louise sur le plateau

Louise, Solange et Aurélien sur le plateau.

Louise marchait lentement de long en large, Solange et Aurélien la regardaient.

— Le vide, disait Louise... J'ai parlé du vide parce que dans un endroit comme ça tout est pareil, tout est sur le même plan.

Dedans, dehors, c'est pareil.

C'est ce qui crée cette lourdeur supplémentaire. Ce rien qui pèse des tonnes. Pour faire quoi que ce soit, il faut une force...

On ne peut s'appuyer sur rien. Dans l'environnement il n'y a rien sur quoi s'appuyer.

Je pense, disait Louise, elle s'adressait à Aurélien, je pense à l'endroit où je faisais du théâtre avec les enfants.

La gare, la route, le collège, le centre commercial. Pareil.

La boulangerie, l'épicerie, la boucherie. Mêmes odeurs, mêmes couleurs. Tout pareil. Il n'y a rien,

pas de moyens pour distinguer, pour faire des différences.

Les lignes, les contours ne font pas vraiment de
différences, ne découpent pas l'espace de façon différente.

Tout se fond, tout devient flou.

La gare est comme la cité, la cité est comme la
route.

Le collège et la cité, c'est pareil.

On n'a jamais l'impression d'être à l'intérieur.

Ces deux femmes sont prises dans ce vide, dans
ce rien. Elles se débattent là-dedans.

Solange regardait Louise et hochait la tête. Elle
dit :

— Oui. Et quand Julia dit Je t'aime à Sibylle, il
faut qu'on entende ça. Que les mots sont assiégés
par ce vide. Menacés et assiégés.

— Exactement, dit Louise.

— Mmm, dit Aurélien, oui. Il s'était mis à
crayonner.

La grand-mère de Marie

Marie marchait dans la rue et tout, vraiment tout, lui paraissait et bon et beau. C'était pourtant son quartier, elle connaissait les rues par cœur, mais... le ciel bleu, des nuages blancs, des immeubles étroits, années trente, en briques, d'autres plus gros et plats, années soixante, elle croisa une petite vieille en chaussons, des chaussons chinois en velours noir à bride, elle avait une veste bordeaux et des socquettes assorties à la veste, Marie le remarqua tout de suite et fut enchantée qu'elle prenne la peine d'assortir ses socquettes à sa veste, alors même, pensait Marie, qu'elle était sortie seulement en chaussons, la joie, se disait Marie, la joie, elle étirait les bras en marchant, aucun verbe à côté du nom, mais la joie, un couple pas intéressant, très intéressant de ne pas être intéressant, une fille portant sous le bras un casque de moto énorme, Marie aurait eu envie de voir sa tête dans le casque, un vieux avec son chien, elle le connaissait, Bonjour Monsieur, sourire, les gens qui ne sourient pas manquent de, Marie chercha, il y a des gens qui ne sourient pas, ils manquent de, peut-être d'élégance, se dit Marie, ou d'éducation, enfin, bref, moi, même quand je pleure je souris, se dit Marie, qui se moquait mais était contente de la vie en somme.

Des arrières, des perspectives, en arrière, en avant, voilà ce qu'elle éprouvait, elle avait l'impression de sentir pour la première fois ce que c'est, marcher.

Être solide, située, avoir des contours, ne plus être une flaque, et rencontrer du solide par terre quand on avance.

Sur quoi on marche, se répétait Marie, étonnée, sur quoi on se déplace. Sur ce mot, perspective.

Elle pensait à sa grand-mère. Elle n'était pourtant pas drôle, sa grand-mère, et d'ailleurs elle était morte depuis des années, mais après ce que Simon lui avait dit elle s'était mise à y penser.

Une horreur, cette grand-mère, au point que sa mère s'était fâchée avec elle quand Marie avait huit ans, et ne l'avait revue qu'au moment de sa mort.

Elle criait tout le temps, et traitait Marie de sale, et avare avec ça, avare sur le papier toilette, elle rationnait tout, et comment elle quittait la maison en claquant la porte, et comment elle me disait tout le temps que j'étais gâtée, et comment elle s'endormait n'importe où, sur le canapé, sur un fauteuil, débraillée, mais si on la réveillait, attention.

Oui mais, se disait Marie, ses querelles avec sa fille

aînée, moi, je m'en fiche, et elle se rappelait comment elle chantait, Oy mame, bin ich varlibt. Oh maman je suis amoureuse, comment elle adorait chanter, et danser, tourner et danser, et après tout si elle aimait s'endormir n'importe où, sur un canapé, dans le salon, en chien de fusil, recroquevillée, en boule, pourquoi pas, elle était contre les conventions, contre toutes les conventions bourgeoises, pour l'amour libre même, c'est ce qu'elle affirmait, se rappelait Marie en souriant intérieurement à l'image de la vieille qui était si fière de ses idées avancées, et en lui faisant un petit salut.

Elle était venue de Pologne dans les années vingt avec ses parents, avait grandi en France, et il y avait eu la guerre, qu'elle évoquait comme si la France l'avait trahie elle personnellement, elle avait réussi à se cacher, mais elle avait perdu toute sa famille qui était restée à l'Est, exterminée.

Et Marie se souvenait d'une histoire que sa mère lui racontait, une histoire juive, qu'on ne raconte qu'entre Juifs, une petite dame, sa robe à fleurs boutonnée devant, son sac à main et ses chaussures plates, qui demande à un employé dans la grande gare l'heure du prochain départ pour une ville de banlieue. Il lui répond gentiment, elle le remercie, et dix minutes après elle revient. Il répond de nouveau, elle remercie encore, et revient de nouveau, dix minutes après, avec la même question. Elle recommence, elle recommence, finalement l'employé s'énerve, Mais enfin je vous l'ai déjà dit. Alors, sans doute avec un regard triomphant, du moins on l'imaginait comme ça, elle secoue son index devant lui, et lui assène, Aha, antisémite, hein ?

Marie avait toujours vu sa grand-mère comme héroïne de l'histoire, mais pour la première fois elle trouvait l'histoire drôle.

Ce qui arrive à Marc

— Je suis sorti de la dernière séance en morceaux, disait Marc. Comme si j'avais été cassé, pilonné, éclaté. Et puis je suis allé m'asseoir sur un banc dans le square à côté. Je me suis dit, C'est dur, de reconnaître ça. La haine, je veux dire. Enfin, pour moi c'est vraiment pénible. Je ne suis pas habitué.

Même le mot, disait Marc. Il est difficile à dire. Il semble un peu, je ne sais pas, un peu... exagéré, mélodramatique.

C'est plus facile de parler d'absence, d'indifférence.

Qu'il était ailleurs, qu'il ne pensait qu'à jouer.

En plus, je me disais, quand on parle de haine, c'est comme si on accusait. Alors que je crois qu'il ne s'en rendait même pas compte, de ce qu'il faisait. Je crois. Alors c'est vraiment difficile à penser, et à se situer.

Je veux dire, s'il ne faisait pas exprès, comment on peut lui en vouloir? Et pourtant...

Mais après un moment, sur le banc, je me suis senti mieux, et même, c'est drôle, carrément bien. Je suis retourné travailler.

Et depuis, il m'arrive une drôle de chose, disait Marc, vraiment une drôle de chose.

J'écoute les gens, je ne pense qu'à ça.

J'écoute comment ils parlent. Je me demande comment ils parlent. Ce qu'ils disent peut m'intéresser ou pas, mais ce qui m'intéresse vraiment, c'est comment ils le disent.

Comment, et à qui. Bien sûr c'est à cause de l'histoire du poème que je vous ai racontée. Comment les gens parlent, s'adressent aux autres.

Je les écoute, je cherche les différences, le ton, les petits détails, les indices, les signes, si on peut les classer. Je fais ça partout, dans la rue, au bureau, à la maison, partout.

Pour le moment, c'est peut-être à cause de mon entreprise, n'est-ce pas, vous savez que je suis dans le bâtiment, j'ai trouvé des gens qui parlent en solide, et des gens qui parlent en liquide. Ma secrétaire, par exemple, c'est une petite bonne femme, très jolie, charmante, toujours prête à rendre service, d'ailleurs elle m'adore, eh bien, dès que j'ai le dos tourné, dès qu'elle doit expliquer ce que j'ai dit, elle parle, on dirait qu'elle monte un mur de briques, ou un mur en béton, il n'y a rien à lui opposer, ses paroles c'est un blockhaus, et elle, elle est retranchée derrière. L'autre il peut toujours essayer d'entrer...

Je l'écoutais tout à l'heure, j'avais l'impression de la voir manier une truelle, poser une pierre, du ciment, une autre pierre...

Un de mes assistants, par contre... il est dans la catégorie liquide, on dirait un robinet qui fuit. Quand il commence à parler, impossible de l'arrêter, il coule, il coule.

Remarquez, je ne sais pas si c'est mieux pour l'interlocuteur. Je l'écoutais pendant le déjeuner, il parlait, il parlait, toute la table autour de lui était noyée, tout le monde essayait péniblement de surnager, lui il continuait... Un robinet ouvert.

Je m'amuse, je m'amuse beaucoup.

— Vous jouez, dit Simon.

— Comment? dit Marc. Oui, c'est ça.

Moi qui ne jouais jamais, dit Marc, étonné.

Je joue, dit Marc.

Sylvain et l'hôpital

— Après la dernière fois, disait Sylvain, j'ai repensé à ce que j'avais dit. Je ne comprends pas. J'ai continué à être très angoissé et je ne comprends pas.

Un silence.

— Vous avez dit, dit Simon, qu'en suivant cette femme vous étiez comme un enfant.

— Oui, dit Sylvain.

Je ne vous ai jamais reparlé de quand j'étais enfant, dit Sylvain. Toute cette période à l'hôpital.

Pourquoi j'aurais envie d'en parler, c'était une période affreuse. D'ailleurs je ne me rappelle pas grand-chose.

Ce qui me reste de l'hôpital ce sont des cris, des cris et des hurlements.

Et du silence, un silence blanc, comme les draps.

La nuit il y avait un silence... Je me réveillais, j'avais peur. J'étais seul, et j'avais peur. J'avais l'impression d'être sous des kilos de coton blanc, du coton épais, étouffant, silencieux.

Et les odeurs. De médicaments. Des odeurs amères, désagréables.

Et la soupe fade.

Je ne mange plus jamais de soupe.

Je me souviens, quand on m'apportait le dîner, je pensais, C'est trop chaud, c'est mauvais, ils font exprès.

J'étais très petit, je me figurais qu'on faisait souffrir les gens exprès.

D'ailleurs je me souviens maintenant en vous parlant j'avais inventé un jeu, jusqu'où je pouvais avoir mal sans rien dire, sans rien dire du tout.

Non, ça c'est après, quand je suis sorti de l'hôpital.

Je suppose que mes parents m'ont expliqué, mais j'étais trop petit. Ou alors l'explication n'est pas passée.

L'hôpital. Un endroit très grand, des tas de gens qui s'affairent autour de vous, qui vous font des tas de trucs, qui vous tournent et vous retournent dans tous les sens, qui vous endorment, qui vous réveillent, qui vous gavent, qui vous pétrissent, qui vous piquent...

On y est impuissant, on souffre, on est dépendant, on y est comme un enfant, alors en plus quand on est vraiment un enfant...

Un silence long.

— Ma mère l'hôpital, dit subitement Sylvain.

— Oui, dit Simon.

Simon au stand de tir

Simon s'était bien dit qu'Eva était introuvable, que ses recherches, si on pouvait appeler ça des recherches, ne servaient à rien, mais un samedi, nous étions passés en voiture près d'une minuscule fête foraine, il y avait une petite place, des arbres, un manège, des autos tamponneuses, un stand de tir, il se dit, Elle pourrait aller s'exercer à tirer, elle ferait peut-être ça, et le soir il décida d'aller voir. Je le laissai s'y rendre seul, les fêtes foraines me déprimaient presque plus que tout.

Et c'était évidemment une fête triste, triste et pauvre, des célibataires des deux sexes qui se traînaient, des familles hétéroclites, des enfants habillés avec des pulls malgré la chaleur, ou alors nus en culotte, rien ne change jamais, se disait Simon, pourquoi je suis venu. Je connais tout ça par cœur.

En faisant le tour, déchaînée dans une auto tamponneuse, il crut reconnaître Eva. Il se figea, ce n'était pas elle. Il aurait tellement voulu.

Mais enfin, pensait Simon, qu'est-ce que je lui dirai, si jamais je la vois? Je n'en sais rien, c'est idiot.

Il resta un moment devant un stand où une famille vendait des peluches, des peluches je te dis pas, se répétait à lui-même Simon, consterné par la laideur, les couleurs, la matière synthétique, les franges, il imaginait les gens vivant dans une caravane avec une peluche verte ou jaune ou rose fluo posée sur le lit, une peluche énorme, il y en avait de la taille d'un enfant.

Au stand de tir, sûrement par hasard, il n'y avait que des femmes, ça le fit rire et le mit brusquement de bonne humeur.

Les femmes d'ailleurs rigolaient, rigolotes, se lançaient des défis, ma chérie, ma poulette, allez vas-y, tire ton coup, elles étaient un groupe semblait-il, ou se connaissaient, ou peut-être s'étaient liées sur le moment dans le feu de l'action. Quand elles gagnaient, elles criaient On a gagné, se prenaient le bras et tournaient avec la musique, tournaient et chantaient, dans la joie et l'excitation à fond.

L'une, décolleté plongeant, pantalon à fleurs, talons bien hauts, se mit à draguer Simon, elle était plus grande que lui, se penchait tout près pour lui montrer comment viser, lui proposa même sa carabine. Simon refusa en souriant, il tirait très mal, il avait horreur de ça.

Les autres la charriaient, Alors ton chéri, il est nul.

Simon, très content, avait oublié Eva, il leur offrit à toutes une tournée.

La dragueuse, qui s'appelait Martine mais qui voulait qu'on l'appelle Daphné, commença tout de suite à lui raconter sa vie, son père, sa mère, ses ex, et maintenant elle se retrouvait seule.

Simon aurait pu s'ennuyer, mais le contexte, l'ambiance, quelque chose, en fait non. Il écoutait.

Un jeune collègue arriva à la buvette et le héla. Il était venu en famille, Simon ne le connaissait pas mais il l'avait croisé récemment il ne se souvenait plus où. Il lui dit Bonsoir.

Le collègue était avec sa femme et son bébé et un petit garçon d'environ quatre ans, ils habitaient à côté, il emmenait son fils aux autos tamponneuses.

— Ça le libère, son agressivité œdipienne, dit le collègue.

— Certainement, dit Simon.

Daphné eut l'air de désapprouver cet échange, elle décida de rentrer avec ses copines, tout en insistant pour laisser son numéro de téléphone à Simon.

Simon resta un moment avec la famille du jeune psychanalyste mais celui-ci parlait sans arrêt, docte, nerveux et fatigant.

Quand sa femme s'assit pour donner le sein, il se lança carrément dans une théorie du sein ventouse, ou peut-être c'était le bébé qui était la ventouse, une histoire d'emboîtement. Simon prit congé.

Eva place des Fêtes

Eva décida de rester place des Fêtes pour un temps

Elle éprouvait un calme comme elle n'avait jamais éprouvé. Rue des Solitaires elle acheta un petit carnet dans une papeterie, et nota son nom sur la première page. Ensuite :

Assise sur un banc, je me bats.

Assise sur un banc vert, je me bats.

Assise sur un banc vert encore humide, je me bats.

Assise sur un banc vert encore humide devant un fou qui fait de la gym en survêtement rouge, je me bats.

Assise sur un banc vert encore humide devant un fou qui fait de la gym en survêtement rouge sous un ciel parfaitement bleu, je me bats.

Je remarque un nuage blanc qui arrive, je me bats.

Je remarque un nuage blanc et rond qui arrive, je me bats.

Je remarque un nuage blanc et rond qui arrive et qui s'en va, je me bats.

Je dis au nuage, Va en paix, je me bats.

Je constate qu'il n'y a plus de nuage, je me bats.

Eva enthousiaste.

Elle pourrait continuer à l'infini dans toutes les directions.

Elle ne réfléchissait pas à ce qu'elle faisait, ce n'était pas un projet. Elle continuait seulement à explorer ce qu'elle avait commencé, Je me bats, détailler et couvrir le monde à partir de ces mots. De temps en temps, elle avait des pensées comme, Hourra, ou : Hourra c'est ça, ou : Hourra, j'habite ici.

Tout lui paraissait simple. D'ailleurs elle était tombée sur un passage dans son livre qu'elle avait immédiatement recopié : « Il semble parfois que les choses se présentent ainsi : tu as la tâche, tu as, pour l'accomplir, autant de forces qu'il est nécessaire (ni trop, ni trop peu, il est vrai que tu dois les tenir rassemblées, mais tu n'as pas à avoir peur), on te laisse suffisamment de temps, tu as également de la bonne volonté pour travailler. Où est donc l'obstacle qui s'oppose à la réussite de cette tâche énorme ? Ne perds pas ton temps à chercher l'obstacle, il n'y en a peut-être pas. »

4

Louise conduit

— Tu conduis trop vite, disait Louise.

— J'aime conduire vite, disait Vincent. Et je conduis très bien.

— Je sais, disait Louise.

Mais j'ai peur.

— Tu n'as aucune raison d'avoir peur, disait Vincent.

— Je sais, disait encore Louise.

Mais j'ai peur.

— Tu n'as aucune raison d'avoir peur, disait encore Vincent.

— Moi aussi je peux conduire, dit subitement Louise en posant la main sur Vincent.

— Arrête, dit Vincent. Arrête tout de suite.

— Non, dit Louise. Tu conduis et moi aussi.

— Fais pas l'idiote, dit Vincent. On est sur l'autoroute.

— Je sais, dit Louise.

— Je te dis d'arrêter, dit Vincent.

— Alors conduis moins vite, dit Louise.
— Tu cherches quoi, dit Vincent. Arrête.
Tu vois bien que ça me fait de l'effet, dit Vincent.
— Je cherche rien, dit Louise. Je conduis.
— Tu m'exaspères, dit Vincent.
— Je croyais que je te faisais de l'effet, dit Louise.
— Arrête, arrête, arrête, dit Vincent.
— Sûrement pas, dit Louise.
Ce n'est pas le moment.
Un silence.
— Louise, dit Vincent.
Louise ne dit rien.
— Louise, dit encore Vincent.
— Conduis moins vite, dit Louise.
— Non, dit Vincent.
— Alors accroche-toi, dit Louise.

Le rêve de Josée

Josée, qui continuait à ne pas rêver et qui ne faisait même plus son cauchemar, fit un rêve. Elle marchait dans la rue, et tout d'un coup elle voyait Eva. Elle avait très peur, peur qu'Eva se mette à lui crier dessus, mais elle se maîtrisait.

— Bonjour Eva.
— Bonjour Josée.

Là-dessus elle s'était réveillée, mais elle était tellement enchantée de son rêve qu'elle se rendormit aussitôt et elle passa la nuit à rêver la même scène :

— Bonjour Eva.
— Bonjour Josée.

C'était un rêve, Josée se le disait tout en rêvant, merveilleux, divin, pensait Josée qui n'utilisait jamais ce mot, merveilleux et doux comme une couette de plumes d'oie, légères, souples, quand on est sous une couette, on est protégée, chaude et à l'aise, Josée s'étirait dans son sommeil, il ne se passait rien de particulier, elle ne faisait rien avec Eva, mais en même temps elle aurait pu, dormir, respirer, cajoler, Eva je t'aime, c'est agréable à dire, Eva, un nom, pourquoi on aime un nom, Eva m'a dit que Josée c'était Joséphine, c'est pas Joséphine, c'est Josée, elle le savait, c'est parce qu'elle était en colère, Eva, je t'aime, Bonjour Eva, Bonjour Josée, un jour, je la rencontrerai dans la rue, et voilà, Bonjour Eva, Bonjour Josée, elle est tellement intelligente, Eva, elle va se rendre compte que c'est idiot cette histoire, elle était si contente des cars, Bonjour Eva, Bonjour Josée, c'est merveilleux comme une couette bien douce, des paroles légères et douces comme des plumes, je m'envolerai avec Eva sous la couette, Eva je t'aime, je la rencontre au coin d'une rue, simple comme bonjour, Bonjour Eva, Bonjour Josée, on s'aime.

Sylvain reste chez lui

Sylvain avait décidé de rester chez lui. C'était le soir, il aurait pu sortir, mais voilà, il avait décidé de rester chez lui. Une idée, une envie. Rester dans son appartement.

Il fit le tour, regarda par la fenêtre et se dit, Je vais faire un grand ménage.

Le ménage, le soir? Pourquoi pas, se dit Sylvain.

Il sortit les instruments, les appareils, les produits, et commença par la cuisine. Ensuite, salle de bains, toilettes, les deux pièces.

Il avançait lentement, méticuleux, il avait l'impression de s'approprier les coins et les recoins.

Il fit ensuite une série d'inventaires, il notait dans un cahier, inventaire de ses chaussettes, de ses slips, de ses chemises, les affaires d'été, les affaires d'hiver. Prévisions.

Il rangea sa bibliothèque, ses BD et ses CD, dépoussiéra, eut un moment d'épuisement, mangea un morceau, rêva un peu, mais il ne voulait pas s'arrêter, il se sentait soulevé, porté, ménage et rangement.

Il fit une liste de courses urgentes de tous ordres, alimentaire, entretien, peut-être un congélateur, une lampe, des torchons, un livre qu'il n'avait pas trouvé.

Son deux-pièces n'était pas grand, il n'était pas non plus, se disait pour la première fois Sylvain, il n'était pas non plus très habité, mais ça, il ne tenait qu'à lui de le changer, se disait Sylvain, affalé dans la cuisine devant un café, il n'avait pas du tout sommeil, il se sentait euphorique.

Je vais à l'hôtel

J'adorais les hôtels, y aller à deux, Simon aussi, on y allait le plus souvent possible. Bien sûr les hôtels rendent tout le monde enfant, regarder partout, examiner les tiroirs, tâter le matelas, sauter sur le lit essayer les oreillers, comparer les papiers peints, sentir les savons, jouer dans les baignoires. Et ouvrir une fenêtre inconnue, une vue quelconque est intéressante, les cours et les arrière-cours, les murs et les routes, la route qu'on a prise pour venir et qui plane, qui reste un moment dans la tête, les jardins, les fleurs nouvelles. La patronne, le patron, toutes les histoires possibles, les clients, croiser les gens, les tableaux aux murs, à chaque fois un monde particulier, organisé et précis, un moment du monde.

On s'endort avec des images étrangères, des bruits qu'on situe mal, odeurs, atmosphères, des petites remarques, découvertes minuscules, constatations, et on est un peu bousculé, déplacé, dehors parfois

367

rien, mais parfois la mer, la mer et les champs, ou la fenêtre ouverte sur des collines.

Une fois c'était dans un petit hôtel, au détour d'un bois, le soir déjà tombé, on avait beaucoup roulé, heureux d'avoir enfin trouvé, la chambre était grande, une cheminée jolie et utile, c'était un soir d'été très frais, des meubles inattendus, bleus, un balcon, il était tard mais il faisait encore clair, on a ouvert la fenêtre, on a vu la mer, un grand paquebot passait, il allait bien sûr en Amérique, devant, les champs verts, la campagne française, les vaches blanches et noires.

Simon eut envie de faire un feu. Pendant qu'il s'activait je lui demandai s'il était d'accord avec Freud sur la conquête du feu. C'était un passage que j'avais toujours aimé, il me semblait plein d'humour. *Des données analytiques incomplètes et d'interprétation incertaine, il est vrai, autorisent pourtant une hypothèse qui paraîtra extravagante touchant l'origine de ce haut fait humain. Les choses se seraient passées comme si l'homme primitif avait pris l'habitude, chaque fois qu'il se trouvait en présence du feu, de satisfaire à cette occasion un désir infantile : celui de l'éteindre par le jet de son urine... Celui qui renonça le premier à cette joie et épargna le feu était alors à même de l'emporter avec lui et de le soumettre à son service. En étouffant le feu de sa propre excitation sexuelle, il avait domestiqué cette force naturelle qu'est*

*la flamme. Ainsi, cette grande acquisition culturelle
serait la récompense d'un renoncement à une pulsion.*

Simon me dit que oui, il était d'accord, mais, dit
Simon en s'éloignant de la cheminée où le feu avait
pris et en me sautant dessus, comme maintenant on
a les moyens, on peut avoir tout, dit Simon, absolument tout, le feu, la flamme, la femme.

Marc regarde les femmes

Marc était assis à une terrasse et regardait les femmes passer. Il faisait ça quand il pouvait, il prenait le temps de le faire. Dans sa tête il appelait cette activité Trouver des idées, en fait concrètement ça lui donnait des idées pour faire l'amour avec sa femme, laquelle, c'était du moins son avis, en manquait vraiment trop, d'idées.

Des robes légères passaient en flottant, et Marc, heureux de l'été, regardait.

Jambes longues, quelle beauté. L'intérêt des jambes longues, se dit Marc, c'est, et il imaginait très bien une position précise. Hanches énormes. Non, vraiment. Trop lourd.

Un couple l'étonna, il le suivit longtemps des yeux, une femme grande et bien faite, grands cheveux, grandes boucles d'oreilles, jupe courte, talons hauts, du monde au balcon, Marc adorait cette expression, et avec elle son homme, un grand type costaud, en *short*, Marc pensa le mot avec des italiques, même pas en bermuda, se dit Marc dégoûté, en petit short de gym.

Une série de femmes. Marc qui finalement, même s'il aimait penser le contraire, avait des goûts assez arrêtés, les jugea insignifiantes.

Une mère, jolie et dans une robe qui virevoltait, et sa fille, une petite habillée presque comme elle, d'environ dix ans.

Marc pensa, Quelle jolie femme. Ensuite, La petite ressemble à Camille, c'était sa fille aînée. Il continua à regarder les passantes, et tout d'un coup éprouva quelque chose comme un remords, Je n'ai pas vraiment regardé la petite fille.

Elle est restée floue, se dit Marc.

Je ne l'ai pas vue.

Il ferma les yeux et retrouva immédiatement l'image.

La mère, pensait Marc, avait de très jolies jambes, peut-être un peu trop galbées, mais.

La fille, qu'est-ce qu'il en pensait?

Rien. Rien du tout. Elle ne l'intéressait pas, ordinaire, une petite fille de dix ans, il n'avait jamais bien compris les filles, c'est ennuyeux les filles, ça pleure, les filles, elles ne sont pas comme les garçons, qu'est-ce qu'on peut penser des filles, rien, il voulait pourtant à tout prix en penser quelque chose de particulier, mais il n'arrivait pas à se concentrer, et cette difficulté lui semblait, mais pourquoi, très grave, C'est très très grave, se disait Marc.

Brusquement l'image qu'il avait dans la tête changea et il perçut ensemble comme dans un cadre la mère et la fille de dos, peut-être il les avait vues s'éloigner de cette façon, il les vit côte à côte, d'ailleurs dans l'image la mère prenait la main de sa fille, et tout d'un coup, en même temps qu'un sentiment d'évidence : c'était ça qu'il cherchait, il ressentit un grand élan de tendresse, une tendresse qu'il ne se souvenait pas d'avoir jamais éprouvée, et il dit à voix haute, Camille.

Il ajouta, avec ironie mais il avait envie de pleurer, La petite Camille. Ma fille.

Jérémie et Jean-Pierre

— Tu es tellement indifférent, disait Jérémie à Jean-Pierre, tellement indifférent. De fait Jean-Pierre dormait, il ronflait même un peu.

Je rentre, continuait Jérémie, j'ai passé une journée épouvantable, et au lieu de m'accueillir, tu dors.

Je pourrais crever, dit Jérémie, en allant à la cuisine prendre des glaçons pour son whisky, je pourrais crever, tu t'en fous.

Je ne te demande pourtant pas grand-chose, dit Jérémie en revenant et en regardant Jean-Pierre qui continuait à dormir, je ne te demande pourtant pas grand-chose. Un peu d'attention, de présence.

Tu ne fais que dormir.

Tu me crispes, dit Jérémie qui se retenait pour ne pas hurler, tu me dégoûtes.

Il se leva et regarda par la fenêtre.

Je suis sûr que tu as passé une journée excellente. Toutes tes journées sont excellentes. Eh bien, moi, non.

Toutes mes journées sont terribles, dit Jérémie.

Tu pourrais t'inquiéter. Quand on aime quelqu'un, on s'inquiète.

Non. Rien.

Et tu m'entends. Tu fais semblant de dormir, mais je sais très bien que tu m'entends, dit Jérémie en parlant plus fort.

Tu ne viens même plus m'accueillir à la porte.

Avant, tu faisais au moins ça. Maintenant, non. Monsieur est blasé. Monsieur s'en fout.

Si je voulais, je pourrais te faire très mal, dit Jérémie en s'asseyant à côté de Jean-Pierre et en le regardant par en dessous. Je pourrais t'écraser la tête, ta petite tête de crapaud, dit Jérémie en articulant les mots lentement et en regardant Jean-Pierre qui ouvrit l'œil.

Ou je pourrais te tirer la queue, mais fort. Te l'arracher, tu entends.

Ta lamentable queue.

Mais je sais très bien que ça ne me soulagerait pas, dit Jérémie, qui s'était levé.

Ce qui me soulagerait, dit Jérémie, ce qui me soulagerait, je sais ce que c'est.

Qu'au lieu d'être un pauvre chat minable tu sois un tigre, un vrai, cria Jérémie, en descendant son poing dans le coussin de Jean-Pierre.

Et qu'on se batte tous les deux.

À mort.

Édouard et Saïd vont au zoo

Édouard et Saïd se promenaient ensemble au jardin des Plantes et discutaient. C'était Saïd qui avait voulu aller au jardin des Plantes, il voulait montrer à Édouard ses connaissances en botanique, il était très fort, il aurait aimé trouver un travail là-dedans. Ils avaient visité la serre en détail, toutes les plantes exotiques, les arbustes, les buissons, maintenant ils se promenaient dans le zoo et regardaient les singes. Ils s'étaient arrêtés devant une famille de singes très petits, minces et fins, et agiles, et ils les observaient en silence. Une petite femelle se mit à épouiller un mâle qui s'était installé entre ses cuisses. Ils se regardèrent.

— Il a la belle vie, dit Saïd.

— La belle vie, confirma Édouard.

— La belle vie, dit encore Saïd. J'aimerais me marier, dit Saïd. Il ajouta, Mais il faut trouver.

Édouard ne dit rien, ensuite il dit :

— Même quand on trouve...

— Il faut avoir sa situation, dit Saïd.

— Oui, dit Édouard.

Il soupira.

Mais toi, tu as une belle situation, dit Saïd, qui était passionné par les encyclopédies, les connaissances, apprendre, et qui en plus adorait conduire.

Édouard ne dit rien.

— Alors, continuait Saïd, pourquoi tu ne te maries pas.

Il ajouta, c'était un peu pour taquiner mais il aimait beaucoup Édouard, J'ai bien vu comment tu regardes Samia.

Édouard devint rouge, et secoua la tête.

— Tu veux que je lui demande si tu lui plais ? demanda Saïd.

Édouard secoua encore la tête, il avait l'air tellement effrayé que Saïd eut une intuition, il dit :

— Je vois, c'est ta mère.

Édouard eut les larmes aux yeux. Il fit non de la tête.

— Ne dis pas non, dit Saïd, je suis sûr que c'est ta mère.

— Je suis gros, dit Édouard.

— Tu n'es pas gros, dit Saïd, en balayant l'air de la main. C'est à cause de ta mère, elle ne veut pas que tu te maries.

Écoute, dit Saïd, en prenant Édouard par les épaules, moi ma mère je la respecte, c'est ma mère, et des mères, on n'en a qu'une, une mère c'est sacré, je ne dirai jamais du mal d'elle, jamais, jamais, jamais... sauf, dit Saïd, en secouant un peu Édouard et en faisant une grimace, une petite grimace de rien du tout mais qui réussit à faire rire Édouard, sauf, dit encore Saïd en présentant maintenant un visage révulsé d'horreur, les yeux retournés, la langue dehors, les joues rentrées, Édouard avait carrément le fou rire, Saïd se mit à rire aussi, et ils restèrent là un grand moment l'un en face de l'autre à rire, à rire et à faire des grimaces.

Marie et la bonne distance

La distance, la bonne distance, se disait Marie, comment on peut trouver à ce point la bonne distance.

Une distance qui rapproche.

Un être unique, seul, et géant.

Même quand il est petit, très petit, tout petit, rétréci, il est géant.

Ce n'est qu'à un géant qu'on peut prêter une telle capacité à exister seul.

Il marche, attentif à marcher, intéressé par sa marche.

Il met en perspective, il met en rapport l'avant et l'arrière, il prend la solitude et il la renverse. De l'abandon, de l'état d'abandon, il fait la capacité, pas si simple, à vivre seul, à exister seul, de façon séparée, pleine.

Est-ce qu'il est angoissé ? Je le vois seul, mais seul comme on peut être seul, unique, se détachant comme tout le monde peut se détacher de la masse, seul comme un membre de l'espèce humaine.

Sur son socle, sur sa base, se découpant dans l'espace.

Marie regardait un catalogue de Giacometti, en rentrant elle l'avait cherché, elle voulait revoir les différents *Homme qui marche*, et les *Femme debout*, elle pensait au mot perspective, elle se demandait si elle avait jamais vu représenter ce qu'elle avait éprouvé en marchant.

Et maintenant, sidérée, émue par ces statues qu'elle connaissait pourtant, elle trouvait que c'était bien autre chose, tout en se disant, C'est peut-être parce que je l'ai éprouvé que je vois ça chez lui.

Statues maigres, rétrécies, des lignes, hors temps mais tellement dans l'époque, des témoins nus, nus comme l'espèce humaine, nus, se dit tout d'un coup Marie, comme les déportés et les survivants des camps.

Des êtres pris de très loin et dans une présence si grande. Poignants. Posés dans l'espace et dans le temps, poignants parce qu'uniques, si celui-ci disparaît, il disparaît, perte irremplaçable.

Un homme qui marche, une femme debout. Marcher, apparaître, surgir. Être en rapport avec ceux qui viennent avant, avec ceux qui viennent après. La distance, la bonne distance, se répétait Marie, elle se découpe sur fond de mort.

Eva rêve de Josée

Eva rêvait de Josée. Elle était allongée sur Josée tout habillée, et elle lui disait, Pauvre imbécile, je t'aime, ensuite elle avait la sensation très nette de rapetisser, ce qui l'angoissait un peu, du moins dans le rêve elle se disait Qu'est-ce qui se passe, qu'est-ce qui se passe, mais ça lui permettait d'entrer dans Josée, d'y entrer par tous les trous, Eva se le disait comme ça dans le rêve, par la bouche, par les oreilles, par les narines, et deux trous devant, et un trou derrière, devant, derrière, derrière, devant, elle entrait et se prélassait, c'était incroyablement agréable. Que c'est agréable se disait Eva, Pauvre imbécile, je t'aime, elle se prélassait, de temps à autre elle s'allongeait un peu, elle devenait plus longue et restait là, bien au chaud, bien calme, tranquille, elle n'avait pas besoin de s'énerver, tout était en ordre, calme et tranquille, repos, repos, repos, Josée était partie et maintenant elle était revenue, et c'était la place des Fêtes, mais une vraie place des Fêtes, une lumière douce, du ciel, aucun magasin, aucune boutique, une place, même pas de gens, l'espace et le ciel, elle était là avec Josée, toutes les deux assises, ensemble. Que c'est agréable se disait Eva, et elle lisait à Josée ce qu'elle avait noté dans son carnet, Josée écoutait et comprenait parfaitement, elle n'avait pas besoin de lui expliquer, Pauvre imbécile, tu vois, tu comprends, Eva se sentait pleine, elle débordait de joie et de reconnaissance envers Josée, Je sais l'effort que ça a dû te coûter, mais si tu savais, si tu savais, c'est tellement important pour moi que tu comprennes, que tu écoutes, que tu écoutes, que tu comprennes, Eva se mettait à pleurer dans son rêve et elle se réveillait pleine de larmes.

Un amour de Simon

Je me disais parfois que depuis Miss Nobody Knows je n'avais jamais aimé quelqu'un comme Simon. D'ailleurs j'avais découvert que Simon l'avait rencontrée, mon amie, un peu après l'époque où je l'avais connue moi. Il m'avait dit, une fois que nous passions devant une boutique, qu'il y avait des années de ça, il était entré là, cherchant quelque chose pour une femme dont il était amoureux. C'était une boutique sombre, un bric-à-brac dans le style de l'époque, avec des vêtements anciens, reteints. Dans le fond il y avait une jeune femme qui lisait, elle semblait absorbée dans son livre, sans doute elle gardait le magasin. Il s'était approché et il avait vu une affiche sur le mur à côté d'elle, on avait écrit à la main :

Un livre, qu'est-ce que c'est
Pourquoi on lit
Pourquoi on ne lit pas
Où vont les mots.

Ça lui avait plu. Il lui avait demandé ce qu'elle lisait. D'abord elle n'avait pas entendu. Ensuite elle avait levé les yeux. Elle avait montré le livre en secouant la tête. C'était un manuel de psychiatrie. Il avait été intrigué. Après la fermeture, ils avaient pris un café. En s'asseyant elle avait dit :

— Les sorcières, je n'y crois pas. Mais elles existent.

Ils s'étaient revus. Simon la trouvait étonnante et il se souvenait encore aujourd'hui de ses jambes. Marie. Elle lui avait dit une fois qu'on l'appelait Miss Nobody Knows et il avait trouvé que ça lui allait bien, personne ne lui avait jamais donné à ce point le sentiment de la précarité de l'existence.

Ce n'est pas que sa situation matérielle était précaire, elle l'était peut-être, il n'en savait rien, mais c'était la possibilité que tout puisse basculer, toujours, vers le haut, vers le bas.

Il avait gardé une image, ils étaient au lit, elle s'était levée sur les coudes, et avait demandé, Pour toi, l'amour, c'est quoi ?

Il n'avait pas eu le temps de répondre, elle s'était mise à pleurer violemment, en répétant, il n'avait pas compris tout de suite ce qu'elle disait, Je n'ai pas d'orthographe, je n'ai aucune orthographe, et je n'ai pas de grammaire non plus.

Simon l'avait bercée, mais il n'avait pas réussi à la calmer.

Tu es trop inquiète, lui disait Simon. Et, lui caressant le front du bout des doigts, Ça ne s'arrête jamais là-dedans ?

Elle avait l'habitude de noter des phrases dans un carnet, c'étaient toujours des questions, parfois elle les montrait à Simon :

La folie, qu'est-ce que c'est
De quoi suis-je responsable
Comment vivre ensemble.

Ou :

L'amour
La chaleur du corps
D'où viennent les règles.

Ou encore :

Pourquoi on veut grandir
Pourquoi on ne veut pas grandir.
Ce qui change
Ce qui ne change pas
Ce qui ne peut pas changer.
La nature.
Une fille, qu'est-ce que c'est.
Les positions sexuelles.

Il y avait aussi :

Le mot travail.
Le moment de maintenant.

Et :

La ville, est-ce qu'on l'aime.
Les arbres
L'industrie
La rondeur du ciel.

Et encore :
Pourquoi on parle
Pourquoi on ne parle pas
Où s'arrêtent les questions.
Simon l'aimait, il aimait ses questions.

Pour lui Marie était liée à l'époque, à ce moment d'ouverture où tout était interrogé, et qu'il vivait, comme beaucoup d'autres, à fond. Il était encore étudiant, c'était l'année où il avait décidé d'abandonner la médecine et de se tourner vers la psychanalyse. L'inconscient le passionnait, et la sexualité, et la société tout entière, chacun de ses éléments, lui paraissaient contestables, l'hôpital, l'école, la famille, les rapports entre les hommes et les femmes, la définition même de la folie lui semblaient devoir être remis en cause, repensés.

Il disait des grèves qu'elles lui avaient beaucoup appris, c'était la seule fois où de façon collective les gens s'étaient opposés au système, à la société industrielle de masse.

Pour lui si les événements de 68 étaient venus questionner la société d'une façon si forte, c'est que les gens avaient trouvé des formes d'action nouvelles pour le faire, des formes qui étaient radicalement opposées à tout ce que cette société pouvait contenir en germe de totalitaire : être réduit à un numéro, une chose, un produit, une place. Ce mouvement avait donné une ampleur collective, politique, à la prise de parole, au récit, au détail, et avait ainsi pris au sérieux précisément ce qui permet de rencontrer l'autre, de sortir de l'isolement, de la « désolation », comme dit Hannah Arendt.

Il y avait là pour Simon des résonances avec ce qui commençait à l'intéresser tellement dans la psychanalyse qui met aussi, par rapport à son objet propre et dans un autre cadre, l'accent sur le récit et le détail. C'est dans le récit et le détail que passe le sujet, dans l'élaboration concrète, dans la narration singulière, et ce n'est pas dans ce qui se veut hors temps, fermé, définitif, la catégorie, la case ou le cas, le dossier ou la définition, selon l'Administration ou le Savoir scientifique, qui n'ont parfois qu'un changement de ton pour devenir injure (Juif! étranger! femme! etc.).

Et Marie, Miss Nobody Knows, il l'aimait aussi pour ça. Parce qu'elle vivait toutes les questions de façon concrète, comme des paradoxes personnels, des déchirements, et ces inquiétudes, ces dilemmes entraient en résonance avec l'époque, donnaient à sa vie une sorte de prolongement.

Comme si, pensait Simon, sa façon de ne pas être à l'aise la poussait à une autre forme d'identité, comme si elle était obligée de faire de sa marginalité une façon différente, mais très précise, d'appartenir au monde.

Simon la trouvait émouvante et invivable.

Au lit, tout à fait là, ou alors pas du tout, ce qui

mettait Simon hors de lui. Ou bien, comme il était très jeune, il se faisait une philosophie, les femmes...

Il aimait bien penser que ses jambes avaient un rapport nécessaire avec ses dilemmes, ses paradoxes il aimait faire ce genre de théorie, mais ça ne tenait pas vraiment.

En même temps, c'est sûr, il ne savait pas quoi faire d'elle.

Un jour elle avait disparu. La patronne de la boutique ne savait pas où elle était partie. Il ne l'avait pas revue, plus jamais.

5

Eva retourne à l'école

Au bout d'une semaine Eva dut pourtant se décider à chercher du travail. Elle ne trouva rien, accepta finalement un remplacement d'un mois dans un service qui nettoyait les écoles. C'était tranquille, même pas sale, se disait Eva. Elle ne voyait pas les enfants, elle travaillait très tôt et très tard aux heures où l'école était fermée. Pendant la journée elle pourrait continuer à remplir son carnet.

Elle arrivait, faisait le tour de la cour, passait sa main sur les arbres, s'asseyait une minute sur la première marche du grand escalier, fermait les yeux.

Dans les salles elle regardait les cahiers recouverts de plastique, mettait mentalement des notes, examinait les murs, jugeait les dessins. Trois jours après avoir commencé elle connaissait les noms et reconnaissait les styles. Bernard a encore raté ses exercices de maths. Julie a fait des progrès en grammaire. Grégoire, ah ce Grégoire.

Mais très vite étrangement mobilisée. Remuée,

énervée, à cran. En fait elle était en colère. Pourquoi? Comme ça. Elle n'en savait rien. D'ailleurs elle ne savait pas qu'elle était en colère, n'aurait pas appelé ça comme ça.

— Pourquoi il ne comprend rien, Pierre-André? Ou : Elle ne fait rien, Laure, rien du tout, où elle a la tête.

Elle s'asseyait à une petite table, les genoux repliés, et regardait dehors, le ciel. Ensuite, comme elle était en retard, elle rangeait les craies à toute allure, vidait les corbeilles.

Salle de monsieur Perle.

Salle de mademoiselle Rousset.

Bureau de la directrice.

Couloirs, cantine.

Seau, serpillière et balai.

Elle aimait retrouver un pull, un short de gym, un vêtement quelconque jeté en boule dans un coin. Elle le secouait, le défroissait, le pliait soigneusement et le posait sur le bureau de la maîtresse.

Son travail terminé elle tournait un peu dans le quartier, allait dormir à l'hôtel, ressortait, allait au square. Mais les phrases qu'elle notait ne lui plaisaient plus autant.

Louise et la boucherie

Louise, Solange, Aurélien.

— Il faudrait, disait Louise, qu'on ait l'impression que tout est en vrac, pas seulement sordide, mais en vrac, jeté, violent, les choses sont violentes, on est à l'intérieur, dans la cité et dans l'appartement, on n'est pas dehors, on devrait être protégée mais on ne l'est pas, pas du tout, on est exposée comme si on était dehors, c'est violent, en vrac, comme dans une décharge, comme dans un terrain vague.

Ou plutôt, disait Louise, quand je pense à leur appartement, à cet appartement où elles sont toutes les deux, disait Louise, mais où il y a aussi le mari de Julia, et ses enfants, quand je pense à cet endroit et à tout ce monde entassé, je ne vois pas des pièces, des chambres, des meubles, je vois... ça me fait penser à une boucherie, dit Louise.

— Une boucherie ? dit Aurélien.

— Oui, dit Louise, une boucherie. Des morceaux de viande suspendus à des crochets, du rouge, des éclaboussures de rouge sur les murs, partout.

C'est à cause de la dernière scène où Sibylle tue Julia, dit Louise. Mais c'est là dès le départ, pour moi c'est là dès le départ...

Et quand elle lui dit, Je t'aime, c'est ce qu'on joue en ce moment...

— Oui ? dit Aurélien.

— Quand elle lui dit, Je t'aime, dit Louise, et elle se mit à tourner autour de Solange en murmurant très bas, ce n'était pas pour qu'on entende, Sibylle tourne autour de Julia, Sibylle tourne autour de Julia.

Elle regardait Solange, levait la main, l'approchait de son visage, la caressait sans la caresser, la frôlait, laissait retomber la main. Souriait, fronçait les sourcils, souriait à nouveau. Elle articulait, pour elle-même, mais Solange lisait sur ses lèvres, Tu as peur de moi, je vois bien que tu as peur de moi.

Je t'aime, elle continuait à regarder Solange, elle passait son doigt sur la table, le fauteuil, les rideaux, c'est très léger, elle passait juste le doigt, c'est très léger, et en même temps il faut qu'on entende autre chose, il faut qu'on entende...

— Oui ? dit Aurélien.

Louise ne disait rien, et regardait Solange.

Solange, figée, fascinée, regardait Louise.

— Tu as été formidable, disait Aurélien à Louise,

ils buvaient un café tous les trois dehors, tu as été formidable.

Et tu sais ce que j'ai entendu? Quand tu disais, Je t'aime, j'ai entendu : Je vais te manger.

Solange hocha la tête et sourit en regardant Louise.

— Oui, dit Solange, moi aussi.

— Mais c'était ça, dit Louise. C'était exactement ça.

Europe 51

Je revis avec Simon *Europe 51*. Le film commence avec le suicide d'un enfant, la mère décide de changer sa vie, elle quitte son milieu bourgeois, elle aide des gens, une mère de famille nombreuse, une prostituée, un homme qui a volé, elle travaille en usine, elle finit par être enfermée à l'asile par sa famille.

Folie de la femme, folie du monde, bien sûr le film a un point de vue, c'est le monde qui est fou, mais ce qui est remarquable : la folie de la femme existe sûrement aussi, sauf que cette folie est une façon de saisir le monde, la femme n'est pas folle comme son mari et sa famille le croient et le veulent, la folie, pour eux, c'est de participer comme elle le fait en direct au monde, sans protection, de ne pas se fermer, se défendre, et en effet, comment vivre sans se fermer, se défendre, mais quoi défendre et jusqu'où, et on sort du film dans un malaise insupportable, avec les yeux de la femme on a tout vu, tout attrapé, les escaliers cassés, les portes lamentables, les murs en carton, les femmes malades, les lits sans draps, le chaos de l'usine, les pierres de la banlieue, les chantiers et les ruines et la reconstruction, mais qui reconstruit et pour qui, et rien n'est montré comme nécessaire, chaque fait, chaque événement, chaque acte est seulement un possible, un possible parmi d'autres, et on a tout vu parce que la femme est seule, si seule, et qu'on l'accompagne, mais la femme aussi est un possible, elle a traversé une crise, elle change, elle a changé, mais du coup ce qu'on voit ce ne sont pas des raisons abstraites mais un récit, une histoire particulière, l'histoire de la rencontre de cette femme avec d'autres, avec d'autres mondes auxquels elle était étrangère, une histoire, ni un jugement ni une leçon, et la crise est le moteur du film, à la fois un élément essentiel et un simple moyen, comme cette femme elle-même, comme n'importe qui, et la question est ouverte, posée : alors maintenant quoi ? et la ligne que suit la femme, ce parcours si simple, elle va en somme simplement où elle n'a jamais mis les pieds, cette ligne est-ce la bonne, est-ce la seule, c'est une façon de s'identifier au monde, y a-t-il une autre ligne possible, et ce double mouvement, s'identifier et questionner, donne au film sa tension, transmet une émotion extraordinaire, mais aucun sentimentalisme, la distance est toujours là, comment, elle vient de quoi, elle vient peut-être, cette distance, de la lumière, la lumière où tout vit à égalité, la femme et l'enfant qui meurt, la femme et les autres femmes, la femme et l'usine et la rue, et on suit la femme comme une figure parmi d'autres, un élément parmi d'autres, et tout est pris dans la même lumière, lumière de son visage, de sa beauté, et lumière du ciel et de la ville et du monde.

Le rêve de Jérémie

— Je n'avais pas l'intention de revenir, disait Jérémie, j'en ai assez de vous, ça ne sert à rien de parler, vous ne faites rien, vous ne pouvez rien, et en plus maintenant je vous déteste, c'est trop pénible.

Un silence

— Oui? dit Simon.

— J'ai fait un rêve, dit Jérémie, c'est pour ça que je suis revenu, un rêve qui m'a tellement angoissé, je n'ose plus m'endormir tellement j'ai peur de le refaire.

J'ai rêvé d'une explosion. J'étais sur un chantier et il y avait une explosion. C'est tout. C'est une chose que je connais bien, tous les jours il y a des explosions sur les chantiers. D'habitude ça ne me fait rien, au contraire, j'aime plutôt ça, ça fait partie de mon travail, les explosions, détruire, construire, c'est mon travail...

J'étais au bord de la Seine, c'est le chantier que je fais en ce moment et il y avait une explosion.

C'est tout. Je ne comprends pas pourquoi ce rêve m'a angoissé.

Un silence. Simon ne dit rien.

— Une explosion, une explosion... dit Jérémie. Dans le rêve en même temps je pensais, C'est bizarre, je me souviens de ça maintenant, C'est bizarre, mais qu'est-ce qui était bizarre ? Ah oui, la couleur de l'eau, la Seine avait une drôle de couleur, ce n'était pas une couleur de fleuve, elle était bleu roi.

Ce bleu, c'est la couleur de la chemise d'un collègue, je m'étais engueulé avec lui la veille, j'avais pensé Quelle couleur vulgaire, criarde, c'est bien son style.

Je dis que je m'étais engueulé, enfin, presque, il est raciste, ce type, il dit des choses insupportables, il passe son temps à se défouler sur les Noirs et les Arabes, j'ai toujours envie de lui casser la gueule, il faut vraiment que je me retienne.

— Pourquoi, dit Simon.

— Je vous dis qu'il tient des propos racistes, vous écoutez ou non, des propos infectes, haineux.

— Pourquoi vous vous retenez, dit Simon.

— Pourquoi je me retiens, dit Jérémie, étonné.

Oui pourquoi, répéta Jérémie.

Au bout d'un moment Jérémie dit :

— Je ne veux pas me mettre à son niveau, faire comme lui.

Non, ce n'est pas ça.

Peut-être je me dis que moi aussi j'ai des pensées ignobles, que je ne vaux pas mieux que lui.

— Quel genre de pensées, dit Simon.

— Des mouvements d'humeur, de rage, souvent je ne sais même pas pourquoi, des gens, des personnes que j'aime, l'autre jour, dit Jérémie, j'ai eu envie de tuer Jean-Pierre, mon chat. Pauvre bête innocente. Après je m'en suis tellement voulu, j'ai pleuré, je suis ressorti lui acheter son plat préféré, et je l'ai laissé dormir avec moi.

— Et alors, dit Simon, c'est interdit de penser ?

— Non, dit Jérémie, non, il n'est pas interdit de penser... Mais quand même... je me dis qu'au fond si j'ai ce genre de pensées, je n'ai pas le droit de me fâcher avec un type comme mon collègue, je suis aussi mauvais que lui.

— Les pensées, dit Simon, sont des pensées, et nous sommes ici pour les analyser. Ce ne sont pas des actes ou des paroles, comme les paroles injurieuses de votre collègue.

C'est la religion qui punit les intentions, dit Simon après un temps d'arrêt, Jérémie ne disait rien, c'est la religion qui demande la confession des pensées soi-disant coupables. Freud disait de la religion que c'est une entreprise d'intimidation de la pensée.

Jérémie resta en silence pendant un moment. Ensuite :

— Après la discussion avec le collègue, je me sentais mal, mais mal. En fait, je me sentais prêt à exploser de colère, dit Jérémie. C'est ça, dit Jérémie, prêt à exploser.

— Oui, dit Simon.

— Je crois, dit Jérémie, que je suis en colère tout le temps, une colère rentrée.

— Oui, dit encore Simon.

— Je me plains, je sais bien que je me plains, dit Jérémie, mais en réalité j'ai envie de hurler. Et d'abord, hurla Jérémie, de hurler contre ma mère qui m'a laissé tomber, moi je n'avais rien fait, je n'avais pas demandé à naître, j'étais un enfant, je n'avais rien demandé, j'étais un enfant, répéta Jérémie.

— Oui, dit Simon, vous étiez un enfant et cet enfant continue de protester.

Jérémie hocha la tête sans rien dire.

Simon dit Bien et commença à se lever.

— Attendez, dit brusquement Jérémie qui lui aussi commençait à se lever, attendez, je viens de me souvenir d'une chose, il faut absolument que je vous la dise.

Simon se rassit.

— J'ai eu une idée il y a longtemps, Jérémie parlait à toute allure, une idée qui m'avait même un peu obsédé, et puis je l'ai oubliée. Je ne vous l'ai

jamais dite. C'est pénible à dire. Je ne sais pas pourquoi ça me revient, mais il faut que je vous la dise.
J'avais pensé, excusez-moi, je sais bien que vous êtes
juif, votre nom c'est un nom juif, j'avais pensé, Les
Juifs, c'est eux qui ont tué le Christ.

Excusez-moi, redit Jérémie. Je ne crois pas du
tout ça, j'ai été au catéchisme comme tout le monde,
mais ça fait longtemps que je ne crois plus à tout ça,
je ne comprends pas pourquoi j'ai pensé ça.

Simon se mit à rire.

— Le Christ, dit Simon, est une figure de l'in-
nocence, non ? Innocent comme un enfant. Vous
pensiez peut-être à vous-même, l'enfant meurtri,
abandonné, et les Juifs, qui d'ailleurs dans le passé
ont été accusés, entre bien d'autres choses, de faire
des sacrifices rituels avec le sang des enfants, jouaient
dans votre idée le rôle de la mauvaise mère, la mère
assassine...

— Ce que je ne comprends pas, disait Marie, c'est pourquoi de nouveau je me sens si lourde, si lourde, un poids mort. C'est tellement difficile, disait Marie. Mais quoi ?

J'allais si bien, je vous l'ai dit l'autre fois, alors quand même, qu'est-ce qui se passe.

En haut, en bas.

Je monte une marche, j'en descends une autre.

Flasque, flapie, épuisée, à bout.

Je me traîne.

Je n'ai rien dans la tête, rien.

Je monte une marche, j'en descends une autre, j'ai cette image dans la tête.

Une échelle.

Je me sentais tellement bien.

Ma grand-mère.

Ma mère n'a pas pu vivre avec elle.

Moi je peux.

404

Une grand-mère, ce mot est ridicule, je trouve ridicule de dire, ma grand-mère.

Et pourquoi.

C'est intime.

Ce n'est pas du tout intime. C'est un mot de la langue, il désigne, il désigne... je ne sais pas ce qu'il désigne.

Les rapports de génération, ça n'a rien d'intime, ni de ridicule.

On voit tout de suite la grand-mère et le chaperon rouge, le bonnet de dentelle.

Mais le mot ce n'est pas ça.

Le mot, c'est : je dépasse, je passe par-dessus, j'enjambe, je passe par-dessus une barrière, un barreau d'échelle.

C'est parfaitement abstrait.

Ce n'est pas du tout abstrait.

Mère et grand-mère.

Retrouver l'une c'est aller contre l'autre.

Passer par-dessus.

Une transgression.

Je fais ce que ma mère n'a pas fait.

Édouard et Samia

— J'ai invité Samia au cinéma, disait Édouard, Saïd avait une réunion, et moi j'ai invité Samia. J'avais peur qu'elle refuse, mais non, pas du tout, elle était très contente.

Un silence.

Elle est tellement jolie, dit Édouard. Je me demande ce qu'elle pense de moi. Elle m'a dit plusieurs fois que je ne ressemblais pas à son frère, je ne sais pas pourquoi elle m'a dit ça.

Saïd s'est fait pousser une moustache.

Elle m'a parlé de ses études, et moi je ne savais pas quoi lui dire. Heureusement j'avais eu l'idée de lire des choses sur l'Algérie, ça lui a plu que je lui raconte.

Elle n'est pas du tout timide, moi ça m'intimidait encore plus.

On est allé voir le film qui jouait dans le centre commercial près de chez elle, c'est moche, la nuit, à part le cinéma, il n'y a rien, rien de rien, même pas un café, elle m'a dit qu'elle n'allait jamais au cinéma seule, je la comprends. Elle y va avec son frère ou des copines.

La dalle, le béton, la nuit, c'est vide, on se croirait sur la lune, un paysage sans hommes, désert, froid. Le béton est fissuré.

Quand même devant le cinéma il y avait des jeunes, des amies à elle, aussi, elles l'ont charriée, je ne sais pas sur quoi, elle est devenue rouge, elle me l'a encore dit, que je ne ressemble pas à son frère, je finirai par croire qu'elle pense le contraire, je sais bien que je lui ressemble, alors... Ma mère m'a toujours dit que c'était interdit... je ne sais plus ce que je voulais dire.

Un silence.

Moi si j'avais une sœur comme Samia... Heureusement qu'elle n'est pas ma sœur.

Le film, c'était un film d'horreur, je n'aime pas ça, mais c'est tout ce qui jouait. Je n'ai rien compris. Déjà les films d'horreur, je ne comprends pas beaucoup, mais là, j'étais figé à côté d'elle, je n'arrivais pas à me concentrer. Il s'appelait *La Nuit de l'ovule*.

Josée est trop triste

Josée était trop triste, elle continuait à penser tout le temps à Eva, elle ne s'habillait même plus bien, plus de petits tee-shirts trop courts et serrés au-dessus du nombril, plus de maquillage, elle était tout le temps triste. Elle avait commencé à boire en rentrant le soir après le travail, des kirs, heureusement au bout d'une semaine elle s'était dit subitement en se regardant dans la glace, Si Eva me voyait, et ça l'avait arrêtée net. Mais elle trouvait la vie difficile. L'ambiance au Monoprix était épouvantable, disputes perpétuelles, engueulades, le personnel méfiant, épuisé, et les gens qui fréquentaient le magasin se traînaient dans les rangées, abattus, amers. Lumière dure dès le matin en arrivant, les produits sans intérêt, jamais aucune surprise, et la musique en continu, enveloppe lourde, désagréable, impossible d'y échapper, obligée de l'entendre, Josée y était très sensible, pour elle c'était une des choses les pires. Elle s'intéressa à une famille qui venait plusieurs fois par jour, une mère et trois petits enfants, la mère achetait une bricole, presque rien, une tablette de chocolat, une boîte de quelque chose, au début Josée s'agaçait de les voir revenir, les enfants mal peignés, apathiques, ils ne souriaient jamais, après elle pensa que la mère s'ennuyait à la maison seule avec ses enfants. Elle essaya d'engager la conversation, la mère parut effrayée, se détourna, se ferma, ne vint plus à sa caisse. Josée laissa tomber, mais sa tristesse redoubla.

En même temps, pas question de partir, si elle partait comment Eva pourrait-elle jamais la retrouver. Alors elle restait là, coincée. Je suis coincée, se disait Josée, et elle se répétait cette phrase en se demandant pourquoi elle sonnait bizarrement, comme si elle l'avait déjà entendue. Elle qui ne pensait à rien, Eva le lui avait assez reproché, se mit à penser sans arrêt à cette petite phrase. Après un temps elle se rappela le collège, les garçons, comment ils pouvaient dire d'une fille qu'elle était coincée, avec dédain, très méchamment, ils ne disaient jamais ça d'elle, elle Josée n'était pas coincée, ça non, mais justement, justement maintenant qu'elle y pensait elle se disait qu'à l'époque elle n'éprouvait jamais de dédain pour ces filles dont ils parlaient et même, elle le découvrait avec étonnement, peut-être elle les enviait. Parce qu'à ne pas l'être, coincée, elle se faisait embêter, elle, autrement, et comment. Voilà ce que pensait Josée, en se répétant, Eh bien maintenant, je le suis, coincée. Si je pars, Eva ne me trouvera jamais, ici c'est moche et les gens me crient dessus et tout, mais je vais rester sinon je n'ai aucune chance de la revoir. Vraiment, se disait Josée, je suis coincée.

Simon fait un contrôle

Simon écoutait Dominique qui lui parlait d'Adam.

— Ils viennent me voir tous les quinze jours, le dispensaire est loin de chez eux, le nombre de trains, de cars qu'ils prennent, les horaires sont toujours décalés, il faut vraiment avoir envie, je les admire beaucoup.

Il y a des familles qui viennent une fois, deux fois et qui se découragent, eux ils ne laissent pas tomber.

Moi quand j'y vais je prends le RER, ensuite le car, c'est déjà pénible, c'est tellement long et lourd et lent, et chaud, alors eux...

Et Dominique évoquait les locaux du dispensaire, étriqués, les gens de l'hôpital de jour, le va-et-vient, le manque d'argent...

— Le gamin est très intelligent, mais comme il a ce bégaiement, il a toujours eu des problèmes à l'école.

Dominique continuait, elle avait beaucoup lu sur le bégaiement, mais elle débutait, elle était anxieuse.

Le père dit, « si on apprend qu'il va chez les fous », il ne veut pas en parler, pour lui le dispensaire c'est pour les drogués ou les débiles, mais la mère comprend très bien, elle sait que son fils n'est pas malade.

J'aime vraiment ce garçon, il a une façon de vous regarder, peut-être je me sens trop proche, il bégaie de rage, c'est ce que je me suis dit.

Quand j'ai demandé pourquoi ils l'avaient appelé Adam, c'est plutôt rare, dit Dominique, le père a souri, c'était un sourire tellement beau, il a dit, C'était notre premier, en regardant sa femme, c'était un commencement, on voulait que ce soit un commencement.

Et puis, Dominique continuait, son visage s'est fermé, il a ajouté, un commencement qui s'est arrêté, on a eu d'autres enfants, mais celui-là s'est arrêté.

La mère s'est mise à pleurer, dit Dominique. Adam, lui, il regardait par la fenêtre comme s'il s'agissait de quelqu'un d'autre, comme si ça ne le concernait pas.

Dominique parla encore pendant un temps, Simon réfléchissait avec elle.

Quand elle partit Simon resta un long moment à regarder lui aussi par la fenêtre.

6

Eva à la cantine

La femme du service de nettoyage revint mais l'administration de l'école demanda à Eva si elle voulait surveiller la cantine et la garderie.

Eva n'avait pas d'autre travail, elle dit Oui avec un mauvais pressentiment. Elle ajouta, J'ai jamais aimé les enfants, je ne saurai pas faire. Au début, pourtant, tout se passa bien, et même, elle adora. À la cantine elle surveillait avec patience, veillait à ce que tous les enfants mangent mais sans forcer, amusait les petits, discutait avec les grands. Pendant la garderie, elle aidait à faire les devoirs, inventait des jeux, racontait des histoires.

Elle ne se sentait pas fatiguée, en sortant elle se promenait, rêvait en marchant, absorbée. Elle ne notait plus rien.

Au bout de deux semaines, son humeur changea brusquement. Elle se réveillait triste, elle se sentait seule. Elle avait dans la tête une idée stupide, elle-même la trouvait stupide, Ils ne me parlent pas, ils ne me parlent jamais. Et : C'est toujours moi qui fais tout.

Un incident, une bagarre dans la cour, l'acheva. Un petit s'était fait taper, deux grands furent sanctionnés.

La paix rétablie elle n'arrivait pas à tourner la page, en fait le petit était une vraie teigne et elle lui en voulut de l'avoir obligée à gronder les grands. Elle ressassait, ressassait, et finit par lui dire deux trois vérités très méchantes.

Le petit se mit à pleurer très fort, elle crut se liquéfier.

Ma pauvre mère, pensa subitement Eva, qui ne pensait jamais à sa mère.

La nuit suivante Eva fit un rêve. Plus exactement elle revit en rêve la scène où elle avait tiré sur le type de Josée.

Dans le rêve elle se disait, J'ai déjà rêvé ça, pourquoi je le rêve encore.

Le regard de l'homme était coupant comme un couteau, un regard sarcastique, narquois.

Elle revit la scène dans tous ses détails, le chapeau porté penché, le foulard en soie, Josée qui tremblait en essayant d'avancer le plus vite possible sur ses talons hauts.

Le rêve avait une qualité particulière, une épaisseur, une densité.

Elle se réveilla et resta allongée sur le dos les yeux grands ouverts.

416

Un souvenir revint, son père en train de regarder sa mère, la tête un peu penchée, les yeux à moitié fermés.

Image nette, contours précis.

Elle l'examina, ne pensa rien, et l'oublia aussitôt.

Simon attend Louise

Simon attendait Louise, qui ne venait pas. Il marchait de long en large, il se faisait du souci, sans raison, se disait-il, mais. Il pensait aux dernières séances et se souvenait de la toute première, où Louise était venue avec une grande cape, C'est ma cape de mousquetaire, avait dit Louise, et Simon avait souri.

Ensuite les associations de Simon prirent un autre tour, il se mit à penser à l'article d'un collègue qu'il venait de lire, pourquoi il pensait à cet article qu'il trouvait mauvais il ne voyait pas, jusqu'à ce qu'il se rende compte que le cas dont il était question était nommé Louise. Bon, se disait Simon, laissons tomber, mais les dernières phrases de l'article lui restaient dans la tête, quelque chose comme « elle ne vomit plus jamais et publia un roman ».

Simon avait ri en lisant cette conclusion, maintenant il était fâché, un happy end que n'importe quel spectateur d'un film de troisième catégorie trouverait débile.

En même temps, ça le ramenait à Louise, Louise et sa précipitation à conclure, se disait Simon, et l'envers de cette précipitation, son angoisse, ses questions, comment vivre avec l'angoisse, comment «faire des choses avec l'angoisse» comme disait le poète.

Petite Louise, pensait Simon. Elle lui rappelait souvent, comme toutes les femmes qu'il aimait, Miss Nobody Knows.

Je n'y arriverai pas, disait Louise, et Simon pensait bien sûr au frère, aux garçons, comparaison et bagarre, mais, se disait Simon, c'est aussi Je n'arriverai pas à vivre, au sens de : vivre la vie sans la définir, sans la réduire par des catégories, sans fermer, sans conclure, et pourtant, pensait Simon à propos de Louise, et c'est sans doute aussi pour ça que je l'aime, je m'imagine que c'est vraiment cette vie ouverte qu'elle cherche, qu'elle veut.

Marie et Simon échangent des histoires

— Je me sens bien, disait Marie.

Elle se mit à rire.

Est-ce que vous connaissez l'histoire, je suis sûre que vous la connaissez, c'est Rachel, Sara et Irina qui se retrouvent dans un salon de thé, elles bavardent, et très vite, de quoi elles parlent, elles parlent de leurs enfants. Et elles parlent spécialement de leurs fils, et comment ils sont merveilleux, et comment ils sont les meilleurs fils du monde, et chacune vante le sien.

Moi, dit Sara, je suis la plus heureuse des mères, mon fils, il est marié et il vient quand même me voir toutes les semaines, toutes les semaines il vient me voir.

Moi, dit Irina, je suis la mère la plus comblée, le mien, il n'est pas encore marié, il travaille loin, mais il se débrouille pour venir me voir tous les mois, tous les mois il vient me voir.

Et toi Rachel ? demandent à Rachel Sara et Irina.

Oh moi, il ne vient jamais me voir, dit Rachel.

Oh mais c'est affreux, que je te plains, quel malheur, que tu es malheureuse, que tu es à plaindre, disent Sara et Irina.

Mais non, pas du tout, dit Rachel, au contraire je suis la plus aimée des mères, mon fils il va voir un professeur trois fois par semaine, c'est un grand professeur et ça lui coûte très cher, et vous savez pourquoi il y va? il y va rien que pour parler de moi.

Simon rit, Marie rit aussi. Simon dit :

— Je la connaissais, mais elle est toujours très drôle.

Est-ce que vous connaissez celle d'Isaac et Samuel, dit Simon, Isaac veut emprunter de l'argent à Samuel, mais comme il ne rembourse jamais ses dettes, Samuel ne veut pas en entendre parler.

Prête-moi 10 000, dit Isaac.

Pas question, dit Samuel.

Alors 5 000, dit Isaac.

Non, dit Samuel.

Alors 2 000, dit Isaac.

Non, c'est non, dit Samuel.

1 000, dit Isaac.

Non, dit Samuel.

Allez, 500, dit Isaac.

Je te dis non, dit Samuel.

200, dit Isaac.

Non, dit Samuel.

Tu ne veux vraiment rien me prêter, dit Isaac.

Non, dit Samuel.

Alors porte-moi un peu, dit Isaac.

Marie éclata de rire, Simon rit aussi.

L'association de Marc

— Je vais fonder une association, disait Marc. Une association de défense de l'Amazonie. J'en ai parlé autour de moi, j'ai plein d'idées.

Ce qui est drôle, c'est que j'y pense depuis longtemps, ça m'a toujours paru impossible, j'ai toujours abandonné avant même de commencer, et maintenant...

Je me demande pourquoi.

Ça n'a rien à voir avec mon père, avec tout ce dont j'ai parlé. L'entreprise que mon père a fondée a fait faillite.

L'Amazonie, les Amazones, je pense plutôt à ma mère. Elle était, elle est encore, une grande cavalière. Vous la verriez à cheval, quel port, quel maintien. Droite, belle. Je suis toujours très fier d'elle.

Un silence.

Ma mère, dit Marc, est une femme parfaite.

Un silence.

C'est drôle, dit Marc, je croyais que j'avais des tas

de choses à vous dire, et maintenant, je ne pense plus rien, j'ai tout oublié.

Je pense à ma mère, c'est tout.

— Oui? dit Simon.

— Oui, à ma mère, qu'est-ce que vous voulez que je vous dise, je pense à ma mère.

Une femme, répéta Marc, parfaite. Une grande cavalière, je la vois à cheval, j'ai cette image, dit Marc.

— Oui? dit Simon.

— Une amazone, une véritable amazone, je vous dis, dit Marc.

— D'après la légende, dit Simon, les Amazones n'étaient pas exactement parfaites.

— Comment, dit Marc.

Un silence.

— Je ne comprends pas, dit Marc.

— Vous savez comme moi, dit Simon, que, d'après la légende, les Amazones, pour tirer à l'arc...

— Elles se tranchaient un sein, interrompit Marc, c'est vrai, et il se mit à rire, un fou rire nerveux, il ne pouvait plus s'arrêter de rire, mais pourquoi je ris, pourquoi ça me fait rire, disait Marc.

Jérémie fait un bon repas

Jérémie était attablé dans un excellent restaurant de son quartier, c'était au bord du canal Saint-Martin, et il faisait un bon, un délicieux repas. Il venait souvent dans ce lieu, il connaissait le patron, l'espace large, la lumière lui convenaient, c'était animé mais pas bruyant, et le foie gras (fait au torchon et au bain-marie !) était exceptionnel. Mais ce soir était une occasion spéciale. Jérémie avait eu envie de célébrer, il ne pouvait pas dire quoi au juste, il avait voulu sortir, boire un bon vin, regarder le monde. La soirée était tiède, il avait mis une veste à carreaux légère, une chemise foncée, il se trouvait beau, mais, comme il l'avait expliqué à Jean-Pierre en le brossant attentivement avec une douceur appliquée, c'était un sentiment intérieur. Jean-Pierre était lui aussi très bien habillé, un nœud papillon neuf et un collier assorti, et il se montrait affable, intéressé. Il ne connaissait pas l'endroit, même si Jérémie lui en avait déjà parlé, contrairement à d'autres il sortait volontiers, mais c'était quand même la première fois qu'il allait au restaurant, Jérémie avait négocié ça avec le patron. Et maintenant, éveillé et calme, assis sur son coussin devant un assortiment spécial de foie de volaille et de poisson haché, Jean-Pierre arborait son sourire énigmatique et se tenait tellement bien, Jérémie en était tout ému. Mon Jean-Pierre, lui soufflait Jérémie de temps en temps, en le tapotant, mon vieux Jean-Pierre, on s'entend parfaitement tous les deux, n'est-ce pas, on s'entend. Jean-Pierre ne regardait pas Jérémie, difficile d'ailleurs de savoir ce qu'il regardait, mais, pensait Jérémie, c'était évident qu'il était content, satisfait, non, pas satisfait, corrigeait Jérémie, heureux, et Jérémie, lui, était aux anges, il avait l'impression que peut-être, enfin, une nouvelle vie commençait, ou peut-être la vie, se disait Jérémie, peut-être la vie.

Simon rue de Prague

Simon marchait près de la gare de Lyon quand il aperçut le nom de la rue, il était rue de Prague. Il pensa tout de suite à Kafka et après à Eva. Il n'avait pas envie de penser à Eva, mais voilà, il y pensait. En fait il pensa en même temps à Eva et à Kafka, et le résultat fut qu'il pensa au meurtre chez Kafka. « La logique a beau être inébranlable, elle ne résiste pas à un homme qui veut vivre. Où était le juge qu'il n'avait jamais vu ? Où était la haute cour à laquelle il n'était jamais parvenu ? Il leva les mains et écarquilla les doigts.

Mais l'un des deux messieurs venait de le saisir à la gorge ; l'autre lui enfonça le couteau dans le cœur et l'y retourna par deux fois. Les yeux mourants, K... vit encore les deux messieurs penchés tout près de son visage qui observaient le dénouement joue contre joue.

— Comme un chien ! dit-il, c'était comme si la honte dût lui survivre. »

Simon se rappela une histoire qu'il avait lue, des douaniers suisses qui avaient remis à un groupe de soldats allemands qui patrouillaient près de la frontière, c'était pendant l'Occupation, trois adolescents juifs français qui tentaient de sortir de France et d'entrer en Suisse. Il essaya, comme on fait souvent dans ces cas-là, de se représenter l'intérieur de la tête de douaniers. Il n'y réussit pas.

Mais, se dit Simon, Kafka fait sentir ce qu'il y a dans la tête des douaniers ou des autres.

En un sens leur crime est impersonnel, dehors, sans sujet, les deux messieurs pourraient être n'importe qui, sont n'importe qui, même si on les voit parfaitement, leur visage, blême et rasé de frais, leur redingote et leur chapeau melon, leur côté un peu gras, empoté, des mauvais acteurs, des exécutants quelconques, nullement impliqués, moi je fais ce qu'on me dit de faire, je ne suis rien, j'obéis à la loi, Eichmann se disait bien kantien, comme cette dame de la mairie qui ne pouvait pas en son âme et conscience donner sa carte d'identité à une femme, c'était hier dans le journal, à qui il semblait manquer un papier, elle avait empêché cette femme de se marier pendant dix ans, et en même temps, en même temps, se disait Simon, ce qui est suscité par ça, la rage qui vous saisit, la fureur, en face du douanier qui livre gentiment l'enfant, ou même de la petite dame de la mairie aimable et affairée, la rage et la fureur, sont la preuve, Simon agitait les bras, oui la preuve de leur jouissance cachée, inavouée, invisible, inconnue, aucune intention, «mais je ne savais pas, comment j'aurais pu savoir, mais je n'y pouvais rien», et il s'agit bien de jouissance, d'un vrai plaisir, et c'est ce qu'on saisit si bien dans la curiosité enfantine, distanciée et pleine d'intérêt, des deux messieurs qui regardent comment ça va se passer, le dénouement de leur assassinat, sous couvert du «règlement c'est le règlement»... Simon marchait en secouant la tête, les sourcils froncés, maintenant il gesticulait. Il croisa une famille, le père, la mère et une petite fille, la petite fille le regarda avec étonnement, Simon faillit s'arrêter pour lui expliquer, la mère tira la petite fille par la main, il continua son chemin. Simon. Pourquoi Simon avait-il ces pensées? Simon avait ces pensées parce qu'il marchait rue de Prague et qu'il était Simon Scop.

Eva aux Buttes-Chaumont

Eva se promenait dans le parc des Buttes-Chaumont, elle attendait le moment de retourner à la garderie. Belle journée chaude, la verdure épanouie et pleine du parc. Eva n'était ni de bonne humeur ni de mauvaise humeur, elle était plongée dans ses pensées, ailleurs. En arrivant dans le parc elle s'était arrêtée devant la grande grille en fer forgé qui lui rappelait la grille d'un cimetière, et elle s'était lancée dans une grande discussion avec elle-même, Pourquoi enterrer les morts. Déjà, se disait Eva, qu'il n'y a pas assez de place pour les vivants. Quel gâchis. On devrait trouver autre chose, se disait Eva. Il y en a qui les brûlent, ou alors...

Elle descendit près du lac. Elle respirait à fond, en se disant, Il faut profiter du vert, allez, ma fille, respire.

Elle longeait le lac en suivant une allée, les yeux sur l'eau. Les canards la faisaient penser vaguement à des poules, et les poules, à quoi, à quoi... Elle ne se souvenait pas, à quoi faisaient penser les poules.

Crissement, craquement, le gravier.

Elle respira encore plus à fond et tout d'un coup elle eut l'impression de ne plus pouvoir respirer, d'étouffer, de suffoquer.

Elle s'assit sur un banc.

Elle regarda l'eau.

Du fond de l'eau un visage apparut. C'était le visage du type.

Il lui disait en ricanant, Tu n'auras jamais, elle se pencha pour entendre, d'enfants, d'enfance, elle n'arrivait pas à distinguer. Tu n'auras jamais d'enfants, d'enfance.

Elle se pencha encore, elle ne distinguait pas, elle voulait absolument savoir ce qu'il lui disait.

Quelqu'un la secoua. Il ne faut pas se pencher comme ça, ma petite, vous allez tomber dans le lac, vous êtes trop jeune, c'est pas encore votre heure.

Eva se redressa et regarda le gardien. Il était vieux, un grand-père. Elle secoua la tête.

7

Simon trouve Eva

Et Simon trouva Eva. Il se rendait chez un ami qui habitait rue des Solitaires, il allait rarement le voir et n'aimait pas le quartier, lié pour lui à une histoire d'amour ancienne et ratée, au détour d'une rue il croisa Eva qui regardait par terre et qui le bouscula. Elle leva les yeux, le reconnut et se mit aussitôt à l'injurier, C'est vous, c'est vous, la malédiction vous ne savez pas ce que c'est, je vous l'avais dit, vous ne savez pas ce que c'est, la malédiction, qu'est-ce que vous foutez ici, vous me suivez ou quoi, barrez-vous, barrez-vous, des types comme vous, subitement elle ne trouvait pas ses mots, des types comme vous, Il faudrait les buter ? s'entendit dire Simon, Il faudrait les flinguer, dit Eva, qui se mit à rire sauvagement, J'espère que vous crèverez la gueule ouverte, Simon lui demanda, En attendant vous ne voulez pas boire un café, Eva le regarda, surprise, elle dit Pourquoi, Comme ça, dit Simon, Non, dit Eva qui se ressaisissait, non, elle tourna les talons, Simon

lui courut après, Vous savez si moi je vous ai reconnue, d'autres vous reconnaîtront aussi, Je m'en fous,
Eva l'interrompit, elle criait presque, je m'en fous
complètement, elle commençait à marcher très très
vite, Simon la suivait, tout d'un coup il ne savait pas
quoi dire, il disait, Écoutez, écoutez, Merde, disait
Eva, si vous voulez me dénoncer, je m'en fous, mais
laissez-moi tranquille, je vous déteste, disait Eva, qui
s'était arrêtée de crier et parlait à voix basse, pour
elle-même ou presque, Je vous déteste, vous et les
vôtres, Mais quels vôtres, disait Simon, qu'est-ce que
vous voulez dire, Vous et les vôtres, répétait Eva, elle
s'arrêta brusquement, Non mais je rêve, dit Eva en
faisant face à Simon, vous me suivez ou quoi, À quoi
vous rêvez, dit Simon, Je rêve, dit Eva lentement, je
rêve, elle ferma les yeux, Simon remarqua qu'elle
avait les traits tirés, l'air épuisé, elle rouvrit les yeux,
cracha par terre et partit en courant.

Louise devient folle

— Je deviens folle, disait Louise, je deviens complètement folle.

Vincent me rend folle.

Peut-être je ne suis pas folle, je ne sais pas ce que c'est, la folie, d'ailleurs je m'en fous, mais une chose est sûre...

— Oui ? dit Simon.

— Je ne sais pas, dit Louise, je ne sais rien. Tout se passe bien, je travaille, Aurélien est content, et tout d'un coup... Plus rien ne tient, je tombe dans un trou, je n'ai plus confiance.

C'est Vincent.

Il me démolit.

— Mmm, dit Simon.

— Vous pouvez toujours faire Mmm, dit Louise, et subitement elle se mit à pleurer.

Je deviens folle, dit Louise.

On avait passé une soirée tellement bonne, on est restés ensemble, et voilà, le matin, je me réveille, je

437

savais déjà que ça n'allait pas, je le sentais, quelque chose dérapait, comme si la pièce, les murs, le lit penchaient, glissaient, étaient de travers, et Vincent m'a fait une remarque quand j'ai commencé à m'habiller, il m'a dit qu'il préférait la robe que j'avais la veille, et alors... tout était fichu... Je me suis assise, je n'arrivais plus à me lever, je me sentais lourde, j'avais un goût mauvais dans la bouche, mais mauvais, comme une envie de vomir, fatiguée, angoissée, c'est de sa faute, il n'avait qu'à se taire, j'ai horreur qu'on me dise comment m'habiller... Il ne m'aime pas, Louise sanglotait, pourquoi il me dit des choses qui m'empoisonnent, il ne m'aime pas... et d'ailleurs...

Louise éclata de nouveau en larmes, elle sanglotait sans parler, au bout d'un moment elle dit :

Il a raison, je m'habille mal, je suis moche, sans intérêt, je le dis et je sais que c'est idiot, mais je le crois, c'est ça qui est affreux, je sais que je suis folle mais je crois ce que je dis... C'est comme un verdict, dit Louise, j'entends des phrases dans ma tête, c'est comme un verdict.

— Un verdict ? dit Simon.

— Oui, dit Louise, un verdict, il y a une nouvelle de Kafka qui s'appelle comme ça, vous la connaissez je suppose. Le père dit à son fils d'aller se noyer, et le fils se jette. Il adopte le point de vue de son père, il fait siennes les injures que son père lui balance. Je ne sais pas pourquoi j'y pense. J'y pense parce que c'est ça. Tu es ceci, tu es cela, c'est peut-être fou, mais je le pense.

J'ai des phrases dans la tête, elles m'empoisonnent, dit Louise qui recommença à pleurer à gros sanglots.

— Si c'est un verdict, dit Simon gentiment, par qui est-il prononcé?

Aurélie ne fout rien

Aurélie était allongée depuis plus de vingt minutes, elle n'avait pas arrêté de parler, et Simon l'écoutait, consterné. Qu'est-ce qu'elle fout, se disait Simon, non mais qu'est-ce qu'elle fout, elle ne fout rien, elle me raconte cette histoire, les pires histoires, et elle ne s'arrête pas une minute, c'est pas possible, je ne peux rien dire, qu'est-ce que je peux lui dire, cette histoire est affreuse, d'accord sa mère est complètement folle, mais elle pourrait s'arrêter un peu et penser, se disait Simon, et penser, et non, elle est là, elle m'envoie tout ça à la gueule, elle me bombarde, bon, ressaisissons-nous, du calme, j'en ai marre, elle devient de plus en plus moche, c'est étonnant, étonnant, au début elle était même assez jolie, plus ça va, plus elle est moche, j'en ai marre d'Aurélie, se disait Simon, Aurélie, pense un peu à la fin, mais cette histoire est trop glauque, ah non, se disait encore Simon, je ne me souviens même plus du début, constatait Simon avec énervement, je ne me souviens plus du début, comment tout a commencé, je crois me rappeler que, non je ne sais plus, plus du tout, je ne me souviens même plus pourquoi je l'ai prise en analyse, si je l'ai prise il y avait bien une raison, elle m'avait intéressé, pourquoi, mais pourquoi, je ne me souviens de rien, ça y est maintenant elle bouge les jambes, elle veut partir, mais qu'est-ce qu'elle disait, concentrons-nous, se disait Simon, je n'ai pas entendu la fin, sa mère, sa mère, évidemment sa mère, et alors sa mère, sa fille ne vaut pas mieux, non mais c'est pas possible de rien foutre comme ça, se disait Simon, désespéré.

Les amies d'Eva

Eva. Ses amies. Un soir, deux soirs, jamais plus.
Elle se répétait sans arrêt, Je m'en fiche, elles ne
m'intéressent pas.

Une fille minuscule avec un sac à dos et un couteau.

Une fille qui venait de la campagne. Quand elle
raconta qu'elle plumait les poules, Eva la mit dehors
en l'insultant.

Une somnambule. Elle se levait, ouvrait la fenêtre
et se penchait.

Une Asiatique arrivée avec sa famille comme res-
capée, des boat-people, qui ne parlait absolument
que de ça.

Une fille qui avait des migraines et qui vomissait
des morceaux.

Une fille très maigre, un vrai sac d'os, avec des
cheveux magnifiques, des nattes.

Une fille tatouée sur les fesses et les bras, prosé-
lyte.

Une femme plus âgée, une unique fois, horreur totale, indicible.

Une fille qui voulait devenir cuisinière.

Une fille qui vit sur la table de chevet *La Métamorphose*, qu'elle avait lu, et qui voulut en parler, Eva crut devenir folle.

Une fille qui se parfumait très mal.

Une fille qui siffla en arrivant dans la chambre, Ah non c'est trop moche, et qui repartit.

Une étudiante schizophrène, du moins c'est ce qu'elle disait.

Une fille adorable, qui ressemblait à Josée, Eva pleura toute la nuit.

Une fille qui lui dit qu'elle la reconnaissait, qu'elle avait vu sa photo dans le journal, et qu'elle l'admirait.

Une fille qui ne dit pas un mot de la soirée.

Une fille qui avait un chien et qui essaya de l'imposer dans le lit, Eva refusa.

Une fille qui se mit brusquement à la taper au milieu de la nuit, la taper et lui tirer les cheveux, Eva s'y attendait sans savoir pourquoi, elles faillirent se tuer.

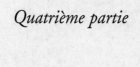

Quatrième partie

1

Eva a fini sa journée

Eva avait fini sa journée mais elle n'avait aucune envie de rentrer à l'hôtel. Il faisait encore beau, elle décida d'aller dans un square de son quartier, pas trop loin, elle était quand même fatiguée. Elle se bagarrait dans sa tête, avec quoi, mystère, mais sans cette bagarre elle savait bien qu'elle aurait des pensées désagréables, encombrantes, elle ne se disait pas : tristes, elle tenait le mot à distance, mais le sentiment, lui, était proche, presque là, flottant. Elle marchait d'un pas alerte, en se disant, J'ai deux jambes, une et deux, ça va, ça va, et elle regardait le ciel, bleu doux avec du blanc. Et j'ai des ennemis, se disait Eva en rigolant, un gros car rose fluo venait de passer, et les ennemis, c'est important, c'est important d'avoir des ennemis. Elle arriva dans le square, trouva un banc sans personne, s'assit et ouvrit son livre. « Très cher père, Tu m'as demandé récemment pourquoi je prétends avoir peur de toi. Comme d'habitude, je n'ai rien su te répondre, en

partie justement à cause de la peur que tu m'ins-
pires, en partie parce que la motivation de cette peur
comporte trop de détails pour pouvoir être exposée
oralement avec une certaine cohérence. Et si j'essaie
maintenant de répondre par écrit, ce ne sera encore
que de façon très incomplète, parce que, même en
écrivant, la peur et ses conséquences gênent mes
rapports avec toi et parce que la grandeur du sujet
outrepasse de beaucoup ma mémoire et ma com-
préhension. »

Eva resta sidérée. Pour la première fois elle
regarda le livre avec une certaine méfiance, ensuite
elle lut d'une traite jusqu'à la fin, dans un état de
révolte qui allait croissant.

Vincent regarde Louise

Vincent était assis au fond du théâtre, il assistait à un filage, en principe Aurélien ne tolérait personne mais pour Vincent Aurélien faisait une exception. Vincent regardait Louise, il était ému.

Vincent avait lu la pièce, il la trouvait bonne, en même temps, lourde, très lourde, et Louise avait réussi, se disait Vincent, à jouer Sibylle en déplaçant, en inventant une distance, Vincent essayait de formuler, une sorte de pas de côté.

Vincent se demandait comment elle faisait.

Le meurtre arrivait, Sibylle tuait Julia, elle lui ouvrait le ventre, rideau. Vincent continuait à regarder la scène.

Le crime est une création ratée, se disait Vincent, elle fait passer ça. Ou un acte sans création. Un gâchis.

C'était ça, elle faisait passer le gâchis, le ratage, et du coup, pensait Vincent, elle faisait aussi passer qu'il y aurait eu autre chose de possible, autre chose, en somme, à faire.

L'acte aurait pu être autre, et donc on est libre aussi devant ce qu'on voit, le spectateur est laissé libre, pas collé, il n'y a pas de complicité.

Louise avait, se disait Vincent, dans la présentation de son personnage, de son désespoir, quelque chose comme une forme particulière d'humour. Et Vincent se souvenait de Kafka, désespéré parce que son père exigeait qu'il s'occupe de l'usine familiale alors qu'il était au milieu de son roman, il n'aurait donc plus de temps pour écrire, il pensait se suicider, sauter par la fenêtre, mais il renonçait, « Et puis, il me semblait aussi que rester en vie interromprait moins mon travail que la mort ».

J'emmène Simon au cinéma

Simon ruminait sa rencontre ratée avec Eva, il tournait en rond, il était abattu, il s'en voulait. Je l'emmenai au cinéma, on repassait justement *La Mort aux trousses*. Autres rencontres, multiples, ratées et réussies, certes pas toutes bonnes, rôle du hasard et le monde comme possible, le côté enlevé, le film commence par un enlèvement, courir, fuir, conduire ivre mort sans avoir d'accident, prendre le train, mettre des lunettes noires et se croire invisible, se déguiser, tromper et être trompé, et attendre sur une route déserte, champs des deux côtés, un avion arrive et c'est pour tuer, un homme, un avion, des champs, la mort est une aventure vivante, et la vie une mise en mouvement, esquives et plongeons, poursuites et paysages, escalader les monts Rushmore, grimper sur les grands présidents, tomber de leur haut, tout va trop vite, tout est complètement exagéré, et sur un fil, et gai, le risque c'est la vie, ellipses, coupures, enchaînements et liaisons, et on se retrouve à deux en pyjama dans un wagon-lit, comment faire autant de choses différentes, comment vivre autant de vies, c'est très simple, suivez le film, il suffit qu'il y ait un cadre, un espace avec des limites, et dans ce cadre tout peut se déployer, tout devient dense, demander du poisson dans le wagon-restaurant est passionnant, un cadre, des limites, des règles, règles des Nations unies, du train, de la salle de vente, on peut même faire appel aux flics, on est à l'intérieur de quelque chose de très civilisé, même la mère est civilisée, on peut jouer avec elle, elle joue au bridge et si on la paye un peu elle vient aider à espionner les tueurs, bien sûr les règles peuvent se retourner, « est-ce que vous allez tuer mon fils », rire général dans l'ascenseur, les tueurs rient aussi, mais on s'en sort, en faisant jouer d'autres règles, les règles sont toujours là, on peut inventer.

En sortant, Simon, revigoré, s'essayait à mimer la scène de l'avion.

Marc et le couteau

— Il fait beau, disait Marc, il fait beau, il fait beau, il fait beau.

J'aime Paris quand il fait beau. Le ciel, les jardins, les couleurs des robes, les terrasses.

Heureusement qu'il fait beau, parce que j'en ai marre et plus que marre, j'en ai assez, j'en ai marre de la vie que je mène.

J'en ai surtout marre de ma femme.

Ma femme est idiote, elle ne comprend rien, elle ne veut rien comprendre.

C'est une bonne mère, d'accord, mais enfin ça c'est la moindre des choses, c'est bien la moindre des choses, ce qu'on leur demande, aux femmes, d'ailleurs, c'est pas grand-chose. En plus elle n'est même pas une mère parfaite.

Ma mère, si. Ma mère, oui. Parfaite.

Je ne comprends pas qu'elle ne comprenne pas ce que je veux, c'est pourtant simple.

Avant de rentrer à la maison j'ai pris un verre à

une terrasse pour me détendre, j'ai besoin de me détendre, je ne fais que travailler, travailler, travailler, pour nourrir cette famille... je n'aurais pas dû, j'aurais mieux fait de rentrer directement.

Quelqu'un avait laissé son journal, je l'ai ouvert, je l'ai lu.

Moi, je ne lis pas les journaux, j'ai pas le temps, je travaille. Encore moins les journaux à sensation.

Sur la première page, il y avait un gros titre : Il se noie en jetant l'arme du crime dans l'étang.

J'ai lu l'article, je n'aurais pas dû, depuis je suis angoissé, mais angoissé. C'est un pauvre type, sa femme le trompait, il l'a tuée. Moi je lui donne raison a priori. Sa femme le trompait. Enfin, je ne dis pas qu'il avait raison de la tuer, mais je le comprends.

Ce que je ne comprends pas, c'est pourquoi je suis si angoissé.

Après il s'est noyé, on ne sait pas si c'est un accident ou non, en voulant jeter le couteau, l'arme du crime, dans un étang près de chez lui.

C'est le couteau qui l'a tué lui à son tour. Châtiment, punition, œil pour œil, dent pour dent...

Ma mère me disait que les criminels finissent toujours par être punis.

Pourquoi je pense à ça. Je n'ai jamais eu envie de tuer qui que ce soit.

Même pas ma femme, ah, ah, ah.

Au contraire, je me dis souvent, Si ma femme

mourait, mes pauvres enfants, qu'est-ce qu'ils deviendraient...

Si elle me trompait? Elle ne me trompera jamais. Elle est trop bête, non, je voulais dire trop honnête.

Marie à l'hôtel

Marie était dans un hôtel, assise sur le bord du lit, nue. Son amant, enfin, pensait Marie, amant, c'est une façon de parler, André, fumait adossé au mur. Il regardait par la fenêtre. Quel type ridicule, se disait Marie, qui avait envie de pleurer. Pendant des semaines on y pense, on trouve l'occasion, et voilà, il est nul, complètement impuissant.

Peut-être je ne lui plais pas, se disait Marie, qui se regardait dans la glace de l'armoire et constatait qu'elle était belle, grands cheveux, grandes jambes, bouche rouge, yeux bleus, peut-être il me trouve trop ronde, peut-être, est-ce que je sais, se disait Marie.

André se retourna et vint s'asseoir à côté d'elle sur le lit.

— Les hommes... commença André.

Marie fronça les sourcils.

André haussa les épaules, ensuite il se leva et retourna à son poste près de la fenêtre.

Le soir tombait, Marie se rappelait de très loin leur dernière conversation, c'était sur la peinture et sur Stendhal, souvenir vague, rose et noir, tout d'un coup le désir qui avait circulé entre eux la traversa, la transperça, brutal et bon, et maintenant elle avait envie de pleurer.

Elle regarda par la fenêtre.

La chambre était grande, vue sur le fleuve, une lumière s'allumait en face. La ville, ouverte.

Je ne ferai plus jamais confiance à un homme qui me dit qu'il aime Stendhal, pensa Marie, elle essayait de se faire rire mais ça ne marchait pas.

— À quoi tu penses, demanda André.

Marie ne dit rien.

Elle se sentait désespérée, prête à sombrer. Elle répétait des phrases dans sa tête, que ce n'était pas sa faute à elle, quand même, c'était lui l'abruti, qu'il aille au diable. Mais elle continuait à dégringoler. Elle se rhabilla lentement en silence et partit sans dire au revoir.

Sylvain se demande

— Je ne sais pas quoi faire, disait Sylvain, je me demande, je me demande.

Je m'ennuie à mon travail, je m'ennuie, vous ne pouvez pas imaginer ce que je m'ennuie. C'était le cas avant, je me suis toujours ennuyé au travail. Mais maintenant je ne trouve plus ça normal.

Avant je pensais que les choses importantes de ma vie se passaient dehors, dans la rue, dans les rencontres, et ce que je faisais au labo, je le considérais comme un mal nécessaire.

Il y avait deux mondes distincts, le travail, obligatoire et emmerdant, et le reste, ailleurs.

Maintenant je ne supporte plus cette division. Mais je ne sais pas quoi faire.

Je lis les petites annonces depuis quelques jours, mais je ne vois rien qui ressemble à ce que je cherche.

Justement je ne sais pas ce que je cherche.

Quand j'ai commencé mes études de biologie, elles m'intéressaient beaucoup.

D'ailleurs toutes les sciences me passionnaient. Au début à l'école surtout les sciences naturelles, ensuite les sciences de la vie, et brusquement, j'ai arrêté, je ne voulais plus en entendre parler.

Je pense que ce rejet, c'était à cause de l'hôpital, l'intérêt et le rejet, à cause de tout ce que j'ai pu trouver depuis quelque temps ici avec vous.

Maintenant je voudrais reprendre autrement, mais je ne sais pas exactement comment.

Je voudrais faire le lien entre la biologie et la vie.

Drôle de façon de dire, comme si ce n'était pas le cas.

La vie, quelle vie.

Je veux dire, la mienne, de vie, ou celle des autres, la vie comme un tout, pas la vie comme un objet d'étude mort, mais la vie en général.

Quel est le rapport avec la science, je me le demande.

Dominique se sent seule

Dominique attendait dans son bureau et elle se sentait seule. La mère d'Adam avait téléphoné, ils ne viendraient pas, une grève des transports rendait le trajet trop compliqué, la dernière fois déjà le père n'avait pas pu venir, Dominique n'avait pas réussi à comprendre pourquoi, tout traînait, Adam était morose, la mère aussi, Dominique redoutait un enlisement.

Elle regardait par la fenêtre. On voyait un morceau de rue, du ciel très bleu, un arbre. Heureusement qu'il y a des arbres, pensa Dominique, et elle fit entrer le rendez-vous suivant.

Anna, une petite rigolote de cinq ans avec des couettes et des rubans, arriva en sautillant, elle alla immédiatement embrasser Dominique et s'installa sur une chaise. Elle regarda autour d'elle, et dit à Dominique, Tu devrais mettre des fleurs, maman met toujours des fleurs. Sa mère, grande belle femme souriante et timide, dit, Anna, sur un ton d'excuse et s'assit à son tour. Le père resta debout, inquiet, puis finit par s'asseoir.

Anna ne dormait pas ou à peine, les parents n'en pouvaient plus, telle était en substance la raison de la visite. Le père surtout était presque malade, il travaillait tellement, en plus un nouveau poste, des responsabilités. Dans la journée, non moins épuisante, Anna posait sans arrêt des questions, la mère disait qu'elle en posait trop, Dominique la fit rire en lui demandant, Croyez-vous qu'on puisse poser trop de questions?

Mais c'était très difficile, disait le père, ces insomnies, et là Dominique était d'accord, elle imaginait bien, les deux parents avaient des cernes jusqu'au menton. La mère demanda s'il n'y avait pas des médicaments, peut-être, pour apaiser un peu la petite, un calmant pour qu'elle soit moins excitée au moment d'aller se coucher, elle n'aimait pas cette idée, mais là vraiment, et une amie à elle lui avait dit, et son médecin.

Dominique secouait la tête, expliquait que non, ça ne lui paraissait pas nécessaire.

Tout de suite Dominique s'amusait avec Anna, son humeur changeait, tout lui paraissait ouvert.

Dominique dit qu'elle aimerait parler seule avec Anna, les parents sortirent et pendant que l'enfant dessinait elle dit, Tu sais, Anna, je connais une petite fille...

Anna l'interrompit, Tu connais d'autres petites filles, elle n'était pas contente.

— Je connais d'autres petites filles, confirma Dominique. Figure-toi, il y en a une qui ne veut jamais que ses parents restent tout seuls, sans elle.

— Ah, dit Anna, elle leva la tête, c'est comme moi.

— Ah, dit Dominique, c'est comme toi? Peut-être, avança Dominique, tu veux être là pour voir ce qu'ils font?

Anna ne disait rien et dessinait à nouveau d'un air dégagé.

— Peut-être, dit encore Dominique, tu penses que s'ils restent tout seuls ils vont faire un bébé?

Anna arrêta de dessiner et regarda Dominique. Elle dit, Je ne veux pas.

Dominique lui sourit et continua tranquillement.

Aurélie prépare ses cours

Aurélie rentrait à Paris par le train, elle était épuisée, elle avait couru jusqu'à la gare pour avoir le direct, une discussion avec une mère d'élève l'avait mise en retard. C'était sa journée la plus longue, elle avait six heures de cours, mais là, assise agréablement à coté de la fenêtre dans le compartiment du haut, elle regardait le ciel large et courbe qui descendait au-dessus de la Seine, qui prenait les berges et les talus, la centrale électrique et l'usine automobile, les routes et les ponts et les carrières de sable, et elle pensait avec plaisir aux questions de ses derniers élèves, elle avait bien vu que ce qu'elle leur avait dit les intéressait.

Aurélie revoyait le regard de la petite Simone assise au premier rang, une gamine attentive et minuscule qu'elle avait toujours envie de protéger, cette gamine je l'adore, se répétait Aurélie, Simone lui rappelait quelqu'un, Aurélie se demandait qui, elle est trop, se disait Aurélie en haussant les épaules, elle est simplement trop.

Tout en regardant par la fenêtre Aurélie réfléchissait au cours suivant qui portait sur l'après-guerre et la montée du nazisme, elle voulait passer des extraits du *Dictateur*, mais elle n'avait pas encore choisi lesquels. Elle penchait pour la scène où Hynkel-Hitler dans un grand moment d'amour attendri pour lui-même danse seul avec le globe terrestre, le fait rebondir avec élégance, l'envoie en l'air, le rattrape, lui donne délicatement, avec une négligence calculée, un coup de son précieux derrière, mais le globe explose et il ne reste à Hynkel dépité qu'un vieux morceau de caoutchouc. Il y avait aussi toutes les scènes de rivalité entre les deux dictateurs, le tapis rouge déroulé toujours juste à côté de la porte où Napaloni doit descendre du train, la scène où Hynkel et Napaloni sont tous les deux chez le coiffeur et où chacun actionne en douce la manette de sa chaise pour être plus haut que l'autre jusqu'à ce qu'ils se cognent ensemble au plafond, et la bagarre de saucissons et de tartes à la crème, et la femme de Napaloni si grosse et si triste et qu'il oublie partout. Aurélie se mit à rire toute seule. Une collègue qui corrigeait des copies en face d'elle lui demanda pourquoi, Aurélie raconta plusieurs scènes, elle les racontait très bien, toutes les deux riaient aux larmes. La collègue, qui enseignait le français, avait écrit pour

ses élèves une *Chanson grotesque*, elle la récita à
Aurélie :

Je préfère
ma cousine
à ma voisine
ma nièce
à ma cousine
et ma fille
à ma nièce
et vous aussi
et c'est normal
a dit Le Pen
moi c'est moi
et toi tais-toi
restons entre nous
je préfère
et c'est normal
mais mais mais
est-ce que Le Pen veut se marier
avec sa nièce
est-ce que Le Pen veut se marier
avec sa cousine
est-ce que Le Pen veut se marier
avec sa fille
est-ce que Le Pen aimerait épouser
sa mère
oh oh oh
c'est très vilain

ça ne se fait pas
avec qui Le Pen va-t-il se marier
je préfère
tu préfères
nous préférons
rester entre nous
moi c'est moi
et toi tais-toi
jusqu'où jusqu'où jusqu'où
entre nous
avec qui veux-tu te marier
toi
et toi
et toi
avec ta cousine
avec ta voisine
avec ta nièce
avec ta sœur
oh oh oh
c'est très vilain
ça ne se fait pas
où vas-tu chercher
ta femme
tu préfères
les tiens
les siens
les miens
tu restes dans ta famille
moi c'est moi

et toi tais-toi
on peut continuer
et les poux
oui les poux
il préfère les poux
de sa cousine
aux poux de sa voisine
les poux de sa nièce
aux poux de sa cousine
et les poux de sa fille
à tous les poux
etc. etc.
et les coups
oui les coups
il préfère
les coups de sa cousine
aux coups de sa voisine
et les coups de sa nièce
aux coups de sa cousine
et les coups de sa fille
à tous les coups
etc. etc.
et les crimes
oui les crimes
il préfère les crimes de sa cousine
aux crimes de sa voisine
et les crimes de sa nièce
aux crimes de sa cousine
et les crimes de sa fille

à tous les crimes
etc. etc.

Aurélie, enchantée, demanda le texte pour ses élèves.

Édouard dîne chez Saïd

Édouard dînait chez Saïd, en fait il devait passer prendre Saïd pour qu'ils sortent ensemble, mais Édouard s'était trompé, il était arrivé très en avance, Saïd n'était pas encore là, et Samia, sans doute Édouard aurait bien aimé la rencontrer, Samia n'était pas à la maison non plus. La mère de Saïd était toute seule, elle préparait le dîner, et une fois là il n'était pas question pour Édouard de repartir, la mère de Saïd n'avait pas voulu en entendre parler, elle l'avait bien sûr invité à dîner, en attendant elle lui avait offert une orangeade et l'avait installé dans le coin salon. Édouard était horriblement gêné, il buvait son orangeade aussi lentement que possible, il ne savait pas quoi faire. Au bout d'un moment il se mit à regarder les photos posées sur la table dans des cadres torsadés argentés, il y en avait de semblables chez lui. La mère de Saïd passa la tête, elle était dans la cuisine, elle vit Édouard qui se penchait. Elle vint s'asseoir à côté de lui et dit, Celui-là, c'est

Mourad. Édouard hocha la tête. Et là, elle continuait, c'est Youssef. Elle prit un autre et dit, C'est Rachid. Elle continua encore, Mon père, disait la mère de Saïd, Édouard voyait un vieux monsieur drapé. Et Yasmine, et encore Mourad, et Mohamed, et Fatia, et Mehdi, la mère de Saïd énumérait, énumérait. Parfois elle regardait plus longtemps une photo avant de la reposer, elle la tenait devant ses yeux, elle scrutait. Ou alors elle prenait le cadre, lui donnait un petit coup du chiffon qu'elle avait apporté de la cuisine, elle nettoyait soigneusement, avec lenteur. Édouard était mal à l'aise, mal à l'aise, en même temps il ne voulait pas qu'elle s'arrête. Elle s'arrêta pourtant et posa le dernier cadre.

Elle regarda Édouard. Elle avait des yeux noirs immenses et un regard très jeune, Samia lui ressemblait. Elle soupira, ouvrit les mains et secoua la tête sans rien dire.

Édouard secoua lui aussi la tête en silence.

2

Eva et le tyran

Eva avait terminé sa lecture et arpentait le square de long en large en marmonnant et en essayant de résumer pour elle-même la *Lettre au père*. En fait elle ne résumait pas, elle reprenait des phrases, elle se les redisait à voix haute, elle les commentait. Je n'aime pas cette lettre, se disait Eva, je ne l'aime pas du tout. Heureusement qu'il ne l'a pas envoyée, elle avait lu ça dans les notes, ah oui, heureusement. Mais pourquoi ça me gêne comme ça, se dit Eva en s'arrêtant au milieu du square, il n'y avait plus personne, le soir tombait, tranquille et mauve, silencieux, pourquoi ça me gêne ? Je le vois, je vois son père, je les vois parfaitement tous les deux, lui enfant et ce père, je les vois en détail, se disait Eva, et je n'aime pas ça. « J'étais déjà écrasé par la simple existence de ton corps, elle relisait, moi, maigre, chétif, étroit ; toi, fort, grand, large... je me trouvais lamentable, et non seulement en face de toi, mais en face du monde entier, car tu étais pour moi la mesure de toute chose »... Oui, se dit Eva en s'interrompant, oui ça je le vois bien, l'enfant petit à côté du père si grand. Mais « mesure de toute chose », pourquoi il dit ça, se demandait Eva, mécontente... C'est trop, se disait Eva, en haussant les épaules, je ne sais pas, c'est trop... De toute façon moi mon père, continuait Eva en haussant de nouveau les épaules, moi mon père, c'est pas pareil, il est parti j'avais cinq, six ans... c'est pas pareil. Elle regarda le livre. « Bien des années après, je souffrais encore à la pensée que cet homme gigantesque, mon père, l'ultime instance, pouvait presque sans motif me sortir du lit la nuit pour me porter sur la *pawlatsche*, prouvant par là à quel point j'étais nul à ses yeux. » « Nul à ses yeux », répéta Eva. Elle se sentit tout d'un coup très molle, en train de glisser dans une rêverie pénible, de se dissoudre, de disparaître. Elle secoua la tête, Non, ça ne va pas, c'est trop direct, trop direct, se dit encore Eva qui répétait ces mots sans savoir exactement ce qu'elle voulait dire.

Mais là où c'est très fort, se disait Eva, en s'ébrouant et en refermant le livre avec un grand geste, c'est quand il parle de l'ironie, « l'éducation par l'ironie », ça oui, très fort, quand il montre le père qui détruit tout par l'ironie, par le mépris, tout ce que fait son fils il le dénigre, il le critique, il le rejette, il le casse, « j'ai déjà vu mieux, en voilà un événement, ça te fait une belle jambe », Eva avait retenu ces phrases par cœur. Oui, pensait Eva, l'iro-

476

nie, c'est pire que tout. Quel salaud, ajouta Eva à voix haute, quel sale type.

Elle s'arrêta. Il me fait penser au père de Josée, se dit Eva, à ce qu'elle m'a raconté, c'est le même genre exactement. Quand les filles rapportaient des bonnes notes de l'école, je dis les filles, parce que pour la sœur c'était pareil, il leur disait une seule chose, toujours la même, Bof, ou alors, De quoi vous êtes fières, moi je faisais bien mieux, il leur répétait ça à longueur de temps. Un gros bébé, cria Eva avec fureur, en donnant un coup de pied par terre tellement elle était énervée, un bébé mons-trueux au volant de ses gros cars, quelle image, pas étonnant que Josée ait peur de tout. Il lui interdi-sait des tas de choses, mais ces choses-là, lui, il les faisait, il pouvait les faire. Ou alors les filles devaient absolument ramasser leurs affaires mais lui ne ramassait jamais les siennes, combien de fois Josée m'a parlé de ça, pour elle c'était le comble de l'in-justice. Comme là. Eva avait repris le livre et cher-chait le passage, « Tu ne respectais pas les ordres que tu m'imposais. Il s'ensuivit que le monde se trouva partagé en trois parties : l'une, celle où je vivais en esclave, soumis à des lois qui n'avaient été inventées que pour moi et auxquelles par-dessus le marché je ne pouvais jamais satisfaire entièrement, sans savoir pourquoi, une autre, qui m'était infiniment loin-taine, dans laquelle tu vivais, occupé à gouverner, à donner des ordres, et à t'irriter parce qu'ils n'étaient pas suivis, une troisième, enfin, où le reste des gens vivait heureux, exempt d'ordres et d'obéissance».

Un tyran, résuma Eva, c'est comme ça qu'il le définit, un tyran, un type qui abuse, qui a le pouvoir et qui en abuse, c'est clair, se disait Eva, oui, se répétait Eva, c'est révoltant, je suis révoltée. Mais en se disant ces phrases, au moment même de se les dire, et tout en étant d'accord avec ce qu'elle disait, Eva sentait confusément que ce n'était pas ça. Ou plutôt, se dit subitement Eva, je suis révoltée, mais pas seulement par ce tyran. Par quoi alors, se demandait Eva, qui de nouveau se sentait mécontente et même angoissée.

Louise et Rose

— Il m'a dit, J'ai rencontré Rose, je lui ai dit de venir. Rose souriait. Moi je ne souriais pas.

Non, disait Louise, moi je ne souriais pas du tout.

Elle, elle était là, avec ses grands cheveux et ses grandes jambes, son teint pâle et son air fatigué.

Et ce sourire, ce sourire.

Un sourire comme un avion qui passe dans le ciel, disait Louise. Une ligne. Très beau, très loin. On regarde, on ne peut que regarder.

Il vous fige sur place.

Ce sale sourire énigmatique.

Vincent avait l'air content.

J'ai du mal à le dire, pourquoi. Je ne veux pas le dire.

C'est comme si c'était une attaque, qu'il m'attaquait. Qu'il faisait ça contre moi.

Et j'ai peur que vous vous moquiez.

Et si je le dis, ça le fait exister, son intérêt pour cette fille.

Un silence.

Je dis fille mais je pense toutes les injures.

D'où est-ce qu'elle tient cette force qu'elle a, mais d'où.

Moi je n'ai aucune force, je pars en miettes, si Vincent ne m'aime pas, je disparais, je n'existe pas.

Rose, son sale sourire énigmatique.

Elle n'a presque pas parlé tout le temps qu'on était au café. Moi j'ai bu un double whisky, c'est malin.

C'est ce que Vincent m'a dit après, C'est malin, tu te rends malade.

Je me sentais glisser, j'ai commencé à lui faire une scène, j'ai compris ce qui se passait, je suis rentrée. Mais une fois seule, c'était affreux, j'ai même pensé qu'ils s'étaient retrouvés. J'ai commencé à imaginer, les détails et tout, ensuite je me suis dit, Arrête, ma fille, arrête. Je suis sortie marcher.

Simon et Jonas

Simon recevait Jonas, c'était une urgence, un collègue lui avait téléphoné. Jonas entra en murmurant. C'était un tout jeune homme, il parlait très bas et très vite, il regardait par terre attentivement, il scrutait le sol. Quand Simon lui dit qu'il pouvait s'asseoir, il resta en silence, debout. Le silence engloba subitement Simon qui se sentit menacé, comme si l'air autour grouillait de petites choses invisibles et horribles. Un temps court passa, assez long cependant pour que Simon soit traversé par la phrase, «Vous n'entendez donc pas la voix épouvantable qui crie partout à l'horizon et qu'on appelle ordinairement le silence?», ensuite brutalement Jonas se mit à hurler, Non, je ne vais pas m'asseoir, vous voulez ma chute, je vous connais, je reste debout, je suis un homme, je suis debout, vous voulez ma chute, vous voulez me faire tomber. Debout, tombé, debout, tombé, il continua un moment, il parlait bas à toute allure, ou alors il recommençait

481

à crier. Je sortais du lycée, disait Jonas, je surveille les élèves, je suis surveillant, j'étais à..., disait Jonas, il ne terminait pas la phrase, il regardait autour de lui d'un air dégoûté, j'étais à..., il recommençait, j'ai pris le métro, je descendais les marches en regardant le ciel, je pensais à la beauté du ciel bleu, un nuage a percé le ciel, tout est devenu noir, j'ai manqué la marche, j'ai glissé dans une flaque, j'ai failli tomber, je me suis rattrapé, j'ai fait une chute, oui je l'ai faite, et alors, alors, là Jonas se mettait à gronder avec une voix pleine de haine, «tu n'arriveras à rien, tu n'arriveras jamais à rien, tu n'es qu'un vaurien, tu n'es qu'un vaurien, tu n'es qu'une flaque».

— Quel métier fait votre père, demanda Simon.

— Je suis étudiant en théologie, répondit Jonas.

— Vous êtes surveillant dans un lycée, dit Simon.

— Le lycée Buffon, dit Jonas.

Simon prit le temps de fermer les yeux pour se représenter le quartier, réfléchit, ensuite il demanda :

— La station de métro, c'était Pasteur ?

Jonas hocha la tête. Son visage changea lentement, il regarda Simon et s'assit.

— Bien, dit Simon, et maintenant au travail.

Le dessert d'Édouard

— Ah là là, soupirait Édouard, ah là là. Je ne sais pas par où commencer.

Et en plus je ne sais pas quoi penser.

Hier soir une amie de ma mère, Yvette, est venue dîner. C'est la grande amie de ma mère, elles se voient tout le temps, elles ont été au lycée ensemble.

Donc elle est venue dîner, et quand elle vient dîner elle apporte toujours un dessert.

Un silence.

Au bout d'un moment Simon dit, Oui?

— C'était un gâteau au chocolat, ma mère m'a dit, elle dit ça à chaque fois, Il est délicieux, ce dessert, mais surtout n'en mange pas trop. Ça m'énerve toujours, mais hier soir ça m'a énervé plus encore que d'habitude.

Un silence.

Pendant le dessert on a regardé la télé, il y avait une émission qu'on a prise en cours de route, c'était sur la région parisienne, on regardait sans regarder, tout d'un coup ils ont montré l'endroit où habite Saïd.

J'ai dit, Ah, je connais.

Yvette, qui est très gentille, m'a dit, Ah bon, tu connais.

Alors ma mère a dit, Tu sais bien qu'il place ses encyclopédies en banlieue.

Ensuite elle a haussé les épaules, l'air de dire, à quoi ça sert.

Là ça m'a mis en colère.

Je lui ai demandé, Pourquoi tu hausses les épaules.

Elle m'a dit, Je n'ai pas haussé les épaules.

J'ai dit, Tu as haussé les épaules.

Je peux vous dire, elle était vraiment étonnée que je la reprenne.

Mais elle s'est obstinée, elle a redit, Non, non, non, je n'ai pas haussé les épaules.

Yvette a dit, elle voulait sûrement la calmer, Si, si, si, je t'ai vue, tu as haussé les épaules, tu ne t'en es pas rendu compte.

Et là, j'ai dit, c'est bizarre, je me sentais, je ne sais pas, porté, j'ai dit, j'ai insisté, je n'insiste jamais avec ma mère, mais là il fallait que j'insiste, j'ai dit, Je ne comprends pas pourquoi tu as haussé les épaules, les encyclopédies, il y a beaucoup de gens qui apprécient, et en plus là où je vais, par exemple dans ce coin, je montrais la télévision, eh bien, ça les intéresse particulièrement.

Ma mère m'a regardé, j'ai senti qu'elle n'en revenait pas, elle était fâchée, mais moi j'étais content d'avoir dit ça, vraiment content, je sentais comme un courant électrique qui me passait dans le corps et en même temps j'ai eu, comment on dit... c'est drôle, je ne trouve plus le mot...

— Oui ? dit Simon.

— Je cherche, dit Édouard, je cherche. Quand on a des picotements, la peau... les poils...

Je ne trouve pas, dit Édouard.

Je cherche, dit Édouard.

Au bout d'un moment, il dit, La chair de poule, voilà, j'ai eu la chair de poule.

Un silence.

On dit ça quand on a peur, dit Édouard qui ne dit plus rien.

— Oui ? dit encore Simon.

— Oui, dit Édouard, oui. Poule, poule, j'ai ça dans la tête.

C'est un mot vulgaire, dit Édouard, un mot vulgaire pour parler d'une femme.

J'étais tellement content, dit Édouard, et maintenant, je me sens mal, angoissé.

Je ne veux pas être vulgaire, dit Édouard. Je respecte les femmes.

Je veux me marier, dit Édouard.

Aurélie et l'Histoire

— J'aime tellement l'Histoire, disait Aurélie, et j'aime tellement mon métier.

En ce moment, disait Aurélie, je les fais travailler sur la montée du nazisme. Comme c'est ma première année, je prépare tout, c'est beaucoup de travail mais c'est passionnant.

C'est une période de l'Histoire qui m'a toujours fascinée. Elle est terrible, mais j'ai toujours eu l'impression qu'elle me concernait de près, de très près, moi personnellement. Je leur ai passé un film, un documentaire. Quand on voit Hitler ou Mussolini maintenant, on a du mal à comprendre. On dirait des mauvais acteurs, ils sont là en train de gesticuler, de gesticuler et de faire des grimaces, on ne comprend pas qu'ils aient pu être pris au sérieux.

On voit Hitler qui fait des exercices devant son miroir, il lève le bras, il tourne sur lui-même, il se regarde par-dessus l'épaule pour se voir de dos, il y a aussi une scène incroyable, c'est après un discours,

la caméra le prend, il a une expression de contente-
ment, il se rengorge, il jette un coup d'œil en douce
sur le public pour voir si on l'a apprécié...

Et les mimiques de Mussolini... au théâtre il serait
hué tellement il est grotesque, bouffi. Une grosse
grenouille qui se croit irrésistible.

Je leur ai aussi passé des morceaux du *Dictateur*
de Chaplin...

Les élèves posaient beaucoup de questions, c'était
formidable. Justement là-dessus, sur comment ces
types-là avaient pu séduire les foules.

Moi j'avais relu Hannah Arendt, « une bande
d'hommes déclassés qui cherchent à ôter aux autres
leur sens de la réalité », je trouve cette définition des
nazis géniale.

Les élèves avaient un peu de mal, comment on
peut ôter à quelqu'un son sens de la réalité. J'ai
donné des exemples, on a faim parce qu'il n'y a rien
dans les magasins, ou c'est trop cher, et la propa-
gande dit, Ce n'est pas bien d'avoir faim, les bons
Allemands pensent à la victoire, pas à la faim, etc.
Donc vous n'avez pas faim. Là, ils comprenaient.

Il y a aussi le contexte. La misère dans laquelle les
gens étaient. La « désolation »...

Subitement Aurélie se tut.

Au bout d'un moment Simon dit, Oui ?

— J'ai pensé à ma mère, dit Aurélie. Je n'ai
aucune envie de penser à ma mère, pour une fois

que je ne parlais pas de ma mère, et voilà je pense à elle.

— Oui ? dit encore Simon.

Aurélie ne dit plus rien.

Jérémie et le meurtre

— J'ai lu un fait divers tellement triste, disait Jérémie.

Un type qui a tué sa femme et ensuite s'est noyé en jetant l'arme dans un étang.

C'est une histoire sordide, je ne sais pas pourquoi elle m'a tellement touché.

Un silence.

Maintenant je me souviens, il paraît qu'il disait avant le meurtre, Je n'ai rien d'autre au monde.

C'est cette phrase qui m'a tué.

Je croyais que j'en étais sorti, eh bien non.

Je n'avais que lui au monde... moi aussi je n'avais que lui au monde.

J'ai pensé à quelque chose, j'oublie quoi.

Oui bien sûr. Il n'avait rien d'autre au monde et justement c'est ce qu'il tue.

Car chaque homme tue la chose qu'il aime
Le lâche avec un baiser
Le brave avec un coup d'épée

Quand Georges m'a quitté, je ne voulais qu'une chose, mourir. Non, c'est faux, je ne voulais qu'une chose, qu'il meure.

C'était la même chose, peut-être.

D'ailleurs après l'homme s'est noyé en poursuivant le couteau dans l'étang.

J'imagine un terrain vague, un étang sale, sale comme une nuit sale, et lui en train de courir autour de l'étang, courant et hurlant et s'arrachant les cheveux, déjà mort, déjà mort d'angoisse.

Moi, après le départ de Georges, seul, dans le lit, toutes les nuits je tremblais.

Être séparé d'une partie de soi-même.

Perdre un morceau de soi, un morceau qui se promène, mange, dort tranquille, vit sa vie.

Bien sûr je voulais sa mort.

J'avais un goût de cadavre dans la bouche.

Je le voyais mort. Je voyais ma mort.

Je retrouve Jean-Louis

Je retrouvai Jean-Louis par hasard une après-midi, je le reconnus tout de suite, lui aussi me reconnut. Qu'est-ce qu'il faisait par là? Il se promenait, c'était direct par le RER. Il m'invita à boire une limonade, il voulait des nouvelles du film. Je lui en donnai, les choses avançaient, un peu lentement, mais. Ensuite :

— Vous vous souvenez, je vous avais parlé, pour les vêtements. Les vêtements de l'ancien propriétaire que j'avais trouvés dans la cave.

Je dis, Oui, j'étais un peu inquiète.

— Eh bien, dit Jean-Louis, j'en ai eu marre.

J'en ai eu assez, dit Jean-Louis d'un air triomphant.

On ne peut pas toujours vivre avec les morts, dit Jean-Louis, en appuyant.

J'étais stupéfaite. Je me demandais comment il en était arrivé là.

Je dis, Non, en effet, on ne peut pas.

— C'est Micheline qui me l'a dit, Jean-Louis me regardait comme s'il avait entendu la question que je me posais. C'est Micheline.

— Micheline? J'articulai le nom aussi légèrement que possible, je tenais à rester discrète.

— Oui, c'est une femme, je l'ai rencontrée près de chez moi.

Elle m'a dit ça. On ne peut pas toujours vivre avec les morts. Jean-Louis avait l'air joyeux.

Vous savez, me dit Jean-Louis au bout d'un moment, on se glisse l'un dans l'autre, et hop.

Et hop, dit Jean-Louis.

Elle m'a acheté un nouveau costume, dit Jean-Louis, il avait l'air étonné mais content, un costume bleu, avec un petit gilet et tout.

On se glisse l'un dans l'autre, et hop, répéta Jean-Louis, d'un air songeur.

Il me regarda en souriant, Elle a des petites bouclettes blondes, il faisait le geste autour de sa tête, remuant ses doigts écartés, des petites bouclettes blondes, il redisait la phrase en souriant.

Et hop, dit Jean-Louis.

Et hop, il conclut.

3

Eva est révoltée

Eva avait quitté le square et marchait droit devant
elle tête baissée, elle faisait de grands pas et de temps
en temps balayait l'air de son bras. Elle venait d'être
traversée par une idée épouvantable, qui ne la quittait pas. Elle venait de penser que ce qui la révoltait,
au moins autant que le portrait du tyran, c'était ce
que Kafka disait de lui-même. « J'étais lourdement
comprimé par toi en tout ce qui concernait ma
pensée, même et surtout là où elle ne s'accordait
pas avec la tienne », disait la lettre. Et il passe son
temps à dire comment sa vie est marquée, se disait
Eva, non, non, et non, sa vie professionnelle, et le
mariage, il n'a jamais pu se marier, non, non et non.
Eva ne savait pas exactement à quoi elle disait non,
mais c'était non. « Le mariage m'est interdit parce
que c'est ton domaine », qu'est-ce que c'est que
cette connerie, se disait Eva. C'est idiot, s'il veut se
marier, il n'a qu'à se marier, et s'il veut travailler,
c'est pareil. Moi par exemple, je ne veux pas me

marier parce que je ne veux pas me marier, et parce que... Eva laissa tomber. Il parle d'un adieu traîné en longueur, ressassait Eva, c'est comme ça qu'il voit sa vie, un adieu interminable à son père, mais c'est pas possible, Eva était désespérée, son père lui dit de partir, de devenir indépendant, et en même temps il le retient, «comme dans ce jeu d'enfants où l'un tient la main de l'autre, la serre même et s'écrie en même temps : mais va-t'en donc, va-t'en donc, pourquoi ne pars-tu pas ? ». Mais il ne le retient pas de force quand même, se disait Eva, dans son enfance, bien sûr, je comprends, mais une fois grand, qu'est-ce que ça veut dire, et pourquoi il termine en se décrivant comme un parasite, il dit que son combat est «le combat du parasite », comme s'il vivait entièrement par rapport à son père, tout ce qu'il fait ou pense serait en fonction de lui, ce qu'il imite comme ce qu'il rejette, il reprend à son compte les reproches de son père, «tu t'es mis en tête de vivre entièrement et absolument à mes dépens », un parasite, une vermine, non, non, non, comment il peut dire après qu'il espère arriver à une vérité qui l'apaise, il n'y a aucune vérité là-dedans, aucune vérité possible s'il se voit comme ça, mais c'est faux, il reprend tout à son compte, son père lui dit d'aller se noyer et il y va, c'est comme dans l'histoire, Eva se rappela brusquement la conférence de Simon et son désespoir se transforma en colère. Mais la colère ne dura qu'un instant, elle partait en morceaux.

Louise et le contraire

— C'est la fin, disait Louise, c'est vraiment la fin. Je n'arrive plus. Je suis sûre qu'il a une histoire avec Rose.

Il m'a dit qu'il la trouvait jolie et qu'elle était une bonne actrice. C'est la fin. J'abandonne, disait Louise. Elle est trop forte pour moi. J'abandonne. Elle est trop forte.

— Trop forte? demanda Simon.

— Oui, oui, oui. Une femme forte, une femme virile. Sous son air pâle, fatigué, elle est très forte. Elle travaille sans arrêt, elle sait faire des tas de choses, elle se débrouille dans la vie, c'est pas comme moi.

Louise se mit à pleurer.

Moi je ne sais rien faire, quand je joue bien c'est parce que le rôle me ressemble, je n'invente rien, je ne sais rien faire, je ne connais rien, je ne sais pas chanter, je ne connais aucune langue, juste un peu d'anglais d'école, elle parle italien, espagnol, sa mère

497

est russe, elle parle russe, c'est épouvantable tout ce qu'elle sait.

Je ne sais même pas me maquiller, dit Louise en recommençant à pleurer, elle se maquille elle-même comme une professionnelle, elle est toujours bien habillée.

Elle monte à cheval, elle est une grande cavalière, c'est elle qu'on voit dans le film, c'est pas une dou-blure, elle est une grande cavalière, elle a fait des années d'équitation, et elle a aussi fait l'école du cirque.

C'est évident, elle lui plaît pour ça, elle est forte, plus forte, tellement plus forte que moi. Elle lui plaît parce qu'elle si forte, répétait Louise en sanglotant.

— C'est peut-être le contraire, dit Simon.

Un silence.

— Comment, dit Louise.

— J'ai dit, C'est peut-être le contraire, dit Simon.

Encore un silence.

— Vous me sidérez, dit Louise.

Aurélie découvre quelque chose

— Je viens vous voir depuis des mois, disait
Aurélie, et c'est la première fois que j'ai l'impression
de découvrir quelque chose.

La dernière fois je vous parlais du nazisme, et au
moment où je disais que les nazis essayaient d'ôter
aux autres leur sens de la réalité, je vous l'ai dit, j'ai
pensé à ma mère.

Mais je ne savais pas quoi faire avec cette image
après ce que je venais de dire.

En même temps je savais très bien à quoi je pensais.

Je pensais à une des choses qu'elle faisait, une
parmi beaucoup, je vous l'ai déjà racontée.

Je l'ai toujours racontée, comme les autres choses,
en hurlant, en l'injuriant, peut-être justement parce
que j'en avais assez de raconter. D'ailleurs depuis
que je viens je raconte, je raconte, mais là j'ai bien
vu que raconter ne suffit pas.

Un silence.

Je pensais à comment elle me retirait l'assiette, je venais juste de commencer à manger, en me disant, Bon, c'est fini, tu n'as plus faim.

Je vous l'ai raconté, dit Aurélie. Déjà.

Mais tout d'un coup je me suis dit qu'en fait, après, je n'avais plus faim. Je n'avais réellement plus faim.

Ou plutôt... je ne sais pas si je n'avais plus faim, mais je pensais que c'était normal, l'état dans lequel j'étais, faim, pas faim, je ne savais plus ce que j'éprouvais...

La faim, ce n'est pas l'état normal, on doit le faire cesser, et moi, comme elle m'avait enlevé l'assiette, je pensais que je n'avais plus faim...

Elle a modifié ma façon de penser, elle m'a fait adopter son point de vue, oublier mon expérience, mes sensations à moi, elle a réussi à faire ça.

J'ai toujours su que ma mère était une horreur, dit Aurélie calmement. J'ai toujours voulu qu'elle meure. Peut-être. Mais qu'elle m'ait fait accepter son point de vue...

C'est fou, dit Aurélie.

— Oui, dit Simon.

Zoé danse la samba

Zoé passa avec un disque qu'elle voulait me faire écouter, Zoé, seize ans, la fille de ma meilleure amie, Zoé que j'aime comme ma fille, comme la fille que je n'ai jamais eue. C'était un disque de samba, Zoé le mit et commença à danser.

Elle bougeait tout, épaules et fesses, bras et doigts, elle s'amusait, elle reprenait les paroles, elle avait vu un film sur le carnaval de Rio et rêvait d'y aller.

Un pays chaud, expliquait Zoé en dansant, tout dehors, tout peut être dehors, on peut l'imaginer, les sentiments, les corps nus, tout dehors, tout bon, figures et rythme, tous les pas, les articulations.

Et le sexe c'est la vie, jouer avec son corps, avec le corps de l'autre, rencontrer le monde, rencontrer la rencontre, j'ai une épaule, j'ai une omoplate, j'ai un cou et un genou, j'ai des mains et j'ai des doigts, celui qui ne danse pas, il est quoi? dommage pour lui, il est bête.

Jouer, danser, la danse comme un rire et une

intelligence, la danse rend intelligent, samba simple et compliquée, creuse et pleine, et magique, et drôle, dansée par cette petite Zoé, fille moderne et discuteuse, et le cul, parlons-en, «attrape ça», dit la chanson, et «la chose la plus divine au monde est de vivre chaque seconde comme si jamais jamais plus», et les mains et les pieds, et la pointe, et la plante, et la cheville, et tout, tout est articulé, et je te montre, et je te provoque, ce que j'ai, ce que tu n'as pas, n'auras jamais, mais ça nous fait rire, tout en dansant la samba, on danse l'unité, articulée, les éléments du corps comme des propositions, des déclarations, d'amour, de guerre, voici mon épaule, voici ma cuisse, tout ça pour rire, et en riant, et «je t'ai rendu au temps parce que je suis fils du temps, Zecca mon fils chéri, laisse le temps, le temps, le temps, Caetano a dit, avec le temps le temps se comprend», et le rythme est une façon de ne pas se dissoudre, dans l'air, dans le rien, dans le tout, articuler pour vivre, pour respirer, faire des pas, appui du rythme, appui dans l'air, on s'appuie sur les nombres et sur le sourire de Zoé, sur le rire et le sourire de Zoé.

Et moi je dansais avec elle, elle m'entraînait, j'adorais ça, danser avec elle et la regarder danser, et souvent en la regardant je me souvenais d'une phrase qui m'avait traversé la tête, je venais de la quitter après lui avoir parlé de je ne sais plus quoi, un livre sans doute ou un film, j'étais à un carrefour et j'avais pensé : Zoé je t'aime, je ne mourrai jamais.

Josée et la métamorphose

Un soir, juste à la fermeture, Josée était en train de ranger sa caisse, elle se sentait pleine de soupirs et de tristesse, accablée et coincée, elle vit la famille qui venait plusieurs fois par jour au Monoprix, la mère et les trois enfants, la mère faisait la queue à la caisse d'à côté, elle avait l'air complètement perdue et tenait à la main une éponge. Josée remarqua qu'elle avait une trace noire sous l'œil, l'un des enfants traînait la jambe, tous les enfants étaient débraillés, très sales, de la vermine, on dirait de la vermine, cette pensée traversa Josée. Elle pensa tout de suite à Eva, elle ne se souvenait pas exactement mais elle pensa à Eva et à son livre préféré, *La Métamorphose*, Eva lui avait lu le début tellement de fois, «Un matin, au sortir d'un rêve agité, Grégoire Samsa s'éveilla transformé dans son lit en une véritable vermine», et maintenant elle se rappelait, une métamorphose, expliquait Eva, c'est une transformation, quelque chose de nouveau se passe.

503

Josée ferma sa caisse et courut après la femme.

La femme avançait lentement les yeux à terre, les enfants marchaient à côté d'elle en silence, Josée les rattrapa facilement. Elle eut juste le temps de demander, Ça ne va pas? la femme se mit à sangloter, des sanglots convulsifs, les enfants aussi criaient et pleuraient en masse.

Josée mit son bras autour des épaules de la femme et lui dit, On va boire un coup au café.

Au café elle commanda d'autorité des chocolats chauds pour les trois enfants et un thé citron pour la mère et pour elle-même. Au bout d'un moment la mère se calma et dit, Il est parti. Josée dit, Tant mieux. La mère esquissa un sourire. Tout le monde buvait, le jour descendait, le café se remplissait, c'était l'heure de l'apéro, les gens discutaient, agitation agréable, mouvement. Josée se sentait bien, pleine d'énergie. Elle trouvait les enfants très mignons sous la crasse, elle n'avait aucune idée particulière mais elle était contente.

La mère dit, elle avait fini son thé, Je m'appelle Odile, et, montrant les enfants, Rose-Marie, Frédé, Jeannot. Elle ajouta, Je ne sais pas quoi faire. Moi je m'appelle Josée, dit Josée. On va voir, dit Josée, on va se débrouiller.

Marie et les femmes

— C'est toujours les femmes qu'on tue, disait Marie.

Je ne veux pas faire de discours mais c'est quand même un fait.

Un fait objectif, oui, parfaitement, un fait qu'on peut constater, c'est même un fait divers. En ce moment dans les journaux il y a un fait divers, je n'arrête pas d'y penser je ne sais pas pourquoi. Un type qui a poignardé sa femme et ensuite il s'est noyé en allant jeter le couteau dans un étang.

S'il veut se suicider, pourquoi il se sent obligé de tuer sa femme d'abord. Dans les journaux on s'apitoie sur lui, un pauvre type, il n'avait qu'elle, elle le trompait, mais enfin, si sa vie est une merde, ce n'est tout de même pas la faute de sa femme.

Je ne sais pas pourquoi ça me met dans des états pareils. Une vie de merde, il déteste sa vie, il se tue, mais quand même avant il tue sa femme.

C'est toujours la même histoire, c'est toujours une femme qui prend.

Soi-disant il l'aimait, il n'avait qu'elle au monde.

Sa femme le trompait, c'est lui qui le dit. Peut-être c'est vrai, d'ailleurs. Et alors. Ça n'en fait pas une pute.

C'est ce que disait mon père, les femmes, toutes des putes.

Il m'a jeté ça à la figure toute mon enfance. Pas étonnant que je n'aie aucune confiance dans les hommes et que je n'arrive à en rencontrer aucun.

Un homme, je me demande si ça existe.

Le dernier en date… Quel abruti, ce type, cet André… «Moi je suis entier», il répétait ça tout le temps comme une gloire, qu'est-ce que ça veut dire, quelle expression horrible, on dirait qu'on parle d'un cheval, mais alors lui, entier rien du tout, entier de rien, il lui manquait plutôt tout ce qu'il faut, quand il s'agissait de passer à l'acte, entièrement impuissant, ça ne l'empêchait pas de claironner comme un coq, «moi je suis entier, moi je suis entier», un jour il ne pouvait pas me faire l'amour parce qu'il me respectait trop, un autre c'est parce qu'il était né comme ça, j'ai fini par comprendre qu'il me détestait tout simplement, entier dans la haine, oui, «moi moi moi», pas de place pour qui que ce soit d'autre, mine de rien une vraie petite terreur.

Quel raté.

Comme mon père.

Oui, comme mon père. Voilà quelqu'un qui a bien raté sa vie, à fond, et dans les grandes largeurs.

Mais moi, il ne m'a pas ratée. Ah non, il a fait de ma vie un bel enfer.

Eva fait des cauchemars

Eva finit par rentrer à son hôtel mais comme elle craignait de ne pas dormir, elle s'arrêta d'abord dans un bar et but, ce qu'elle ne faisait jamais, un double whisky. Elle dormit en effet, mais dans un sommeil effrayant, cauchemars toute la nuit, d'un cauchemar elle passait à un autre, elle voyait Kafka donnant la main à son père, ils marchaient tranquillement, tout d'un coup le père disparaissait dans un trou du trottoir, Kafka allongé par terre le tenait à bout de bras, dans son rêve elle entendait la phrase, va-t'en, mais va-t'en donc, pourquoi ne pars-tu pas, ensuite brutalement elle plumait une poule qui se plaignait avec une voix humaine, c'était insupportable, elle se réveillait pour se rendormir malgré elle et rêvait d'une gigantesque vermine qui lui suçait le sang, Simon arrivait et lui disait, la malédiction, vous ne savez pas ce que c'est, vous ne savez pas ce que c'est, la malédiction, de pure horreur elle se réveillait de nouveau en sanglotant, et se disait que plus jamais elle n'arriverait à dormir sans cauchemar, il n'y a pas de raison, se répétait Eva, il n'y a pas de raison, de quoi, répliquait une voix, pas de raison de quoi, de dormir sans cauchemar ou de faire des cauchemars, et la voix riait méchamment, avec une ironie coupante, Eva reconnaissait cette ironie, elle la reconnaissait parfaitement, mais d'où, et épuisée elle s'endormait dix minutes. Elle passa la nuit entière dans ces cercles. Le matin elle sortit du lit en pestant comme une petite vieille courbaturée, elle se regarda dans la glace et réussit à se faire rire en remarquant, Ma parole, tu es plus blanche qu'une nuit blanche. Elle s'habilla et partit, très en avance, à son école.

4

Eva dans la cour

Toute la journée Eva se déplaça dans un brouillard, elle ne pensait à rien sauf à sa fatigue, elle ne voulait surtout pas penser à autre chose. Elle surveilla la récréation affalée sur une chaise dans la cour et regarda les enfants jouer. Elle se sentait absente, en même temps elle était contente d'être au milieu des enfants, entourée.

Un groupe de quatre enfants s'amusait dans un coin de la cour où il y avait une grille, les enfants avaient décidé que c'était une prison, ils faisaient les prisonniers et les policiers à tour de rôle, en fait ils passaient la plus grande partie de leur temps à repousser d'autres enfants qui voulaient les envahir ou changer le jeu. Eva les observait, C'est une prison, non, c'est un château, je te dis que c'est une prison, ça la distrayait de loin.

Elle se faisait des réflexions désordonnées sur la liberté du jeu, comment les enfants passaient si facilement d'une chose à une autre, il suffisait de nommer, C'est une prison, c'est un château, on posait le nom et la chose devenait réelle, se déployait réellement, Eva se demandait pourquoi seulement les enfants jouaient de cette façon. Elle observait, attaques et guerres diverses, alliances, les garçons et les filles, tous les mouvements, descendre, glisser, sauter, s'allonger par terre, pouvoir ou pas, et les trésors, les accumulations, cailloux et feuilles, bouts de bois, et les cris et les rires et les pleurs.

Tout en observant, elle se répétait sans arrêt, Heureusement qu'il n'a pas envoyé cette lettre, ça lui rappelait vaguement quelque chose et ça la rassurait. À la fin de la journée elle rentra chez elle en traînant les pieds, pleine d'appréhension, mais elle était épuisée.

Édouard et les poules

— Ça recommence, disait Édouard, ça recommence, j'ai de nouveau des idées obsédantes, je suis obsédé, mais là, vous n'y pourrez rien, parce que moi je sais ce que ça veut dire, mais ça ne m'empêche pas de les avoir, ces idées, alors...

J'ai envie de m'arracher les cheveux, disait Édouard, les idées que j'ai, c'est horrible, et je vous assure, je vais mourir.

Je vais mourir de honte, disait Édouard.

La dernière fois j'ai dit que j'avais eu la chair de poule, eh bien maintenant chaque fois que je vois une femme, ça recommence, j'ai des idées.

Je pense tout de suite, Espèce de poule, sale poule, sale bête, fous le camp, va-t'en.

En plus, disait Édouard, c'est comme dans une bande dessinée, je la vois, je vois la femme en poule.

Une poule brune, une poule blonde.

Une poule blanche, la pire des poules.

Son petit bec crochu, disait Édouard.

En fait, disait Édouard, je pense des choses épouvantables.

Plumer les poules.

Il paraît qu'il y en a qui les plument vivantes.

Plume par plume.

Vivantes.

Elles doivent souffrir. Beaucoup souffrir.

Et saigner. Elles doivent saigner.

Et le cul des poules.

Vous avez remarqué comment le cul des poules est ouvert.

Ouvert, ouvert.

On a l'impression qu'on pourrait voir jusqu'au fond.

C'est dégoûtant. On devrait interdire...

N'importe quoi.

Ou comment elles marchent.

Vous avez déjà vu comment une poule marche en se dandinant. On dirait qu'elles ont des petites chaussures à talon. On devrait interdire...

N'importe quoi.

Est-ce qu'on peut être un obsédé du cul des poules.

Les poules sont des bêtes stupides, alors pourquoi on a décidé que les femmes étaient des poules.

Le pire, c'est que je pense vraiment que ma mère ressemble à une poule.

Surtout quand elle met un chapeau.

Ou quand elle discute avec son amie Yvette.

Mais Yvette elle est gentille.

N'empêche, elle a l'air d'une poule.

Le cul d'Yvette, il manquait plus que ça, voilà que je pense au cul d'Yvette.

Elle a des fesses rebondies, elle met toujours un tailleur serré.

Souvent ma mère lui dit, Yvette, tu t'habilles comme une gamine.

Samia ne s'habille pas comme ça.

Samia n'est pas une poule.

Mais j'aimerais bien la faire passer à la casserole.

Oh là là.

Marc fait un poème

— J'ai fait un poème, disait Marc, je sors d'un déjeuner, on a fêté l'anniversaire de ma secrétaire, peut-être je suis seulement ivre, mais je me sens poète.

Le bordeaux
si on prend
le temps
ça fait circuler
le sang
ça ouvre
les artères
mon p'tit père
les artères
du cerveau
le bordeaux.

Pas mal, non ? Moi qui ne bois jamais, quand je bois ça me fait un effet... mon p'tit père.

Excusez-moi, je n'ai pas l'habitude de parler comme ça, mais je me sens un peu énervé.

Mon p'tit père. Mon père. Mon père est mort.

Mon père n'a pas connu ma femme.

Moi je connais ma femme. Bibliquement. Ha ha ha.

Ma femme n'a rien à voir avec mon père. Elle joue pas, elle boit pas, elle... bon...

— Oui ? dit Simon au bout d'un moment.

— Elle baise tout juste, voilà, vous vous en doutiez, non, que j'allais dire ça, elle baise pas, elle est nulle au lit, elle n'est jamais là quand on est ensemble, elle ne me parle jamais, une grande absente, voilà, elle est une grande absente, quand je suis avec elle j'ai l'impression d'être avec personne, pas *une* personne, personne, pénétrer un vide, vous imaginez ça, pénétrer un vide ?

Un silence.

Elle fait sa sainte nitouche mais elle me hait, dit Marc.

J'ai l'impression quand elle est là à rien dire, à rien foutre, qu'elle me nargue, qu'elle me montre qu'elle s'en fiche de moi.

Elle veut me démolir, dit Marc.

Un silence long.

J'ai déjà dit ça, dit Marc.

J'ai déjà dit ça à propos de mon père.

Louise et l'espace

— Je suis sortie l'autre fois, j'étais portée, disait Louise. Quelque chose avait changé. J'ai essayé de comprendre. Vous avez dit la phrase, « C'est peut-être le contraire », j'avais l'impression qu'elle ouvrait, qu'elle ouvrait, au lieu d'étouffer je respirais, il y avait tout d'un coup un espace extraordinaire, une liberté.

Un espace matériel, d'ailleurs j'ai marché, j'ai marché, j'ai traversé la ville, je voulais sentir l'espace avec mes pieds aussi.

Un espace. Des possibilités différentes. « Le contraire », le contraire de ce que je pense, moi.

Se représenter que les choses puissent être différentes de ce que l'on pense... C'est élémentaire, et en même temps c'est peut-être la chose la plus difficile.

Mais tout dépendait de la phrase.

Si vous m'aviez dit, quand je parlais de Rose et de comment elle était forte, une phrase du genre « C'est vous qui pensez ça », il me semble que ça m'aurait enfermée, je l'étais déjà assez, ça m'aurait enfermée dans l'image que j'avais dans la tête, cette femme forte, et moi une femme faible. J'aurais pensé, C'est ma faute, je suis stupide de penser ça, je suis nulle, etc.

Et j'aurais continué à le penser.

Là, vous m'avez juste dit, «C'est peut-être le contraire», comme un petit panneau indicateur qui dit, Voilà, il y a autre chose que ce que tu penses, il y a autre chose là dehors, tout ne se ramène pas à toi, c'est peut-être précisément pour le contraire qu'elle lui plaît, qui sait, pas parce qu'elle est forte, mais pour le contraire.

Alors c'est peut-être aussi bien moi qui suis forte, pour lui je veux dire.

Louise rit.

Et je me sens très costaud, dit Louise, riant encore, très très costaud, qu'est-ce que je ne pourrai pas faire maintenant.

Avec cette phrase je vois Vincent à côté de moi, il existe en dehors de moi, il est quelqu'un d'autre. Il n'est pas seulement ce que j'imagine, ce type qui aime les femmes différentes de moi mais toujours telles que je les imagine moi. Il aime peut-être des femmes différentes, mais moi aussi je suis diffé-rente... de ce que je crois être pour lui...

Un silence.

C'est drôle, dit Louise, ça devrait être plus difficile, vivre avec quelqu'un d'autre à côté de soi, mais en fait non, c'est, comment dire, plus vivant...

Oui, on pourrait penser que c'est plus difficile, vivre avec les autres plutôt qu'avec les idées qu'on se fait des autres, mais non. Enfin, je ne dis pas que c'est facile, mais c'est moins étouffant. C'est éreintant, vivre à l'intérieur de ses seules idées, c'est comme si on devait tout porter tout le temps. Alors que si le monde est là, dehors, c'est parfois doulou reux, mais c'est vivant.

Eva et l'apprenti

La nuit Eva fit un rêve. Dans ce rêve elle se revoyait au collège, elle avait une maîtresse qu'elle aimait beaucoup et que les enfants appelaient Mademoiselle. Un jour Mademoiselle avait lu une histoire à la classe, c'était l'histoire d'un petit garçon de leur âge, mais c'était une autre époque, et l'histoire se passait loin, dans un pays où il y avait beaucoup de neige l'hiver, en Russie. Ce petit garçon avait été placé comme apprenti par son grand-père. Le grand-père habitait un village, et il avait placé son petit-fils chez un cordonnier, à la ville. Mais le cordonnier était méchant, il battait l'apprenti, le faisait travailler des heures et des heures, sa femme aussi était mauvaise et la nuit c'était l'apprenti qui devait se réveiller et bercer le bébé pour qu'il ne pleure pas. Le petit garçon, il s'appelait Jeannot, était épuisé, il mourait de faim et de tristesse, il n'en pouvait plus, mais il réussit à trouver une enveloppe et un timbre et il écrit une lettre à son grand-père pour le supplier de venir le chercher. Il n'en peut plus, il pleure en écrivant la lettre, il le supplie, il lui promet de faire tout ce qu'il veut, il sera le meilleur des petits-fils, mais que le grand-père le tire de cet enfer. Jeannot passe la nuit à écrire la lettre et le matin, très tôt, tout le monde dort, il sort en douce de la maison, il ne fait aucun bruit, il court, il traverse la rue, il jette sa lettre dans la boîte. Sur l'enveloppe il a écrit « Pour le grand-père, au village ». Maintenant dans son rêve Eva entendait le silence qui avait suivi la chute de l'histoire des années auparavant, la classe avait accusé le coup, silence total, tout le monde secoué. Les enfants avaient les larmes aux yeux. Mademoiselle avait refermé son livre et elle avait regardé la classe. Oui, avait dit Mademoiselle, oui, c'est triste. La lettre n'arrivera pas. Mais l'important, et dans son rêve Eva revoyait exactement le regard de Mademoiselle, un regard sérieux, ouvert et calme, mais l'important, avait dit Mademoiselle, c'est qu'il l'a écrite, cette lettre. À l'époque, assise au premier rang, les yeux fixés sur Mademoiselle, Eva avait senti une décharge électrique la traverser, une sensation de bonheur aigu, et cette sensation elle l'éprouva de nouveau dans son rêve, tellement fort qu'elle sourit en dormant.

Elle ne se réveilla pas, au contraire elle continua de rêver. Dans son rêve Mademoiselle était à côté d'elle dans la chambre et elle lui disait, Voilà, la vérité dont Kafka parle à la fin de la lettre, cette vérité apaisante, c'est qu'il l'a écrite, sa lettre, il l'a écrite, il l'a écrite.

5

Eva se réveille

Le matin Eva se réveilla pleine d'énergie, elle fit sa toilette en sifflotant et en repensant à son rêve, et elle partit travailler. Pendant les récréations elle surveilla, organisa et joua avec les enfants sans s'arrêter une minute, elle inventa même une nouvelle série de marelles bicolores qui plurent beaucoup. Sa journée finie elle alla s'asseoir à une terrasse son livre sous le bras, elle avait décidé de reprendre la lettre depuis le début. Elle commença à lire lentement, un crayon à la main. «Il te suffisait que quelqu'un m'inspirât un peu d'intérêt — étant donné ma nature, cela ne se produisait pas souvent — pour intervenir brutalement par l'injure, la calomnie, les propos avilissants, sans le moindre égard pour mon affection et sans respect pour mon jugement. Des êtres innocents et enfantins durent en pâtir. Ce fut le cas pour l'acteur yiddish Löwy, par exemple. Sans le connaître, tu le comparais à de la vermine, en t'exprimant d'une façon terrible que j'ai maintenant oubliée, et tu avais automatiquement recours au proverbe des puces et des chiens, comme tu le faisais si souvent au sujet des gens que j'aimais. »

Eva posa le livre et ferma les yeux.

Le mot vermine.

« Un matin, au sortir d'un rêve agité, Grégoire Samsa s'éveilla transformé dans son lit en une véritable vermine », Eva se récita immédiatement le début de son livre préféré.

Elle se sentait bizarre, surexcitée, elle pensait dans toutes les directions. Le mot vermine tournait dans sa tête, se déployait et se refermait comme un accordéon. Elle ne s'était jamais demandé pourquoi elle aimait tellement *La Métamorphose*, cette histoire était comme une évidence, il s'éveille transformé en vermine, n'importe qui peut éprouver ça, se répétait Eva, un peu agacée, elle avait l'impression qu'elle devait se justifier, mais devant qui et de quoi, et voilà que maintenant le mot apparaissait dans la bouche du père, ce père qui maniait « l'injure, la calomnie, les propos avilissants », une injure terrible, meurtrière, se disait Eva, adressée spécialement aux amis de son fils, vraiment pour blesser, oui bien sûr, racaille, vermine, ordure, on connaît, quand on vous injurie on le sent, on l'éprouve dans son corps, on est blessé, une injure c'est comme un coup, c'est pour ça que les enfants la renvoient, « c'est celui qui le dit qui l'est », ou alors, « la glace », c'est sûr qu'on la ressent comme une blessure, Vermine ! et on se sent vermine, Ordure! et on se sent ordure, il devient une vermine, c'est comme s'il avait pris l'injure en lui, il est devenu l'injure, oui, se disait Eva sans y penser, c'est comme dans l'histoire du verdict, Va te noyer, lui dit son père, et lui il se jette, il court se jeter...

Au fond, se dit subitement Eva, *La Métamorphose* c'est une histoire de meurtre, on l'a traité de vermine et il est devenu vermine, enfin c'est pas dans l'histoire, mais ça aurait pu, d'ailleurs dans l'histoire le père n'aime pas son fils, il lui fait tout porter, le fils travaille pour rembourser les dettes du père, je ne l'avais pas vu mais c'est ça, c'est un meurtre, un meurtre qu'il prend sur lui au lieu de, je ne sais pas, moi un meurtre je le prends pas sur moi, moi un meurtre...

Eva s'arrêta net, elle crut qu'elle allait s'évanouir.

Louise pense à Simon

Louise traversait le jardin et pensait à Simon. Simon, mon petit Simon, pensait Louise.

Simon Scop il est très beau, Simon Scop c'est un cadeau, Hourra hourra pour Simon Scop, chantonnait Louise.

J'ai de la chance, se disait Louise.

Oui, mais je la mérite, ma chance, se disait encore Louise, en rigolant et en sautant par-dessus un petit tas de feuilles.

Mais quand même, j'ai de la chance.

Bon, ça suffit, se disait Louise.

Simon Scop est un père pour moi, dit Louise avec un geste théâtral, elle s'adressait à un marronnier, un très grand, et elle lui fit une caresse.

Oui, mais... pas seulement, dit Louise qui s'arrêta et ramassa des feuilles.

Ce qui est extraordinaire, dit Louise, elle ponctuait en jetant les feuilles, c'est comment, tout d'un coup, des sentiments enfouis, des émotions perdues, des événements terribles qui vous tombent dessus, des faits purs et simples dont on ne sait pas quoi penser, des souvenirs oubliés, deviennent accessibles, vivants, prennent un sens, plusieurs sens, se mettent en rapport, ils étaient là, enregistrés, mais on ne les éprouvait pas, comme des négatifs de photos, et ils sont révélés, le travail les révèle, les rend réels, pleins, en noir et blanc ou en couleurs. Le travail des mots.

Nommer, faire exister.

Louise, enthousiaste, regarda le ciel, il était bleu, et se récita : *The garden flew round with the angel* / Le jardin tournait avec l'ange / *The angel flew round with the clouds* / L'ange tournait avec les nuages / *And the clouds flew round and the clouds flew round* / Et les nuages tournaient et les nuages tournaient / *And the clouds flew round with the clouds* / Et les nuages tournaient avec les nuages.

Sur sa lancée elle décida de refaire un tour du jardin, et en marchant elle composa dans sa tête un petit poème, dédié bien sûr à Simon :

On ne peut pas tout dire
en une fois
on ne peut pas tout penser
d'un seul coup
l'analyse est
comme le langage
continu discontinu
l'infini, oui,

un infini en morceaux
un côté, un autre, se présente
parler rêver penser
sans arrêt
tout est toujours là
en même temps
avec un sens
le sens d'un désir
particulier
porté par des mots
qui circulent
simplement
libres, nécessaires, et libres
liés
par toutes sortes de réseaux
à tous les autres mots
disponibles
ou pas.
Hourra.

Simon se bagarre

Simon se bagarrait, sa mauvaise rencontre avec Eva continuait à l'affecter, ou plutôt il savait que s'il y pensait il pourrait trouver là une sorte de condensé de tristesse qui se déploierait, se développerait, s'étalerait. Il se disait, Si je me laisse aller je vais être triste, et j'ai horreur d'être triste. Eva, donc, il essayait de la cantonner dans un petit coin de son esprit, un point douloureux, si on y touchait ça devenait encore plus douloureux, sensible, à vif, essayons de ne pas y toucher, essayons.

Après tout, se disait Simon, elle peut faire des rencontres, qui sait. Après tout. Elle peut rencontrer quelqu'un qui l'aiderait, moi c'est raté, mais elle peut faire une rencontre. Elle peut. Il ne voyait pas vraiment, mais il se plaisait à imaginer.

Il avait envie de sortir dans la ville, il m'emmena dans son restaurant italien préféré où, comme il disait, il se reconstituait.

Simon aimait les restaurants et faire des théories

sur les restaurants, et celui-ci était en effet merveilleux, pas grand mais il donnait la ville. Tout le monde, les clients et le personnel du restaurant, semblait être descendu d'un tableau pour venir servir ou s'asseoir et dîner, le four était dans la salle, le cuisinier travaillait au milieu des clients, et les pâtes étaient légères, légères et parfaites, des nuages.

Nous étions à la meilleure table, à côté du cuisinier, on le voyait pétrir la pâte, l'étaler, la reprendre, ses gestes découpés et précis, et Simon, heureux, parlait des villes, d'où venaient tant de bonnes choses, ces pâtes bien sûr, et le cinéma, et la psychanalyse.

Il regardait autour de lui, et comme il voyait dans la salle une jolie femme brune un peu trop maquillée il se mit à me parler d'une amie qu'il avait rencontrée la veille et qui lui ressemblait. Il ne l'avait pas vue depuis des années, il était d'abord tout content, mais après elle l'avait énervé, elle lui avait raconté comment elle était redevenue catholique à la mort de sa mère. Je lui demandai si elle semblait bigote, s'il l'avait vue un missel à la main, moi ça m'amusait plutôt. Non, non, Simon cherchait, pas du tout, en un sens d'ailleurs elle n'a pas du tout changé, toujours aussi, toujours autant, il cherchait, en guerre, elle est toujours en guerre, elle m'a dit, il fallait voir sa tête, son air lointain, pénétré, dit Simon et il se mit à rire, c'était comme si elle exhibait une jouissance supérieure et cachée, elle m'a dit, Tu comprends, il n'y a que la foi qui m'intéresse chez les hommes.

En fait, disait Simon, elle disait ça, et moi j'entendais, Il n'y a que la queue qui m'intéresse, la taille de, et bien sûr pour elle personne n'en a une qui vaille, ou qui vaille celle de son papa, quand Simon était énervé il pouvait devenir franchement grossier.

Ce que je ne supporte pas, Simon secouait la tête, c'est la fin de non-recevoir. La claque qu'elle balance, enfin, qu'elle essaye de balancer. La censure qu'elle voudrait imposer.

Une claque, voilà, elle essaye, elle balance le mot foi, et après bouclez-la vous tous, plus rien à dire, pour lui plaire en tout cas. C'est une forme de séduction, elle on ne l'aura pas, à moins d'être très fort en foi, mais ça sera toujours trop peu pour elle, Simon continuait à être énervé.

Une claque, il y a bien sûr des hommes qui veulent ça.

Mais, disait Simon, pas moi.

Une tentative d'intimidation de la pensée, Simon revenait là-dessus, bah, disait Simon.

À part le fait, très important, que c'est une femme avec qui j'ai beaucoup aimé faire l'amour à vingt ans, je crois que c'est ça qui me met hors de moi.

Penser librement, disait Simon, penser dans toutes les directions possibles, est un des grands plaisirs que l'on peut avoir, parfois c'est même de la joie... alors quand on veut vous l'interdire, vous en empêcher, vous censurer, pas explicitement, mais vous mortifier... : en rendant mort ce qui vous arrive, ce que vous éprouvez, en vous disant, ce que vous faites, pensez, vivez, ce n'est rien... alors là non, disait Simon, non.

« Je crois parce que c'est absurde », la vie, la mort c'est la même chose, le sentimentalisme qui est rattaché à ça, l'autoflagellation, on est peu de chose somme toute et rien de nouveau sous le soleil...

Et bien sûr la culpabilité qui n'apparaît pas toujours mais qui est là, qui est le moteur, puisque ce qui est toujours ajouté : moi non plus je n'ai pas la foi, en tout cas pas assez...

Ça n'a pas loupé, elle l'a dit, d'ailleurs, ou quelque chose de semblable mais c'était du bout des lèvres, elle en voulait plutôt aux autres, elle dérivait plutôt sa haine sur les autres...

Toute cette agressivité méconnue, cette ambivalence, la haine qui plane, la guerre non dite, déniée... Non, dit Simon en riant, il avait épuisé sa colère, non, non, non.

Une histoire incroyable

— Il m'est arrivé une histoire incroyable, disait
Jérémie, il était de très bonne humeur, une histoire
vraiment incroyable. C'était hier, je rentrais, je prenais le métro Quai de la Gare, je passais le tourniquet, et il y a un monsieur juste derrière moi qui me
demande s'il peut passer avec moi. Un monsieur, je
ne sais pas, d'un certain âge, avec des cheveux
blancs, blancs et bouclés. Il avait un bras dans le
plâtre et il portait de sa main libre un gros paquet,
j'ai vu après que c'était un tableau. Bien sûr j'ai dit
oui. De l'autre côté du tourniquet il y avait des
gardes, ces types qui sont censés surveiller la sécurité, ils étaient cinq, ils ont vu qu'on était passé à
deux, ils ont fait un barrage, ils se sont mis à engueuler le monsieur. Lui, il a expliqué, il a dit qu'il avait
sa carte orange, il a voulu poser son tableau pour la
sortir, les types hurlaient, On n'a pas que ça à foutre,
le temps qu'on perd, etc., etc., moi je n'en croyais
pas mes yeux, j'étais furieux, scandalisé. Je leur ai dit

de se calmer, mais vous ne pouvez pas imaginer. Complètement enragés dans leur semblant d'uniforme, leur truc marron. Bouffis et rouges avec ça, sûrement des alcooliques. Plus ça continuait, plus ils devenaient violents. Je peux vous dire que si je n'avais pas été là, ils embarquaient le monsieur. Il a un accent très marqué, ils se sont déchaînés, des propos répugnants, On n'a pas besoin de gens comme toi en France, ils le tutoyaient, le tutoiement c'était infect, la France n'est pas une poubelle, tu pues, lui il protestait, il était sidéré, après il m'a dit que sur le coup il se sentait assommé.

Je crois que j'ai été très bien, très calme. Je les ai regardés, j'ai noté leurs numéros, tout ça très visible, posé, leur ai dit tranquillement qu'ils n'avaient aucun droit de se comporter de cette façon, et que j'allais porter plainte. Bien sûr je vais le faire.

Ils ont fini par nous laisser partir, le monsieur était tout secoué, on a décidé d'aller boire un coup ensemble.

Il m'a laissé sa carte. C'est là où c'est vraiment drôle, il s'appelle, je ne sais plus, mais ça se termine en ski, je me suis dit, eh bien, c'est un Juif, voilà que moi, avec tout ce que je vous ai dit, j'ai sauvé un Juif.

C'est un brocanteur. J'ai envie de le revoir.

Marie en train

— Je revenais en train, disait Marie, j'étais seule dans le compartiment, je lisais, et il y a un type qui s'assoit en face de moi, qui sort sa queue et qui commence à se branler. Je peux vous dire, il l'a regretté.

Je me suis redressée, bien droite, je l'ai regardé dans les yeux, j'ai souri en lui montrant toutes mes dents, et avec deux doigts j'ai fait des ciseaux, j'ai imité le geste de couper. En partant de la droite et en allant vers la gauche. Lentement, fermement, en souriant.

Avec les dents dehors, je vous l'ai dit.

Il s'est levé, il est parti.

Il était blanc, mais blanc.

J'ai ri toute seule pendant un quart d'heure.

Ça m'a fait un bien fou.

Je suis déchaînée en ce moment, qu'on ne vienne pas me chercher.

Je crois qu'il a senti que c'était du vrai. Que si j'avais pu...

Qu'ils ne viennent pas me chercher, tous ces types.

Faudrait s'apitoyer, peut-être? Non et non.

Ou prendre sur soi, se sentir mal? Pas question.

C'est comme cet André qui me refile sa misère, qui veut me la refiler.

Il veut quoi? que je sois témoin de son impuissance. Il veut me la faire porter.

Non et non. Plus jamais.

Je me demande si tous les impuissants ne sont pas des exhibitionnistes. «Regarde ma misère, regarde comme je suis nul.»

J'ai lu, je ne sais plus où, que la masturbation c'est la jouissance de l'idiot.

De l'idiot du village, c'est comme ça que je le vois. Celui qui vit seul, la braguette et la bouche ouvertes.

Une fois que c'est dit, ça paraît évident...

Pas de mal à ça, on a tous nos moments d'idiotie... mais l'exposer, le montrer, s'en vanter, ah non... l'imposer aux autres, non et non.

Aurélie et le Monoprix

— Je suis passée par le Monoprix avant de venir, disait Aurélie.

J'aime aller au Monoprix. J'y vais souvent. Pour rien, pour pas grand-chose. Une paire de collants, un peigne, un produit de beauté.

Je crois que le Monoprix m'a accompagnée toute ma vie.

Je ne sais pas pourquoi, il me rassure.

J'entre, je me promène dans les allées.

Même la musique débile, je l'aime. Même les publicités.

Les lumières, les grandes glaces.

J'ai l'impression de retrouver quelque chose, quelque chose de moi.

Il y a toujours un photomaton, je regarde les gens qui s'assoient derrière le rideau pour faire une photo d'identité.

Il y a une odeur particulière, je ne sais pas si c'est

une odeur d'usine, mais elle est liée à ces objets de Monoprix, à leur emballage peut-être.

Les objets, les petits objets de rien.

Les objets dont on voit l'origine industrielle. Anonyme.

Fabriqués en série, en masse.

Pourquoi ça me plaît ? C'est notre monde, ce monde.

J'aime les belles choses, ce qu'on voit chez les antiquaires, les pièces uniques, j'aime, j'apprécie, mais là c'est différent, ces objets, je me sens proche d'eux.

Le plastique, l'aluminium, l'acrylique, les matériaux modernes, je me sens du même monde.

Un silence.

— Tout d'un coup j'ai envie de pleurer, dit Aurélie.

Une tristesse.

Ces petits objets fabriqués. On les fait. Petits objets soumis.

Ils n'y peuvent rien.

Ils ne comptent pour personne.

Ils n'ont aucune importance.

Ils existent à peine. Ils sont jetables.

Personne ne les aime vraiment. Ils sont juste utiles.

Pas comme un bel objet, un objet artisanal, qui est fait comme on dit avec amour.

Ce sont des objets fabriqués par des machines, de façon impersonnelle.

Un silence.

Petits objets de rien, petits objets désolés, dit Aurélie.

Eva est stupéfaite

Eva resta assise un long moment les yeux dans le vide, elle était stupéfaite. Les mots, «moi un meurtre» avaient disparu, à la place il n'y avait pas de mots mais un sentiment, elle se sentait prête à exploser, elle avait chaud, elle était angoissée, et en même temps, le corps lourd, ancré là, pas ailleurs, à cette chaise et cette terrasse. Au bout d'un moment elle se calma un peu, une phrase vint, Pas de doute, c'est moi qui l'ai tué. La phrase la fit sourire mais elle ne trouvait pas ça drôle. Pas triste non plus, d'ailleurs, mais tellement vrai qu'elle en avait des frissons. Parce que, se disait Eva, avant, la seule chose que je pensais, c'est que je m'en foutais complètement. Maintenant, ce n'était pas qu'elle pensait au type. Encore moins qu'elle avait un quelconque regret ou remords. Non. Mais au lieu d'être dehors, extérieur à elle, un événement qu'elle voyait, qu'elle regardait, qui s'était produit, défini, précis et impersonnel, voilà que ce qu'elle avait fait était devenu son acte. Brouillé, confus, bizarrement vivant.

Et donc, il faut le dire, ça l'intéressait, ça l'intéressait plus que n'importe quoi, plus que tout.

Il était à elle, et du coup, cet acte perdait son caractère simple, d'une seule pièce.

Elle avait l'impression d'exister brusquement dans plusieurs dimensions simultanées.

Elle était là, assise, à cette terrasse, elle voyait les gens passer, elle les voyait très bien, dans la journée elle avait travaillé, elle avait inventé des jeux avec les enfants, avant ça elle avait mis Josée dehors et elle était partie, et encore avant ça elle avait descendu le type, «Tu crois que je ne vais pas tirer parce que je suis une femme», maintenant cette phrase perdait son évidence, son côté définitif, tout glissait, s'ouvrait, devenait étrange, objet d'un drôle de doute.

De nouveau Eva était pleine d'angoisse. Elle avait l'impression de sentir l'acte grouiller.

Urgence, se disait Eva, il y a urgence.

Et non. J'ai tout mon temps, se disait Eva, elle essayait de se le dire, elle se le disait.

Est-ce qu'il y avait un rapport avec son père? La question flottait, dans l'arrière-plan. À cause de Kafka bien sûr, et là Eva ne savait pas quoi penser, dans sa lettre Kafka prenait tout sur lui, c'est ce qui l'avait révoltée, et pourtant, non, ce n'était pas seulement ça, pas du tout, lui avait dit son rêve.

6

Eva sur l'avenue

Eva avait pris la rue de Belleville et maintenant elle marchait sur une avenue, c'était l'avenue Simon-Bolivar, elle était encore un peu sonnée, mais elle ne pouvait plus rester assise, elle s'était levée, elle voulait marcher.

Elle avait l'impression d'être soulevée, poussée en avant, le monde lui semblait plein de liaisons et de connexions, de relations et de rapports, de réseaux et de fils tendus d'un point à un autre, elle passait d'ailleurs devant un grand café illuminé, lampions pendus partout, avec des gens dehors habillés comme pour une fête, il y avait même des chapeaux hauts de forme, des robes longues, les femmes très mises en plis, sans doute un mariage, ça la rendit gaie, la vie est faite d'inattendu, elle croisa deux dames, l'une disait à l'autre avec un grand geste, Le tien est peut-être trop gros mais le mien il dépérit complètement, ça la rendit encore plus gaie, une avenue, c'est ça, se répétait Eva. L'idée vague, qu'elle se formulait vaguement, de relations entre tout lui plaisait.

Des petites rues qui montaient et descendaient, des passages cloutés, des grandes portes d'immeubles en bois et d'autres, minuscules et moches.

Un magasin de jouets, déguisements et costumes, en vitrine une robe à paniers et un uniforme de général d'Empire. Des cerceaux et des ballons.

Une boutique de gants, chapeaux, boutons. Nacre et bois, os et ivoire, du transparent, du doré, du plastique.

Je cherche quoi, se demanda Eva.

Je ne sais pas, tout va bien, je continue, se dit Eva.

Elle passa un jeune clochard qui buvait sur un banc et qui l'interpella, il avait une voix édentée et enfantine, traînante, comme si avec les mots il faisait des pâtés.

Peut-être à cause de ses jambes qui pendaient du banc, désarticulées, Eva eut la vision de quelqu'un tombé d'un train, ou d'un bateau, ou d'un avion, c'est quelqu'un qui est tombé en dehors des autres hommes, se dit subitement Eva, il n'est plus nulle part, il est complètement seul, il est tombé en dehors.

Elle lui donna de l'argent, Ah toi t'es mignonne, dit le garçon. L'intonation était déjà le mélange habituel, ironique et obséquieux. Eva haussa les épaules.

Elle s'assit sur une marche d'immeuble et regarda le monde passer.

Louise et le métro aérien

— C'est drôle, disait Louise en riant, pour venir je prends le métro, c'est un métro aérien pendant quelques stations. J'ai toujours aimé le métro aérien, passer entre les toits, les lignes des façades, et la ville découpée, les matériaux et les morceaux, les murs et les fenêtres, le ciel et les nuages... mais je viens de comprendre quelque chose. Le métro aérien me fait penser à vous, enfin, je veux dire, au travail qu'on fait ici.

Les trains, les wagons, les rails, les enchaînements... et on sort, dehors. À l'air libre.

On descend dans un souterrain, on descend sous terre, et on sort.

On est au fond du trou, bien sûr, peut-être, mais le souterrain c'est aussi simplement ce qui est dessous, ce n'est ni négatif ni positif, c'est ce qui est dessous. Caché.

Alors on y va, c'est comme ça, on y va... ou pas.

Sortir à l'air, c'est passer à autre chose, pouvoir le

faire, passer, sauter, se dégager, trouver un espace, une distance.

On peut ne pas en sortir, du souterrain, c'est même fréquent, on reste dedans, dessous, sans le savoir, on croit qu'on est à l'air libre, en fait on est enfermé, dessous.

Il y a une histoire comme ça, un type qui reste dans son sous-sol, il n'en sort pas, il écrit ses Mémoires, c'est une histoire de Dostoïevski, vous connaissez sûrement.

Remarquez, je pense toujours que vous connaissez tout ce que je connais, si ça se trouve vous détestez Dostoïevski, ou vous n'avez rien lu. Quand même, ça m'étonnerait.

Dans l'histoire de Dostoïevski le personnage n'en sort pas, du sous-sol, du souterrain, il est en proie à sa propre pensée, il ressasse, il tourne en rond. Il pratique une introspection forcenée et inutile, une sorte de confession.

C'est un leurre, la confession. C'est toujours faux.

Il commence, Je suis un homme malade, je suis un homme méchant, je ne sais même pas où j'ai mal... et il continue, il continue, il part dans tous les sens, il ne peut pas s'arrêter.

Les mots s'enchaînent, tous les mots, un mot en appelle un autre, tous les mots se valent, aucun mot n'a de poids, il continue, il continue, un mot, un autre, une idée, une autre, c'est angoissant, il est tombé dans un trou, rien n'a d'intérêt, rien n'a de sens, moi j'ai éprouvé ça, tout le monde peut éprouver ça, on peut penser n'importe quoi, rien ne tient, tout se vaut.

Il est en proie au langage, il est la proie du langage, il est dans le vide, tous les mots sont pareils, 2 et 2 font 4, pourquoi pas 5, je t'aime, je t'aime pas. Rien ne tient.

Dans l'histoire on comprend qu'il est tombé dans ce trou, dans ce langage vide, parce qu'il s'est coupé de toute parole vivante.

Il n'a personne à qui parler, il refuse d'avoir à qui parler, un interlocuteur.

Il s'est enfermé dans sa propre tête.

Peu à peu on apprend que dans le passé il a trahi la confiance d'une jeune femme. Ce crime le hante, mais à son insu. Il ne met pas en rapport son malheur, sa folie, et ce crime.

Il est en proie à ce langage vide, à ce langage fou parce qu'il a tué la parole.

Il a détruit ce qui rend la parole possible, le lien.

Si une parole n'est pas adressée, elle ne tient pas, tout se vaut, c'est du langage vide, du baratin.

Votre phrase m'a tiré de mon sous-sol à moi, de mon souterrain.

Elle m'était adressée à moi.

Un silence.

Mais si on y pense, ce métier que vous faites, c'est un drôle de métier.

Je veux dire, il y a un risque.

Est-ce qu'un autre m'aurait dit la même chose, ou une aussi bonne phrase?

Édouard descend les Champs

— Je descendais les Champs-Élysées avec Saïd, disait Édouard, on discutait, j'étais content, enfin, j'aurais dû, en fait je me sentais mal, je me sentais tellement mal, disait Édouard, j'avais mal à la tête, ça fait trois jours que ça dure.

Des fois j'ai l'impression que je marche à l'intérieur d'un mal de tête, à l'intérieur d'une nausée. J'étouffe et j'ai froid. Je suis dehors, dans la rue, et je marche à l'intérieur d'un mal de tête.

Je n'en peux plus, disait Édouard.

Un silence.

Je pense à un ami d'enfance, dit Édouard, il avait des grosses lunettes, il voyait très mal, des grosses lunettes fumées.

Il avait tout le temps mal à la tête, dit Édouard.

Un silence.

— Oui? dit Simon.

— Je me demande ce qu'il est devenu, dit Édouard, lui et ses migraines.

On faisait des choses ensemble.

Un silence.

— Oui ? dit encore Simon.

— Des choses... vous savez bien, des choses de garçons... on se montrait... on comparait...

En plus je n'ai que des pensées mauvaises, je pense des choses pas possibles.

C'est-à-dire, je ne pense rien, rien de particulier, mais c'est mauvais, j'ai du mauvais dans la tête, un brouillard mauvais, je suis tout le temps tendu, pour rien, dans le brouillard et tendu, c'est épouvantable, disait Édouard.

J'en ai marre, soupirait Édouard, j'en ai assez.

— Assez ? dit Simon.

— Évidemment, oui, assez, cria subitement Édouard, vous ne croyez quand même pas que ça m'amuse, je donnerais tout pour être débarrassé de ça, cria Édouard.

— Tout ? dit Simon.

— C'est une expression, dit Édouard.

— Tout quoi, dit Simon.

— Je donnerais ma mère, dit Édouard, il se mit à rire d'un rire aigu, je donnerais ma mère.

Au diable, dit Édouard, il continuait à rire.

— Mmm, dit Simon.

— Pourquoi vous faites Mmm, dit Édouard, c'était pour rire, dit Édouard, et d'ailleurs j'ai mal à la tête.

— D'ailleurs ? dit Simon.

— D'ailleurs, cria Édouard, d'ailleurs, d'ailleurs, d'ailleurs, vous ne connaissez pas ce mot ou quoi, qu'est-ce que vous avez aujourd'hui, cria Édouard.

— C'est votre culpabilité, dit Simon.

— Ma culpabilité, cria Édouard, ma culpabilité... vous ne m'apprenez rien, hurla Édouard, je me suis toujours senti en faute, coupable, coupable de tout, si vous croyez que vous m'apprenez quelque chose, hurla Édouard.

— C'est votre culpabilité, dit Simon tranquillement. Votre violence contre votre mère, vous la retournez contre vous, si vous vous en séparez, peut-être vous aurez moins mal à la tête, dit Simon.

Jérémie au canal Saint-Martin

Jérémie marchait le long du canal Saint-Martin et il pensait à Raphaël, le brocanteur, qu'il avait revu.

L'eau du canal, son vert sombre, son mouvement immobile, la lumière du jour qui descendait, la soirée commençante, animée, les musiques qui sortaient des cafés, les paroles entendues, tout lui rappelait Raphaël.

C'était agréable, très agréable.

Le monde semblait tellement ouvert.

Jérémie marchait, s'asseyait sur un banc, marchait encore.

Le ciel était grand, grand et large, et l'eau bougeait, et les ponts, les petits ponts, les passerelles.

Elles sont si jolies, ces passerelles, se disait Jérémie, elles sont attendrissantes.

Il se sentait heureux et en même temps tellement angoissé.

Il faillit plusieurs fois rentrer en courant, rentrer chez lui, s'enfermer à clé, il avait cette image, lui rentrant, tournant deux fois la clé dans la serrure, et vite, au lit, au lit, sous les couvertures, n'en parlons plus, n'en parlons plus.

Raphaël est tellement vivant, se disait Jérémie.

Il raconte tout le temps des histoires, il est drôle, il connaît tellement de choses, il adore son métier, ses objets, son magasin est un foutoir génial, des livres anciens, reliés, des vieux tableaux, des statuettes, des meubles.

Moi je me sens tellement grossier, paysan.

Chaque objet a son histoire, se disait Jérémie, il adore raconter des histoires.

Et des blagues, il adore les blagues.

Pendant qu'on buvait un coup, se souvenait Jérémie, il a raconté celle des deux vieilles dames.

C'est deux dames au restaurant, Jérémie entendait Raphaël raconter, et elles ne sont pas contentes, la première dit à l'autre, Ce restaurant est devenu épouvantable, la nourriture n'est plus du tout bonne dans ce restaurant, elle est vraiment mauvaise, et l'autre hoche la tête, elle dit, Oui, c'est vraiment infect et en plus c'est pas copieux.

L'histoire faisait rire tout haut Jérémie, mais rire.

Et il y avait aussi celle du bortsch, se souvenait Jérémie.

Hannah arrive en courant chez Sarah qui est à table en train de manger son bortsch, Sarah, Sarah, ton mari vient de tomber, c'est très grave, c'est un

accident très très grave. Sarah ne dit rien et continue de manger sa soupe.

Mais enfin, répète Hannah, Sarah tu m'entends,
ton mari a eu un accident.

Sarah continue de manger.

Mais tu as entendu, hurle Hannah, il est tombé,
c'est très grave, très très grave.

Sarah avale encore une cuillère, s'arrête une
seconde et dit, J'ai entendu, je finis ma soupe, et
après tu vas entendre un de ces cris, effrayant,
effrayant, un cri comme tu n'en as jamais entendu
et venant d'une personne tellement nerveuse!

Jérémie rit de nouveau mais son rire lui resta dans
la gorge. Il était quand même angoissé, il ne comprenait pas pourquoi.

Il est du côté de la vie, Raphaël, pensa Jérémie.

Ça devrait me plaire, se disait Jérémie, ça me
plaît, et pourtant voilà, ça m'angoisse.

Sylvain à la Grande Galerie

Sylvain avait pris sa journée pour être avec son neveu Éric, six ans, le fils de sa sœur qui habitait dans le Midi. Sylvain aimait beaucoup Éric, il regrettait de le voir si peu et il avait décidé de l'emmener au jardin des Plantes et à la Grande Galerie de l'Évolution. En entrant dans la Galerie qu'il ne connaissait pas, l'aménagement était récent et il boudait depuis longtemps le Muséum d'Histoire naturelle, Sylvain sentit une bouffée d'enthousiasme.

L'espace immense découpé, lumières différentes, les étages, tout communique, tout est visible, les ascenseurs aussi sont transparents, on monte et on descend et on se promène au milieu des espèces, quatre milliards d'années d'évolution, l'origine commune et la diversification, Éric sautait partout et interrogeait sans arrêt et Sylvain répondait, heureux.

J'adore expliquer, pensait Sylvain, j'adore raconter, expliquer.

La baleine australe à l'entrée, les petits doigts du squelette.

Le ballet des méduses, les formes qui changent, glissantes, inquiétantes, les couleurs pastel.

Le poisson-scie, cinq mètres de long, sept cents kilos, il porte une épée, une vraie épée, dentelée et pointue, Éric était ébloui. Avec les raies, il fait partie du super-ordre des bathoïdes, Sylvain trouvait ce mot trop drôle, mais n'arrivait pas à comprendre pourquoi.

Le fond de la mer. Des poissons à organes lumineux et à bouche énorme, Sylvain fit une imitation, Éric riait mais il avait un peu peur.

La vie en pleine eau.

Le diable de mer, cinq mètres de diamètre, le requin pèlerin, quinze mètres de long, quand même, disait Éric, si tu es en train de nager et qu'ils arrivent...

Le poisson lune. Circulaire.

Et dans les abysses, Sylvain lisait la notice à Éric et commentait, j'adore commenter, se répétait Sylvain, et dans les abysses la vie est soumise au froid, à l'obscurité, et à la pression.

Huit mille mètres de profondeur, une montagne à l'envers, dit Sylvain, Éric rêvait. Et la faune prend des formes extrêmes, mange des détritus ou des cadavres.

Un calmar de dix mètres, un personnage de bande dessinée, son gros corps, son œil rond, ourlé, énorme, et ses prolongements, si fins, comme des herbes.

564

Le requin chagrin, le requin grogneur, le requin serpent.

Le rorqual, son squelette, trente mètres de long. Imaginer soixante-dix tonnes.

L'Arctique et l'Antarctique. Éric n'aima pas l'albatros royal, il pensa à un canard géant, bah.

Mais fasciné par la parade des manchots empereurs, comment ils marchent, debout et lourds, tombent, se laissent glisser, exprès, dans l'eau. Leur vie serrée en groupe.

L'éléphant de mer, le morse, le phoque du Groenland, il les trouva bizarres. Sylvain aussi. Des masses inachevées, marron.

La savane africaine. Le grand koudun, ses cornes torsadées. Et bien entendu le zèbre et la girafe.

Les espèces menacées. Flamants roses, rhinocéros, grand panda. Le tigre de Sibérie.

L'action de l'homme.

Sylvain montra le classement, les liens de parenté : des champignons se sont avérés plus proches parents des animaux que des végétaux, Éric incrédule, et les crocodiles sont plus proches des oiseaux que de n'importe quel autre groupe de reptiles.

Fougères et mollusques, polypodes.

Comment sortir de l'eau, mâcher et respirer en même temps.

La fin des dinosaures.

La naissance d'une fleur.

La vie, expliquait Sylvain, la vie a une histoire.

Marc et la Brésilienne

— Voilà, disait Marc, ça devait arriver, je savais que ça arriverait, je voulais que ça arrive, et vous aussi je parie que vous pensiez que ça allait arriver, eh bien voilà, c'est arrivé, disait Marc. J'ai fait une rencontre.

J'ai rencontré quelqu'un, et pas n'importe qui, une femme, je veux dire une femme exceptionnelle, une vraie femme, une femme... une Brésilienne.

Elle est venue à la dernière réunion de l'association, elle travaille pour une compagnie d'import-export, elle est passionnée par l'Amazonie, et est elle belle, mais belle...

Elle a des cheveux noirs tout bouclés dans tous les sens, elle a une peau, et des jambes, et des seins, un décolleté... Je l'avais tout de suite remarqué, son décolleté.

Qu'est-ce que je vais faire, mais qu'est-ce que je vais faire.

Je l'ai invitée à dîner, j'ai raconté une histoire à

ma femme, je l'ai invitée à dîner et après elle m'a invité chez elle boire un verre.

Je n'ai jamais, jamais...

Je ne sais pas ce que je veux... enfin si je sais mais...

Ce qu'elle a entre les jambes... ça me gêne vraiment de parler de ça... les poils, doux, mais doux, de la soie, on dirait qu'ils sont brossés...

Surtout, je vais vous dire, elle bouge, elle n'est pas là allongée comme une souche, elle bouge, elle anticipe, rien besoin de demander...

On est deux, qu'est-ce que vous voulez que je vous dise, on est deux au lit, elle joue, elle s'amuse, elle est gaie...

Je n'ai jamais pensé que c'était possible, que ça ne l'ennuie pas, une femme...

Remarquez peut-être ça m'arrangeait. Un homme il aime, une femme elle aime pas, elle subit, tous les petits trucs, vous voyez ce que je veux dire, tous les petits trucs inutiles mais...

Elle m'a fait quelque chose, c'est incroyable, c'est rien du tout, vous ne trouverez jamais ça dans un livre porno, si vous en lisez, moi, enfin, bref, eh bien elle m'a caressé le creux du coude, je ne sais pas pourquoi, c'était comme ça, c'est venu comme ça, on se parlait un peu, et pendant ce temps elle me caressait le creux du coude, eh bien ça m'a fait un effet...

Et puis les cheveux, elle m'a caressé les cheveux... moi qui ai horreur d'aller chez le coiffeur...

Qu'est-ce que je vais faire, mais qu'est-ce que je vais faire.

Aurélie et le droit d'avoir des droits

Aurélie et sa collègue marchaient vers la gare, elles avaient fini leur semaine, la journée était encore légère, elles n'avaient pas pris le car mais avaient décidé d'aller à pied. Les grands immeubles raides, les allées et les bancs, le linge aux fenêtres, les vélos et les parcs de jeux, tout flottait dans l'air sucré et doux, sous le ciel large et clair, gonflé et transparent, ambigu. Comme chaque fois qu'elle faisait ce trajet, Aurélie se sentait oppressée, tendue, partagée entre l'envie de courir et de sauter avec les enfants qui rentraient ou traînaient, et une impression d'urgence vide, trop vaste, quoi faire, vite, quoi faire. Elles avaient traversé le centre commercial en parlant de leurs élèves et des conseils de classe qui approchaient.

Dans le train Aurélie raconta son dernier cours, elle avait projeté à ses élèves la fin du *Dictateur*, le discours de Chaplin, « Soldats ! Ne vous livrez pas à ces brutes, à ces hommes qui vous méprisent, vous asservissent, qui enrégimentent votre existence, qui vous dictent vos actes, vos pensées et vos sentiments! Vous n'êtes pas des machines! Vous êtes des hommes! Avec l'amour de l'humanité dans vos cœurs!», la classe avait applaudi particulièrement ce passage, et après Aurélie était revenue sur ce pluriel, les hommes, qui allait et n'allait pas de soi.

Elle avait commenté l'image, Charles Chaplin quand il n'est plus un personnage, ni Charlot ni le barbier juif ni son sosie le dictateur, l'idée si simple et si forte de parler en gros plan et en direct aux spectateurs, il sort du film, un visage d'homme, en un sens quelconque, n'importe quel homme, fatigué, épuisé, un peu vieux, parlant avec toute sa volonté, dans l'urgence, un homme parle à d'autres hommes, parler c'est agir, on est en 1940, et la possibilité de l'action, de toute action humaine, se fonde sur «le fait, comme dit Hannah Arendt, que ce sont des hommes et non pas l'homme, qui vivent sur terre et habitent le monde».

Aurélie avait développé, soulignant pour sa classe un paradoxe du monde actuel déjà présent dans les images d'exode à la fin du *Dictateur* : que des gens puissent se retrouver sans droits parce qu'ils se retrouvent sans pays, et alors qu'en est-il pour eux des droits de l'homme? La notion d'homme ne suffit pas à leur garantir leurs droits, s'ils perdent tout en perdant leur pays et la citoyenneté qui y est rattachée. Comment peut-il y avoir des hommes privés du «droit d'avoir des droits»?

La collègue trouvait ces questions pertinentes. Elle était en train de relire *Le Château* et elle montra à Aurélie un passage qui lui semblait tout à fait en rapport :

— Qui oserait vous expulser, Monsieur l'Arpenteur? dit le maire, la complication même des questions préliminaires vous garantit le traitement le plus courtois, seulement vous êtes trop susceptible. Personne ne vous retient, mais on ne vous chasse pas.

— Ah! Monsieur le Maire, dit K., c'est vous maintenant qui simplifiez bien trop. Je vais vous énumérer quelques-uns des motifs qui me retiennent : les sacrifices que j'ai faits pour partir de chez moi, un long et pénible voyage, les espoirs que je bâtissais légitimement sur mon engagement, ma complète absence de fortune, l'impossibilité de retrouver chez moi un travail équivalent et enfin — ce n'est pas la moindre des raisons — ma fiancée qui est d'ici.

— Frieda? dit le maire sans la moindre surprise. Je sais. Mais Frieda vous suivrait partout. Pour le reste évidemment il faudra encore réfléchir un peu et j'en parlerai au Château. Si une décision intervenait ou qu'il fût nécessaire de vous écouter encore, je vous enverrais chercher. Êtes-vous d'accord?

— Non, pas du tout, dit K., je ne veux pas de cadeaux du Château, je ne demande que mon droit.

7

Eva achète un walkman

— Ah la vie, se disait Eva, la vie. Elle avait quitté
la chambre, pris le métro, changé de quartier, et
maintenant, assise sur un banc dans un square, heureusement qu'il y a tellement de squares à Paris, elle
ne remettrait plus les pieds aux Buttes-Chaumont,
sous le ciel chaud, lourd et bleu, elle fixait un mur.
La question Pourquoi j'ai jeté Josée dehors entrait
et sortait de sa tête, elle était là comme un objet
autonome, détaché, Eva n'arrivait pas à en faire
quelque chose.

Le mur lui plaisait, reposant.

Et les arbres.

Certains arbres avaient des feuilles rouges, c'était
la fin de l'été.

Elle regarda un métro qui passait sur les rails du
métro aérien, eut envie de compter les wagons, les
compta, et se sentit tout d'un coup très gaie.

— J'adore le métro aérien, dit Eva à voix haute.
Elle se demanda pourquoi, chercha, s'intéressa. Le

côté jouet, plastique, les couleurs industrielles. Les rails posés, légers, sur la ville. Le fait qu'on voit le ciel, ou que même si on ne le voit pas, on y pense.

Elle avait imaginé retourner vers le Panthéon, mais elle avait eu peur, pas des flics, mais de trop regretter ce moment, l'action, la joie, la présence de Josée.

Si Josée avait été là, elle aurait parlé à Josée, voilà.

Une petite fille, dix ans au plus, vint s'asseoir à côté d'elle, elle écoutait un walkman. Eva décida immédiatement d'en acheter un. Elle demanda à la petite fille ce qu'elle écoutait, la petite lui laissa un écouteur. C'était du rap, un garçon, Eva rendit l'écouteur en souriant.

Elle s'achèterait un walkman et écouterait une voix qui lui rappellerait la voix de Josée, les chansons qu'elle chantait, la voix. Elle se leva, embrassa la petite fille et partit en suivant le métro aérien.

Louise fait un strip-tease

— Écoute, disait Louise à Vincent, ça fait trois jours, c'est trop.

— Trois jours que quoi, disait Vincent.

— Trois jours que rien, disait Louise.

— Je travaille, disait Vincent.

— Ça n'empêche pas, disait Louise.

— Bien sûr que non, disait Vincent, il continuait à taper.

— Alors, disait Louise.

— J'ai fini, disait Vincent, j'ai presque fini, j'aurai fini tout de suite, c'est comme si j'avais fini.

— Très bien, disait Louise, tu l'auras voulu. Regarde, disait Louise, je mets un pied sur la chaise...

Je te fais un strip-tease, dit Louise.

Vincent leva la tête, Vas-y, dit Vincent.

— Je descends la fermeture éclair, dit Louise.

— Mmm, dit Vincent.

— Exactement, dit Louise. Tu dis ça, dit Louise.

— Quoi, dit Vincent.

— Tu dis Mmm, dit Louise.

Ou alors tu dis Oui, dit Louise.

— Oui, dit Vincent. Oui, oui, oui.

— Non, dit Louise, pas Oui, oui, oui. Juste : Oui, dit Louise.

J'enlève le jean, dit Louise.

— Oui, dit Vincent.

— Je me tourne, dit Louise.

— Mmm, dit Vincent.

— Je montre mes fesses, dit Louise. Un peu, dit Louise.

— Oui, dit Vincent.

— J'enlève le haut, dit Louise.

— Oui, dit Vincent.

— Je montre mon profil, dit Louise.

— Mmm, dit Vincent.

— Tu ne dois pas rire, dit Louise.

— Je ne ris pas, dit Vincent.

— Voilà, dit Louise.

— Oui, dit Vincent.

— Et voilà, dit Louise.

— Oui, dit Vincent. Il se leva.

— Tu restes assis, dit Louise.

Vincent ne dit rien.

— Je m'éloigne, dit Louise.

Vue d'ensemble, dit Louise en tournant plusieurs fois sur elle-même.

Et maintenant, dit Louise...

— Je sais, dit Vincent, il était debout. Je dis Bien, dit Vincent.

Bien, dit Vincent. Bien, bien, bien.

Marie et l'homme Moïse

— J'ai lu un livre de votre gourou, disait Marie, enfin je n'ai pas fini, je suis en train de le lire. *L'Homme Moïse et la religion monothéiste*. J'étais dans une librairie, je l'ai vu, je l'ai ouvert à cause du titre, j'ai lu le premier paragraphe, je l'ai acheté. Il a du culot, quand même, votre Freud. Il commence par dire que Moïse était un Égyptien. Moïse un Égyptien ! Enlever à un peuple son grand homme... mais il dit qu'il tient plus à la vérité qu'à un « hypothétique intérêt national »...

Le monothéisme... « Nous n'avons qu'un seul Dieu et nous n'y croyons pas », vous connaissez la blague...

Un silence.

Je voudrais rencontrer quelqu'un, dit Marie.

Je voudrais tellement rencontrer quelqu'un. Un homme, je veux dire.

Un homme, pas un de ces débiles impuissants que j'attire.

Un homme comme vous, je suppose.

En fait, je n'en sais rien. Je ne vous connais pas.

Mais un homme, ça oui, je peux l'imaginer.

Maintenant que j'y pense, et à part que c'est un livre de votre gourou, je suis sûre que je l'ai acheté pour ça. Le titre, *L'Homme Moïse*...

Un homme.

J'ai tellement envie de faire l'amour avec un homme.

Quelqu'un... avec qui je puisse aussi parler.

Ça y est, ça me reprend, je pense à vous...

Oui, mais c'est tellement extraordinaire de parler.

Parler, aimer.

« Les poèmes sont toujours en route, tendus vers quelque chose. Vers quoi ? Vers quelque chose qui se tient ouvert, et qui pourrait être habité, vers un Toi auquel on pourrait parler peut-être, vers une réalité proche d'une parole. »

Parler. Aimer. Faire l'amour. Être intime.

J'ai tellement envie d'une intimité, comment dire, partagée.

Ici, ce n'est pas une intimité partagée, puisque vous ne me parlez pas de vous. Mais moi je trouve une intimité.

Avec moi-même.

C'est la première fois que je pense ça.

Une intimité avec soi.

Ce n'est pas donné.

J'ai l'impression que l'intime est en rapport avec l'enfance, pourquoi?

Les choses les plus petites, les plus minuscules. Et les plus grandes, les projets les plus fous. Ne pas avoir peur de les penser, ces choses. Toutes.

Et avec le temps. Il faut avoir le temps, pouvoir le prendre. Prendre le temps, sinon pas d'intimité.

Un silence.

Je voudrais quelqu'un avec qui je puisse être idiote, comme avec vous.

Remarquez, je comprendrais qu'il ne supporte pas, ici, c'est du travail. D'ailleurs je vous paye... même si je n'aime pas y penser.

Mais je change... j'apprends...

J'apprends... En un sens vous m'éduquez, non? Des fois je le vis comme ça.

Il me semble qu'une des choses que vous m'avez apprises, c'est qu'il y a plusieurs sortes d'amour.

Peut-être qu'un jour je pourrai même avoir envie d'avoir un enfant.

8

Eva dans la ville

Eva s'acheta un walkman, trouva des cassettes et continua son chemin. Elle prit le boulevard Montparnasse avec l'idée de traverser le jardin du Luxembourg, maintenant il lui semblait qu'elle pourrait retourner au Panthéon. Elle marchait en écoutant la musique, la voix ressemblait un peu à la voix de Josée, simple et claire, mais Eva n'aimait pas les arrangements.

Elle se retrouva au bout du boulevard et en tournant vers le jardin elle vit une statue, un homme qui brandissait un sabre. Elle haussa les épaules et le dépassa, quelque chose la fit s'arrêter et revenir en arrière. Elle avait lu, *Michel Ney, Prince de la Moscowa*. Le titre lui paraissait ridicule et pourtant elle se sentit attirée. C'était peut être le *w*, il avait, se dit Eva, quelque chose de pas sérieux, de pas français, d'étranger, comme dirait son imbécile de frère François. Elle se revit avec son frère Johnny, quand ils jouaient ensemble à la guerre et à se déguiser, capes, épées, chapeaux à plumes. Prince de la Moscowa. Ils auraient pu l'un ou l'autre s'appeler comme ça, dans leurs rôles, quand ils faisaient semblant. Elle resta un moment plantée, elle n'arrivait pas à se formuler ce qui la touchait dans ce grand type guerrier avec son sabre. Le décalage, peut-être, entre ce nom, ordinaire, Michel Ney comme tout le monde, comme n'importe qui, même pas noble, se disait Eva, et le titre, magique, inventé, ils l'ont sûrement inventé, se répétait Eva, un nom comme au théâtre ou au cinéma. Et entre les deux, toutes ces batailles. Eva, sans le penser exactement, se sentait proche.

Elle finit par partir, elle marchait et regardait, rêveuse, remuée mais calme, dans une sorte de bien-veillance générale. Au loin elle avait vu un globe blanc et rond, c'était l'Observatoire, le garçon de café à qui elle avait demandé lui avait dit et tout de suite elle avait eu des images, étoiles, planètes, voie lactée.

La ville, pensait Eva, la ville. En un sens on parle avec elle, on peut lui parler.

De bonne humeur elle se dirigea vers le jardin.

Édouard vit sa vie

Édouard se promenait avec nonchalance. Je me promène avec nonchalance, se disait Édouard, il avait cette phrase dans la tête, il sortait d'une salle de cinéma, lui qui n'allait jamais au cinéma l'après-midi, et non seulement il avait adoré le film mais en plus le héros, celui par qui les choses arrivaient, avançaient, se dénouaient, et qui disait cette phrase à son amoureuse — enfin, le film était en anglais mais le sous-titre disait ça, Je me promène avec nonchalance —, eh bien le héros était non pas gros, non, on n'aurait pas pu dire qu'il était gros, mais quand même un peu enveloppé. En tout cas c'est ce qu'Édouard avait pensé, assis au premier rang, tendu, captivé, les yeux grands ouverts.

J'ai mon temps, oui je l'ai, en fait, se disait Édouard, j'ai toujours eu l'impression que je n'avais pas le temps, de ne pas avoir le temps, de ne rien faire, que je ne faisais rien, que je perdais mon temps, et pourtant je travaillais sans arrêt, je m'activais jour et nuit, et nuit ? non n'exagérons pas, soyons juste, se disait Édouard, mais j'avais cette impression, d'ailleurs je me réveillais fatigué, et pourtant je pensais toujours que je ne faisais rien, rien d'intéressant, ou qui vaille la peine, et j'étais toujours très angoissé, inquiet, enfin, pas content, l'idée que j'aurais pu faire quelque chose de mieux, de plus valable, et après je comptais et je recomptais, le temps ici, et le temps là, et les minutes, et les secondes, et les heures, et ce que j'ai fait.

Mais j'aime me promener avec nonchalance, sans rien faire, quand on ne fait rien on fait quand même quelque chose, on se prépare, on accumule, on fait quand même quelque chose.

Je déteste cette impression de ne rien faire, se disait Édouard, c'est comme si on était suivi, surveillé, guetté, c'est terrible, se disait Édouard, cette impression, on ne vous dit rien mais on n'en pense pas moins, c'est comme si une caméra était là à vous enregistrer tout le temps, une caméra qui ne fout rien mais qui vous enregistre, Édouard s'énervait, il y a des gens qui sont là à ne rien faire, assis toute la journée à ne rien faire sauf à penser sur les autres et à les juger.

Comme des caméras dans les magasins, tapies dans leur coin.

Comme des araignees, se dit Edouard.

Ça me rappelle quelque chose, se dit Édouard.

Les araignées, les méduses.

Il faut, se dit Édouard, il faut que je raconte ça à monsieur Scop.

Mais en attendant, je me promène. Avec nonchalance.

Édouard se mit à regarder les vitrines, il s'arrêtait, il trouvait qu'il y avait beaucoup de choses qui iraient à Samia, par exemple, se disait Édouard, par exemple, et il regardait une paire de boucles d'oreilles. C'était une boutique de bijoux, toutes sortes de bijoux en verre, de toutes formes et couleurs, colliers et boucles, bracelets et broches, bagues, parures, épingles, barrettes, des bijoux légers, transparents, magiques, C'est magique, se disait Édouard, je passe par ici depuis longtemps et cette boutique, c'est la première fois que je la vois. C'est la première fois que je la remarque, se disait Édouard.

Vincent rêve de Louise

Louise viens habiter le rêve de Vincent, rêvait
Vincent, viens ma petite Louise,
viens habiter mon rêve,
viens dans mon rêve, rêvait Vincent,
viens dans mon rêve allez viens, rêvait Vincent,
viens Louise viens,
je fais un rêve sur Louise, rêvait Vincent,
tu es mon rêve Louise,
viens dans mon rêve, rêvait Vincent,
Louise c'est bon je mange mon rêve, rêvait Vincent,
Louise,
je dors mon rêve ma Louise,
en rêvant je rêve, rêvait Vincent,
Louise mon rêve est très bavard, rêvait Vincent,
mais Louise j'aime mon rêve,
Louise je l'aime, rêvait Vincent,
Louise je veux mon rêve,
viens Louise je te rêve, rêvait Vincent,

rêve mon rêve Louise,
oui Louise oui je te rêve, rêvait Vincent,
Louise je ramasse mon rêve, rêvait Vincent,
je le serre dans mon poing,
je le mets dans ma poche,
Louise,
caillou de mon rêve, rêvait Vincent,
Louise je te tiens, rêvait Vincent,
je te garde Louise,
Louise mon rêve garde mon rêve, rêvait Vincent.

9

Eva au jardin

Quand Eva entra dans le jardin, elle se souvint avec précision du chemin qu'elle avait fait dans le sens inverse avec Josée. J'ai envie de revoir Josée, se dit Eva, c'était tout d'un coup évident. Elle s'arrêta un moment pour regarder la fontaine, grande fontaine verte, des chevaux et des tortues crachaient des jets d'eau, des femmes nues et belles portaient le monde. Eva fit le tour en se disant, Magnifique, cette fontaine, et elle prit une allée. Elle marchait vite, portée par la musique du walkman, elle voulait traverser les deux petits jardins et arriver dans la grande étendue du Luxembourg.

Quand elle passa les grilles, elle ralentit. Bouffée de joie.

Ça y est, se disait Eva sans savoir pourquoi, ça y est.

Elle se mit à marcher très lentement, elle regardait tout.

La pelouse réservée aux tout-petits, bien sûr

pleine de gens nullement accompagnés d'enfants, Pas grave, se disait Eva, indulgente, pas grave.

Un groupe, sans doute une classe, tous le même tablier gris, qui apprenait à faire le poirier. Le maître, lui, vertical normal.

Une petite fille qui jouait à cache-cache avec sa mère, la mère très excitée, la petite fille semblait s'ennuyer, boudeuse.

Trois garçons chevelus et beaux. Violons, trompette.

Le rouge dans le vert plus clair des feuilles.

Les kiosques. Les cerceaux pendus. Les ballons.

Un endroit préservé, une étendue qui se déroulait, une surface de jeu, légère, voilà ce qu'Eva éprouvait.

Entrer dans un endroit à part, le temps aussi s'étale, le ciel bien grand, du bleu partout, rien de mauvais ne peut vous arriver.

Rien de mauvais ne peut m'arriver, cette phrase tournait dans la tête d'Eva.

Elle vit un enfant avec une gaufre, elle pensa de nouveau à Josée. Quand même, j'ai été bête, se dit Eva, vraiment trop bête.

Cette pensée ne la rendit pas triste, au contraire.

J'irai la chercher, Josée, se dit Eva, j'irai la retrouver, je suis sûre qu'elle n'a pas bougé, toujours assise là-bas à sa caisse. Elle lui envoya un baiser du bout des doigts.

Les allées, les arbres, le bassin. Eva s'assit un

moment sur le bord du bassin et regarda les enfants qui jouaient avec leurs bateaux, voiles diverses, moteurs. C'est d'un calme, se disait Eva, tout est tellement calme.

Un gardien vint à côté d'elle houspiller un enfant qui selon lui se penchait trop au-dessus de l'eau, Eva faillit intervenir, n'en fit rien. Le gardien la dévisagea, s'en alla. Elle sentit un pincement, haussa les épaules. Il doit penser que je suis la mère, encore une mère indigne, se dit Eva en rigolant.

Elle quitta le bassin et monta lentement les marches qui menaient vers l'autre côté du jardin. Elle avançait exprès d'un air dégagé, inquiète malgré tout. Le gardien discutait avec un collègue sans faire attention à elle. Elle tourna en direction des ânes. L'odeur lui déplut, ça lui rappelait la campagne, la maison de sa mère. Elle continua son chemin, les joueurs d'échecs, le théâtre de marionnettes, les balançoires.

Devant les balançoires elle eut un moment de nostalgie presque pénible, tout d'un coup un désir forcené de monter dans une balançoire, de se balancer, jusqu'au ciel, jusqu'au ciel, comme criait à tue-tête une petite fille avec des couettes, oui, oui, oui, encore, encore, j'ai peur, jusqu'au ciel.

Eva s'arracha et alla s'asseoir près du verger.

Il fait trop beau, pensa Eva. Elle enleva le walkman, ferma les yeux.

Quand elle les rouvrit, elle remarqua en face

597

d'elle, les jambes à plat sur une chaise et les pieds sur un journal, une jeune femme qui lisait sous un chapeau. Eva la regarda, elle la trouvait drôle. La jeune femme dut sentir son regard, elle leva les yeux et sourit. Eva sourit aussi, et dit, Bonjour.

— Bonjour, dit la jeune femme. Elle rit.

Eva rit aussi. Ensuite elle dit :

— Il fait tellement beau.

— Oui, dit la jeune femme. Elle fit un geste large. J'adore ce jardin.

— Moi aussi, dit Eva. Elle s'étira, rit de nouveau, et dit, en fait elle se parlait à elle-même mais les mots sortirent tout seuls, Des fois, des fois, des fois...

La jeune femme hocha la tête.

Un silence.

— Je m'appelle Eva, dit Eva.

— Moi c'est Louise, dit Louise. Elle souleva son chapeau comme pour saluer, elle était de très bonne humeur.

Séduction réciproque, gaieté.

— Qu'est-ce que vous lisez, demanda Eva.

— Un scénario, dit Louise. Je joue dans une pièce de théâtre en ce moment, je répète, si tout va bien ce sera pour après.

Eva lui demanda ce que c'était, comme pièce.

Louise lui donna des éléments, les deux femmes, la passion, la cité, le meurtre.

Eva, plus qu'intéressée. Tellement intéressée qu'elle

respira profondément, laissa passer un temps, du ciel, des enfants avec des ballons. Ensuite :

— Comment vous jouez ça, demanda Eva.

— Ah, dit Louise, c'est la question.

Elle réfléchit.

C'est difficile à expliquer, dit Louise.

Elle trouvait Eva belle, elle est belle, se disait Louise, elle a un air, je ne sais pas, un air un peu déluré peut-être. Surtout la question lui plaisait. Eva aurait pu demander Comment vous pouvez savoir, comment vous connaissez, etc., appel à des réponses personnelles, sa vie. Quelque chose se serait refermé. Mais non. Elle avait demandé, Comment vous jouez ça.

— D'un peu loin, dit Louise. J'essaie.

Par exemple, dit Louise, elle cherchait des exemples.

Vous voyez, dit Louise, je voudrais qu'on pense que le meurtre est nécessaire et qu'en même temps il ne l'est pas. Je la tue comme ça, dit Louise, elle se mit debout, elle frappait l'air très lentement, avec des coups cotonneux, arrêtés. Un peu comme dans un rêve, dit Louise. Un peu, dit Louise, comme si je rêvais le meurtre.

— Oui, dit Eva, oui, je vois.

Le fait est qu'elle voyait.

Louise continuait à réfléchir. Elle dit, c'était comme si elle poursuivait sa réflexion à voix haute :

— Il y a une phrase d'un de mes écrivains préférés, c'est Kafka, j'y pense souvent en ce moment. Il parle de l'acte d'écrire, il dit qu'écrire, c'est sauter en dehors de la rangée des assassins. Pour moi, jouer c'est ça.

Louise qui avait parlé en regardant par terre releva les yeux et vit Eva. Elle en fait une drôle de tête, se dit Louise, vraiment elle en fait une tête. Elle pensa que ce qu'elle disait n'était pas clair, d'ailleurs pour elle-même elle sentait le besoin de développer, elle continua :

Les assassins, contrairement à ce qu'on pourrait croire, sont ceux qui restent dans le rang, qui suivent le cours habituel du monde, qui répètent et recommencent la mauvaise vie telle qu'elle est.

Ils assassinent quoi ? Le possible, tout ce qui pourrait commencer, rompre, changer.

Kafka dit qu'écrire, l'acte d'écrire, c'est mettre une distance avec ce monde habituel, la distance d'un saut.

Il dit, sauter en dehors, sauter ailleurs. Ça suppose un point d'appui ailleurs.

Jouer, dit Louise, c'est inventer quelque chose, un point d'appui, qui soit ailleurs, qui permette de saisir d'où on vient, d'où vient ce monde, le vieux monde des assassins.

Si on ne fait que redire, recommencer, répéter... on n'en sort pas, quel intérêt.

Sauter, je trouve ce mot tellement juste, sauter, on le voit, c'est un acte, un acte de la pensée, une rupture, ça n'est pas une simple accumulation, un processus linéaire, on continue, on continue et voilà ça se fait tout seul. Non. Il faut se décoller.

Moi je voudrais jouer comme ça.

C'est paradoxal, en un sens, puisque justement dans la pièce il s'agit d'un meurtre. Mais c'est à cause de ce paradoxe que j'ai pensé tout ça.

Eva, par terre. Mais alors là, se disait Eva, je suis par terre.

En même temps, Eva n'était pas exactement étonnée. Louise lui semblait, comment dire, normale. Au sens de : voilà comment on peut être si la vie est normale. Eh bien, se disait Eva, eh bien...

— Kafka ? demanda Eva. Où ? Dans quel livre ?

Louise lui cita le *Journal*.

— Si on marchait, dit Eva. Elle étouffait quand même un peu.

— On marche, dit Louise.

Elles décidèrent de prendre un verre à la buvette.

La buvette était à côté d'un terrain de basket, elles regardèrent un moment des grands garçons élégants en short qui couraient, glissaient avec insouciance le ballon dans le panier et se faisaient des passes, surprenantes. Ensuite elles allèrent s'asseoir.

Il y avait beaucoup de monde, des couples hilares, des familles nombreuses, des groupes. Une femme splendide et rousse. Un homme immense, accablé, en redingote.

Les arbres, le brouhaha. Une impression de densité.

— Moi, dit Eva tout d'un coup, elle parlait très vite, les mots sortaient en flots, elle bafouillait un peu, moi je lis les livres de Kafka depuis longtemps, c'est seulement maintenant que je comprends certaines choses.

La Métamorphose a toujours été mon livre préféré, c'est seulement maintenant, elle répéta, que j'ai compris que c'est une histoire de meurtre.

— De meurtre? dit Louise. Comment ça?

— Il devient une vermine, dit Eva, c'est qu'on l'a traité de vermine.

Elle s'arrêta brusquement.

— Je n'ai jamais pensé ça, dit Louise.

— Si, dit Eva, si. Je suis sûre, dit Eva.

Elle n'en dit pas plus.

Louise aurait voulu qu'Eva continue, elle attendait, elle réfléchissait.

Elle aurait vraiment voulu qu'Eva continue.

Eva sourit et lui demanda comment étaient les autres comédiens dans la pièce, le décor.

Louise se mit à décrire une scène, une autre, aussi bien pour elle-même que pour Eva.

Elle était dans sa pièce.

Eva écoutait, elle écoutait passionnément.

Elle n'avait jamais rencontré quelqu'un comme Louise, Je n'ai jamais rencontré quelqu'un comme ça, se disait Eva, et toujours en même temps le sentiment étrange que c'était normal, que Louise était normale, persistait.

Pendant que Louise parlait, Eva avait des images qui défilaient dans sa tête, la maison de sa mère, les chambres où elle avait vécu, les brasseries où elle avait travaillé, rien de précis, tout se mélangeait, faisait une sorte de fond, d'où se détachait quelque chose, mais quoi, elle se voyait avec Josée, les cars, elle assise place des Fêtes...

— Récemment, dit Louise, qui tout d'un coup devant le regard dévorant d'Eva eut envie d'introduire Vincent, récemment j'ai été très jalouse, malade de jalousie, à cause de mon amoureux.

Je m'enfonçais, je m'enfonçais, j'étais dans une spirale infinie.

Elle fit le geste.

Je me sentais tellement jalouse, elle reprit, jalouse et abandonnée...

Et alors, dit Louise, quelqu'un m'a dit une phrase, ça m'a permis de sauter. Exactement comme dit Kafka.

La phrase a créé une distance, un espace.

Sauter : en dehors de mes assassins intérieurs, du ressassement.

Sauter en dehors de moi. Ailleurs.

En dehors de cet enfer.

Eva écoutait, elle avait un air flou.

— Oui, dit Eva, oui. Oui, redit Eva. Elle hocha la tête avec vigueur. L'enfer. Une chambre, la nuit, une chambre infecte, on n'arrive pas à dormir, on tourne en rond dans ses idées, on est enfermée, on ne peut pas en sortir, on est seule, on est enfermée.

Oui, dit encore Eva. On est dans une petite maison au fond d'une campagne stupide, puante, il n'y a rien que des bêtes idiotes, du genre poules, et personne, personne à qui parler, personne qui peut savoir...

On est dans un endroit, Eva regardait les arbres, je n'arrive pas à dire, un endroit, personne ne sait, personne ne peut savoir, pas abandonné, dit Eva, non, non, non, pas abandonné, mais, dit Eva, elle parlait lentement, les mots semblaient lui paraître bizarres, sa voix dérapait, pas abandonné mais tout comme.

— Oui, dit Louise, oui c'est ça.

Elles burent leur limonade et firent le grand tour du jardin, joyeuses.

Ensuite Louise devait aller à sa répétition. Elle donna à Eva les dates, le nom du théâtre, l'adresse.

Eva dit qu'elle irait.

PREMIÈRE PARTIE

605

DU MÊME AUTEUR

COLLECTION FOLIO

Dernières parutions

*Composition Bussière
et impression Bussière Camedan Imprimeries
à Saint-Amand (Cher), le 2 avril 2001.
Dépôt légal : avril 2001.
Numéro d'imprimeur : 2734-005509/1.*
ISBN 2-07-041624-0./Imprimé en France.

Composition Euronumérique.
Impression Novoprint
à Barcelone, le 15 mars 2011.
Dépôt légal : mars 2011.

ISBN 978-2-07-041624-0./Imprimé en Espagne.